李徽昭 等著

当代作家十六谈

中国社会科学出版社

图书在版编目(CIP)数据

当代作家十六谈 / 李徽昭等著. —北京：中国社会科学出版社，2023.9
ISBN 978-7-5227-2305-1

Ⅰ.①当… Ⅱ.①李… Ⅲ.①中国文学—当代文学—文学研究 Ⅳ.①I206.7

中国国家版本馆 CIP 数据核字（2023）第 139866 号

出 版 人	赵剑英
责任编辑	郭晓鸿
特约编辑	杜若佳
责任校对	师敏革
责任印制	戴　宽

出　　版	中国社会科学出版社
社　　址	北京鼓楼西大街甲 158 号
邮　　编	100720
网　　址	http://www.csspw.cn
发 行 部	010-84083685
门 市 部	010-84029450
经　　销	新华书店及其他书店
印　　刷	北京明恒达印务有限公司
装　　订	廊坊市广阳区广增装订厂
版　　次	2023 年 9 月第 1 版
印　　次	2023 年 9 月第 1 次印刷
开　　本	710×1000　1/16
印　　张	16
插　　页	2
字　　数	217 千字
定　　价	79.00 元

凡购买中国社会科学出版社图书，如有质量问题请与本社营销中心联系调换
电话：010-84083683
版权所有　侵权必究

目　录

绪论　作家访谈是发展中的文学新类型……………………（1）

文学纵横：乡土、文脉与世界

前言……………………………………………………………（9）

从乡土小说、高晓声谈起
　　——访谈韩东………………………………………（11）

中西文脉与当下文学
　　——徐则臣、李浩、王春林三人谈……………（30）

从乡村到城市　文学的穿越
　　——徐则臣、何平、李徽昭三人谈……………（54）

文学是认识一个国家的重要地图
　　——徐则臣、徐晓亮、徐立三人谈……………（75）

文学、世界与我们的未来
　　——徐则臣访谈……………………………………（92）

运河、花街与地方文学
　　——访谈徐则臣……………………………………（105）

文学之都：从文本出发的世界漫游

前言……………………………………………………………（117）

摆荡中，找出文学的平衡
　　——对话弋舟《刘晓东》…………………………（119）

目录

越少介入性别意识可能越安全
　　——对话黄咏梅《小姐妹》 …………………………（133）
小说应该对人的一切保持高度敏感
　　——对话朱辉《交叉的彩虹》 ………………………（147）
乡村可能才是我们的精神归宿
　　——对话陈应松《天露湾》 …………………………（159）
散文是一个非常广阔的文体
　　——对话陆春祥《云中锦》 …………………………（174）
大湖滋养了我的精神和文学
　　——对话沈念《大湖消息》 …………………………（187）

文学跨界：写写画画，说说聊聊

前言 …………………………………………………………（201）
通达于艺而游手于斯
　　——与赵文谈作家书画 ………………………………（203）
点与线是中国书画的舍利子
　　——与王祥夫谈书画艺术 ……………………………（214）
这个时代，通才意味着庸才
　　——与徐则臣谈书法文化 ……………………………（224）
美是对平庸的一种拯救
　　——与李浩谈中国书画 ………………………………（234）

附录　主要受访人简介 ……………………………………（245）
后记 …………………………………………………………（249）

绪论 作家访谈是发展中的文学新类型

访谈即对话，这是柏拉图、孔子等先哲开创的古老文体，隐含着平等的交流智慧。新时期新闻业复起后，采访专访随之习见。多种因素影响下，20世纪80年代中后期，《人民文学》等刊物零星开设了"作家访谈录"等文学对话专栏。1991年江苏文艺出版社出版《世界著名作家访谈录》，该书成为国内译介最早的文学访谈著作之一，据责编叶兆言说，看到《巴黎评论》等作家访谈方式及内容都很新鲜，就用化名编译出版了（因中国当时未加入国际版权公约，没能签约引进）。随后不久，云南人民出版社陆续出版"拉美作家谈创作"丛书一套近十本文学访谈录，丛书以马尔克斯、博尔赫斯等20世纪80年代受热捧的拉美作家为主，作家学者研读学习尤甚。近年又有南京大学出版社马尔克斯访谈新版本相继出现，显然，读者所热衷的，除了马尔克斯名头外，就是访谈的文学类型，否则出版小说好了，大可不必一再出版一本小小的访谈录。

20世纪八九十年代作家访谈栏目与两套书，可谓提供了当代文学生产的访谈借鉴，或可指认访谈为文学生产的新类型。这么说，是因为对话访谈走出了"文化大革命"广场化的同声话语，也避免了限于书斋的呢喃自语，而两人以上的小坐聚谈，或面向广大公众的对话交流，为当代文学提供了互动表意与公共性建构的新可能，所以作家、批评家、学者及出版社、读者等都很喜爱。访谈中，能看到作家被对手激发的或真诚或无奈的创作谈，看到批评家对作家作品的直击言说，看到口语交流中的文学生活与情感，看到两个（或多个）文学主体的话语交锋，这也为后世留下了历史穿越般的文学在场。这样的互动性对话，充满了率性中的感性启发，还有三言两语的灵动表达，这都是非常规文体以及批评文字、研究文章所能比拟的，这正是文学新类型意义之所在。文学访谈的魅力正是在此，它有批评的言说评判，但又非个人自语；它有对话准备的学养沉淀，但又不是研究文章；它有《柏拉图文艺对话集》《论语》般三言两语的对话互动，然又非哲学性元话语。所以，访谈就是访谈，它独有面目，它是新的文学生产方式，是当代文学的新类型，它为文学出版与公共话语构建提供了新可能。

20世纪90年代起，媒介文化深入发展，电视主持、报刊编辑等进行了不同方式的文学访谈生产。访谈类型多种多样，他们立场不同、视角各异，但都以作家、作品为中心。对电视等大众传媒而言，关注的是社会公共空间中的作家角色及作品影响。如央视栏目《面对面》《艺术人生》《朗读者》等，以及北京卫视《杨澜访谈录》、上海电视台《可凡倾听》、凤凰卫视《名人面对面》等相继而起，王蒙、陈忠实、莫言、贾平凹、铁凝、毕飞宇、冯唐等众多名家先后受访，形成了电视媒体文学访谈的一股潮流。21世纪后，网络文化勃兴，各大门户网站相继推出文学访谈栏目。近年来微视频新媒体兴起，作家访谈直播随之成为重点。类型不同的影音网络访谈节目，内容多聚焦作家情趣生活、文学观点与立场等，简短、明了、直接，少有批评家与学者的深度，但有电视网络传播的广度与速度。特别是电视核心媒介时代，作家上电视具有极大的文学扩散效应，作家作品由此得以迅捷广泛传播，其意义不可小觑。

常见的还有报刊记者的作家访谈，如《南方周末》《三联生活周刊》《南方人物周刊》等影响较大的报刊，紧随文学发展，对作家进行了不同形式的采访。报刊记者编辑与电视主持人稍有区别，他们既着眼作家作品新闻效应，配合图书出版宣传，也因文字功底及纸媒关系，访谈内容较有深度，但篇幅都不大，却也推动了作家与作品的话题化、现象化，引发了社会对文学的不同关注。特别是《中华读书报》《文学报》等文学专业纸媒，访谈多持续深入，影响较大。如舒晋瑜《说吧，从头说起——舒晋瑜文学访谈录》《以笔为旗——军旅作家访谈录》《深度对话茅奖作家》等访谈集，傅小平《四分之三的沉默——当代文学对话录》，柏琳《双重时间：与西方文学的对话》，等等，这些纸媒编辑多有文学专业背景，学养准备较多，是访谈文学类型推进的重要力量。

真正让文学访谈深度化、具有类型魅力的，是2000年后批评家、学者形式多样、风格各异的作家访谈，推动了文学访谈类型的成熟。有的访谈围绕一个主题或群体展开对话，如汪继芳以文学"断裂"事件为核心，2000年出版的访谈集《"断裂"：世纪末的文学事故——自由作家访谈录》。该访谈准备充分，韩东、朱文、吴晨俊等文学生活状态与对话现场氛围等，都详尽呈现，可读性、现场感俱佳，有着批评研究文字难以比拟的文学效果。2002年张钧访谈集《小说的立场》中，张钧与韩东、毕飞宇、朱文、李洱等几十位作家面对面对话交流，映照出新生代作家不同生活状态与文学立场。特别是自21世纪起，王尧注意到访谈作为文学类型的可能意义，邀请知名学者批评家与莫言、贾平凹、李锐、王蒙等一线作家对话，2003年出版一套10本"新人文对话录丛书"。这些访谈，言说有内容、话题有深度，深入推动了访谈文学类型的发展。

批评家、学者主导的其他形式访谈也很多。以作家代际展开的有周新民《中国"60后"作家访谈录》、陈平编《八〇后作家访谈录》等；以单个作家进行深度访谈的，有毕飞宇与张莉《牙齿是检验真理的第二标准》（其后有《小说生活：毕飞宇、张莉对话录》）、冯骥才与周立民《忧思与行动：冯骥才、周立民对谈录》等。还有傅光明《生命与创作——中国作家访谈录》、张英《文学的力量：当代著名作家作家访谈录》、林舟《生命的摆渡——中国当代作家访谈录》、姜广平《经过与穿越：与当代著名作家对话录》等，对现当代作家进行了不同层次的对话访谈。这些访谈，有的三两人聚谈，有的则面向公众公开对话，类型多样，形式各异，打开了作家作品的幽深面孔，不是书斋式的长篇大论，口语表述简单明了，又极具文学深度，学者与批评家的文学高见、新见由此走近大众。尤须注意的是，这些口述话语，应会成为当代文学研究的新史料，不同状态下的文学表意，与作家作品乃至文学史形成了有效映照。

　　作为学术表达新类型，近年政治经济、社会历史等学科相关访谈逐渐增多（以"访谈"为题名搜索，某网站显示有350多种中文版图书），文学也充分发挥对话访谈所具有的独特场域功能，已然成为重要而独立的文学类型。除海外作家访谈持续引进、国内40多种不断出版外，《文艺研究》《小说评论》《当代文坛》《东吴学刊》《名作欣赏》等众多影响较大的专业期刊，也先后推出主题不同、形式多样的文学访谈栏目。访谈文字由此成为文学研究的第一手资料，除不断被转载传播，更被不少论文著作频繁引用。这让我们看到，访谈确实是一种文学新类型，应该引起学界重视，值得批评研究界深入思考探讨。

　　区别于口述史及其他文学类型，文学访谈创作多主体，传播媒介多元化，受众认可度高，社会公共性强，因此别有样貌。对话中，可以看到作家对文化与世界的特殊见识，看到口语表达中的不同性情，有的可能会与读者感受形成距离、隔膜，与作家作品形成缝隙、差异，这其实正是访谈意义所在。文学的多义、意外的见识，是对话必需必要的，也是文学研究者、文学史所应看到的，这是多主体互动形成的文学新共同体，是独坐书房的批评研究文章所难能的。把作家访谈看作独立的文学新类型，还因为访谈文体具有特立品格，作家现场感十足的灵动对话既在不同意义上呼应文学史、文学研究，多主体交锋对话的现场感、生机性，作家口语表达与文学修辞，也能拓展研究与批评思维，为板结的文学研究、沉寂的理论思维带来蓬勃的审美活力，或将为文学史书写与文学公共性建构提供新的生产可能。

不过，随着时代变化，作家访谈也出现了一些值得警惕的问题。由于近年网络影音媒体加速变革，文化市场与消费理念不断更新，作家、批评家不同形式与场合的对话逐渐增多，一些访谈存在着同质化、碎片化与表演性等问题。访谈内容同质化与频繁的文学主题推广活动有关。受文化市场与消费环境影响，每当著名作家（特别是市场头部作家）新作发布，出版社、书店、媒体等不同平台便连番邀请作家在全国各地巡回推广，场次繁多、对象类似、主题同一、作家或准备不足，便难免在不同场合言说相似话语。随着类似活动不断，访谈内容碎片化的问题随之产生。出版社、书店、媒体等是相关访谈活动的主导者，图书码洋往往是活动背后主要动因，有市场号召力的对话者成为访谈必要的考量因素，于是对作家进行访谈的，除媒体人、批评家外，也常有影视或社会明星等出现。即便是习见的媒体人、批评家，也因活动仓促且频繁，可能临时上阵，访谈问题或限于表层，难以深入文学内部，碎片化、浮泛化就显而易见。与之相应的还有，在当下消费与媒体语境中镜头功能被无边放大，特别是电视与网络视频主导下的媒体公共场域效应，作家、批评家或会产生公共明星似的媒介感受，有些言说可能会寻求与公共场域的契合，既无法触及深度文学问题，又或有表演意识而言难由衷。但无论同质化、碎片化还是表演性，都应是访谈文学新类型发展中的暂时现象，有警惕性的作家会注意到进而规避。

当下消费社会，影音媒介四处出击，文学的纸媒处境本已不易，作家、批评家的公共言说总能在不同层面、不同意义上传播文学，进而潜在影响社会，因此，作为文学新类型的访谈对话，应该受到重视。我们呼吁，报刊传媒、网络出版、作家批评家与研究学界等，都能关注、支持并参与访谈这一文学新类型，推动中国出现《巴黎评论》那样的访谈栏目、访谈人，使作家访谈能灵动而有深度、持久而有影响，访谈类型或会成为新时代文学变革新力量，成为中国文化公共性发展的隐形动力。

文学纵横:乡土、文脉与世界

前　言

　　乡土是中国文学文化最厚重的底色，80 年代高晓声等一批作家赓续鲁迅传统，以《陈奂生上城》等系列作品，揭开了中国农民无法摆脱的国民悲剧性及思维窠臼。作家韩东亲历 20 世纪 80 年代的社会文化与文学场域，其父方之 20 世纪 50 年代因"探求者"文学事件而下放苏北农村多年，与高晓声等有着深度交往，因此，韩东访谈中的真诚见解有着特定的时代认知与发现，言说了个人视角的社会历史文化。而徐则臣、王春林、李浩对中西文化文脉以及影视网络等，有着属于当下前沿作家、批评家的深入认知，他们面向众多听众的对话交流，既有交锋（见出对话的现场感和生动性）更有源于艺术审美根源的同心相契（审美观念的相近），这些话语与他们的批评文字和文学作品形成极富意味的映照。徐则臣、何平及笔者本人，均出身乡村，而后进城走上不同的文学道路，社会时代变革的经历感悟尤甚，在乡村、城市与文学关联的坦诚交流中，见出对四十多年社会巨变与文学书写的不同考量。在徐则臣、徐晓亮、徐立的对话中，可以看出作家与社会各界人士共同的文学心结，这一心结凝集为社会发展所共通的文学文化能量，他们对城市文化、当下阅读有着恰切的表述，看得出当下时代的阅读困境与新文化生成的诸多可能。早年徐则臣的两个访谈，则见出起步之初，文学在一个作家身上附着的丰富性、深入性，无论是谈世界文学资源的多重性，还是运河、花街写作的出发地，都看到了一个作家难得而可贵的真诚。

  这些对话访谈，从 2007 年开始，直至当下，沉淀了 15 年的时间，却丝毫不减对话与文字的魅力。当年影音不存，文字却以灵动鲜活的记载，闪耀出不同作家对文学发展与社会文化及世界关系的独立认知，特别是他们对阅读现场、地方文化、中国文脉与世界文学关系等，都有极富意味的阐释，显示出生动的现场感。这些不同角度的灵动对话，不仅与作家文学文本形成互动映照，更深入呼应着文学史研究、文学批评与作家研究。

从乡土小说、高晓声谈起
——访谈韩东

一 乡村经验对你的生活有影响，写作就会呈现不同

李徽昭：最近因为写论文，也对乡村中国的变迁一直有兴趣，所以对乡土小说关注比较多。说到乡土小说，公认最早是鲁迅针对20年代初北京一些青年作家创作所说的一段话，原话大约是：凡在北京用笔写出他的胸臆来的人们，无论他自称用主观或客观，其实往往是乡土文学。在你看来，什么是"乡土小说"？

韩东：这与作家有关。如果你来自乡村，乡村经验对你的生活有决定性的影响，写作就会呈现出某种不同。"乡土小说"不应该是一个题材问题。

李徽昭：我对乡土意识这个概念关注较多，"乡土意识"范畴之于乡土小说、现代中国应该有值得深思的思想价值、理论原生意义。个别学者认为乡土小说应该有"乡土意识"，有"乡土意识"的才是乡土小说，有的文章讲乡土意识是家园意识的一种，因为中国是"乡土社会"，中国人重视家庭，不愿意背井离乡。你的观念里，什么叫"乡土意识"呢？

韩东：家园意识是牧歌吗？因为现在的生活很浮躁、很混乱，把乡村作为某种理想用于寄托，比如大地情怀、自然情怀什么的。这的确是一种写法，是一种乡村意识，但我更愿意看到一种很现实的东西。现实的乡村不是理想的家园，不是某种针对现代工业和商

业社会的批判。实际上，现在的乡村是某种混合物，就像很多独立电影所表达的，比如贾樟柯等的电影。上次我去香港参加电影节，看了杨恒的《槟榔》，里面的意识就很好。现在很多人关注城乡接合部、小镇什么的。城乡接合部元素很多、很混乱。像这样的东西我就更愿意看到。我不愿意看到那种和现代化进程无关的，对于我们的时代相对而言的理想化的乡村（指文艺作品）可能有，但已经不多了。或者，这种写法应该归于回忆文学，算是乡土文学的一支吧。

李徽昭： 就是说乡村的苦难被田园化的问题，主要是中国作为农业传统的社会，乡村一直有被作为精神回归的倾向。而现代化中，农民进城后反观家乡，已经演变为漂泊者回望家乡的问题。

韩东： 乡村作为精神回归的意义不大。比如我正在写的长篇《小城好汉之英特迈往》，大部分故事都发生在20世纪70年代的县城，有很大篇幅写农村。就算是70年代，那种田园牧歌式的东西也根本没有。我比较反感这个。

李徽昭： 汪曾祺、沈从文的作品作为乡土小说的重要一支，呈现出一种别样的乡土社会，他们的小说有一种唯美的东西，他们的乡村与现在社会形成了巨大反差。

韩东： 当然，他们写的时候那个东西还在，对他们来说是存在的。

李徽昭： 至少内心里是存在的。

韩东： 包括鲁迅写《故乡》的时候，那时候的乡村和现在的不一样。那时候比较封闭和隔绝。像沈从文的《边城》，虽说比较理想化，但那样的素材是存在的、有道理的，有真实性。现在的情况不一样。如果现在你要写一个《边城》，一写不出来，即使写出来也不是那么回事儿；二你的动机何在？犯得着吗？如果真的写了，那肯定也是非常造作的。沈从文的就很自然。汪曾祺写《受戒》《大淖记事》也很诚实，那些东西在他的脑子里至少是存在的。现在一个二三十岁或者三四十岁的人，他的脑子里有那么纯净的东西吗？我觉得没有。因为没有，所以写不出来。他想写得纯，结果会很烂，因为不真实。

李徽昭：你的意思是，现在谈具有传统趋向的乡土意识是比较奢侈的事情，主要是当下随着现代化进程，乡土社会已经完全被改变了。那么乡土意识究竟存不存在呢？可否说有乡土意识的人只能是有乡村背景或乡土经历的作家呢？

韩东：或许你可以换一个概念，因为乡土意识牵扯到了传统、社会。家园也是这样。自然、大地是另一个概念，这个概念会好办得多。不是乡村，而是自然，这个东西是始终存在的，现在只要有人的地方，只要不是特别封闭的，我的天哪，所谓淳朴、寄寓精神理想，怎么可能呢？

李徽昭：乡土小说是从"五四"形成下来的文学史概念，包括许多的文学史家都写出了许多关于乡土文学的论著，话语权已经很强大了。最近广东的《佛山文艺》又搞了一个"新乡土小说"的文学赛事。在我看来，如果承认这个概念的话，"新乡土小说"乃是因为有"新乡下人""新农民"出现才有的。

韩东：我觉得乡土文学的概念可以抛弃。比如海明威的《老人与海》，是不是乡土小说？如果是中国人写的，你会不会说它是乡土小说？他写的是天、地、人与自然，乡土的概念就太狭隘了。至于农民工，类似的人群在西方也有。比如像法国就有一些历史遗留问题，一些非洲人在那儿打工，形成了一个群落，但这不是乡土文学能概括的。文化之间的冲突、人群的迁徙流动、离乡离土、拔根和扎根、城市和乡村、现代化和古老的文明……这些都不是乡土文学所能概括的，它们应该是另一种东西。

李徽昭：其他国家也应该有这样一个过程，像日本也在从农业社会向工业社会转变过程中有过对传统的抛弃和痛惜留恋的过程。他们也有自己的乡土文学，有自己的乡土意识。可能英美等西方国家没有，他们的圈地运动直接把游牧民族工业化处理了。东方国家的农业传统可能都要经历这样的一个过程。

韩东：在美国文学中，没有"乡土意识"吧？或许叫"本土意识"。由于美国和英国的渊源，所以，20年代大家觉得没有独立的美国文化，所有的作家、艺术家都跑到巴黎这样的地方去了。从海明威、福克纳这批人开始，回到美国，写美国的生活，注重美国化。所谓的本土化不应该是一个题材问题，我觉得是方式上、语言上的综合问题。在中国，乡土意识实际上就是一个城市和农村的问题。现在政治上的压力减小了，被意识形态完全掌控的局面不存在了，写作实际上已经分流。一面是市场化，一面是所谓的严肃文学。后者起源于80年代，至今余波未息。和当年美国作家对欧洲心驰神往一样，80年代延续至今的严肃文学有着强烈的西方情结，世界的文化中心在西方嘛。意识形态减弱了，市场另说，所谓的严肃文学就是想跻身于世界文学之林。所以，西化是不可避免的，从文体到小说方法到意识形态。大家心目中隐约的文学标准并不植根于我们的汉语中，而在别的地方。

李徽昭：这也是汉语表达寻求世界认同的问题。包括这个新文化运动也是汉语表达打破传统、抛弃文言书面语，寻求新的语言表达的问题。只是近年来随着国家经济实力的强大，这种"腰包鼓了"之后自然会寻求精神或者文化上的认同，国学热也是其中的一个重要表现。

韩东：我觉得最基本的是一个是否诚实的问题。狭隘到题材来说，生活在城市里的作家写城市，这没有问题，但我们写城市或者写乡村往往是因为某种时尚。

李徽昭：这是题材热的问题，李敬泽在一个研讨会上说过底层关注以来，《人民文学》编辑部接到的全是写底层的小说。确实如此，我们的题材经常会有应时性的现象在里面，而不是因为对这个题材有关怀，像沈从文写北京那是因为他在内心深处有那块土地一直漂泊在北京的上空，漂泊在他的心间。现在一些新乡土小说作家难得有这种关怀，他们接受的多是物质文化，精神上很难回归到乡土中间，即使关怀也只是浮皮潦草。

韩东：我觉得可以做一个研究，把现在作家的写作题材和他的出身背景、经验出处作一番比较。当然，有人不愿意写个人经验，但如果整整一批作家都习惯于天马行空，那就是一个风尚的问题了。

与韩东访谈现场

李徽昭：在现有的文学史中，高晓声被称为乡土小说作家，令尊方之也可被称为乡土小说作家。你认为，在他们身上有没有关于"乡土"的一种意识，比如对于乡土社会的留恋或者批判。

韩东：说他们是农村题材作家可能比较贴切。像我父亲，他就写农村。实际上，我父亲是城市人，但他却要去写乡村。"土改"的时候我父亲下过乡，后来也经常去农村，但他和农村的关系不是直接的。我爷爷是从湖南出来的，我父亲出生于南京，在城里面读的书，然后参加革命。他没有种过自己家的地，就是这么一个经历。因为那时候国家工作的重点在农村，所以，你是一个革命者，肯定就得下乡。那时候的潮流或者时尚也是写农村。所以说，我父亲应该一点家园的意识都没有，实在要说，他就是一个农村题材的作家。高晓声的情况我不太清楚，但我读他的小说，比如《陈奂生上城》《漏斗户主》，里面的"乡土意识"还是有的。这和农民心理或者农民意识有关，非常强烈。

二 高晓声不时髦，但东西肯定能留下来

李徽昭：高晓声80年代后期被冷落了，不再像80年代初期那么大红大紫，这里面的原因你怎么看？

韩东：他被冷落的原因就是不会混，不是因为他的小说。

李徽昭：最近程绍国的《林斤澜说》（人民文学出版社出版）中对高晓声有较多的叙述，其中就有高晓声当时红了以后的事情叙述，比如用小轿车运煤球等事情，被作为笑话来说，还有高晓声比较自负，不太合群，与很多朋友都有不愉快的事情，等等。

韩东：他讲话口齿不清，又不会混。

李徽昭：你本人和他接触多吗？

韩东：接触不多，但我觉得他的东西不错。他又不是在北京的作家，外省作家，题材也不时髦，自己又不会经营。他本身就像一个农民，也就是说，上不得台面——到哪儿都是一个人物，交际花一样。我这么说没有贬义。虽然高晓声很自负，他心里面也不是不想成名，他很想成名，而且很想结交，但缺乏那样的能力。他的东西肯定比王蒙的要好。像王蒙就不一样，北京作家，城里人，往那儿一坐，能说会道，侃侃而谈，口才又好。你说两个人往那儿一放，能一样吗？辐射的范围、交往的深度都不一样。这不是一个愿不愿意的问题，其实都愿意，高晓声也很愿意，但他不行，没有那样的能力。他往那儿一坐，人家不找他说话，他说话人家也听不懂（指口音）。并且他们的作品也不一样。高晓声就那么写，王蒙是紧跟时代的，搞意识流啊，搞这样那样的新玩意儿。高晓声不时髦，但高晓声的东西肯定能留下来。怎么留下来？这也许是我个人的一厢情

愿吧。想起来真悲哀。我有一个想法，一个作家怎么留下来？怎么能不朽？不是说他的书一百年以后还有人看，一百以后还有人看的也只有《红楼梦》，寥寥无几，而是你必须活在后辈作家那里。如果有一个后来的作家读到高晓声，觉得特别好，从中汲取了营养，而这个作家又很有出息。他会说到高晓声，承认这个师承关系，并且在他的东西里面有高晓声的影子。我觉得这是可能的，绝对是可能的。

李徽昭：一个作家可以留下来的东西很多，可以构成后代作家"营养"的东西也很多，那么，你认为高晓声给后代留下来的营养主要是什么？或者说一个作家可以留给后世的"营养"应该是什么？

韩东：这我就不知道了，因为我本人没有从他那儿获得营养，我只是讲一个可能性，大家的源泉不一样。我觉得他的确是才高八斗，而且他就是顽固不化、坚定，有才能也诚实。只能这样抽象地谈。具体我没有研究过他的东西。

李徽昭：从小说写作方面而言，如果一个作家要吸收营养的话，应该是哪些方面的营养呢？比如叙事、文字风格。

韩东：其实并没有必然的营养。如果说有某种必然的营养，那就是胡说了。比如有人说，你没有读过《红楼梦》，怎么可以写作呢？就是把《红楼梦》看成必然的营养了。一个没有读过《红楼梦》或者读了但没有获得营养的人，仍然可以写作，仍然可能有出息。没有那样的神话。如果说什么才能成为你的营养的话，那是缘分。比如现在有的作家谈读书，跟教科书似的，大差不离，只要是有名的人物、大师必然榜上有名。谁谁谁，一路下来。你再换一个作家问问，还是一样。要么是不诚实，要么就是政策水平高。比如巴金一死，中国有一半"一线"的作家都在那儿说，从小读他的书；读他的书长大的，受益匪浅；是自己写作道路上的明灯。这些都是应景的话。当然，在一个不诚实的环境里这是很正常的。诚实的应该是，大家的嗜好不一样，源泉不一样。就像在人群里，一个人找到了另一个人，一个人和另一个人有缘，是一样的。所以说，将来写作的人有一个找到了高晓声是可能的，因为他的东西是好东西，的确不差。

李徽昭：你认为应该如何界定"探求者"作家？从身份的角度或者题材的角度来看，怎么给他们一个定位？

韩东：从集体而不是从个人来说，可以说他们是红色作家。

李徽昭：如果从个人来说呢？比如令尊方之和高晓声，革命者或是知识分子，哪种身份更多一些呢？

韩东：知识分子这个概念是后来才成为褒义词的，现在说谁是知识分子就是往他的脸上贴金。我想，我父亲应该属于革命作家，也许还不足以说明他的情况，应该叫作革命才子，或者红色才子。高晓声可能略有不同。

李徽昭：在我看来，抛开作家身份，高晓声有很强的农民性格，就是他身上体现出的那种类似农民的特征比较明显，像用小轿车买煤球等就是例子，就像其小说《陈奂生上城》以及其后的一系列《陈奂生转业》《种田大户》《出国》等小说中一再强调的陈奂生性格一样，其间一定有作家的影子。

韩东：当然，但这不是一件坏事。

李徽昭：而且他的农民性还比较强，作为一个作家来讲，这种性格就显得比较异样，或者与其他作为"知识分子"的作家氛围似乎有些格格不入。

韩东：也许吧。

李徽昭：或者也可以说他的革命身份有投机嫌疑。

韩东：最多不够坚定吧，但，这也不是坏事。

李徽昭：叶兆言有一篇文章中说过，林斤澜也谈到过，高晓声是一个很聪明的人，还有说他是阴间秀才的，也有说到当时江苏省作协推荐陆文夫做中国作协副主席，他不服气，他的自负也可见一斑。他的题材契合当时的形势，或者可以说是写作题材上的投机。投机是否是农民性的一种特征呢？或你认为什么叫农民性呢？

韩东：不太好说。可能，有人想否认自己出身于农民，对某种身份、气息想掩盖，有的人则故意张扬。我觉得高晓声是很合适的，他在自己的位置上觉得很舒服。有的人觉得很自卑，那就不谈了，这样的人挺多，而有的人过于强调。高晓声不强调，也不试图摆脱，也不掩饰，他很自然，真的是非常得体。

三 他们理解的成功比较单纯，就是把东西写好

李徽昭：从高晓声这些"探求者"作家来看，1957年因为执着于自己的文学理想，遭受当时体制批判，各自遭受了诸多人生苦难。总的来说，他们在当时体制下受限制，除此之外，你认为还有什么东西限制了他们？

韩东：不完全是体制，当时的整个意识形态，还有就是生存状态。

李徽昭：我曾经在想这样一个问题，就是你作为作家，到底是为谁写作的？我以为，作家应该有这样几种写作目的：为体制的，比如探求者作家的革命话语表达；为市场的，目前大多数的作家似乎都离不开市场；其他一些更为复杂的目的，比如为了自我内心的宣泄和释放，为了一种终极的文学或艺术，为成名，等等。对这个问题，你怎么看？对于高晓声这些"探求者"作家，你觉得他们是在为谁写作呢？

韩东：这个问题很多人都回答过，不太好回答，而且我也不赞成你这样的划分。现在我想到一点，实际上，这个问题又是非常好回答的，所有的作家写作都是为了成功。至于什么叫成功？哪方面的成功？当然分歧很大。所有的作家，从大作家到小作家，他都是为了成功。有一种例外是，我把想写的东西写出来，但不计后果。这种不要求成功的出现在写作的初期阶段。但凡是进入轨道的写作都要求成功。哪怕你只是为了给几个好朋友看，说法很高级，但还是为了成功，因为这几个朋友在你的心目中一定是很高级的，或者能够证明你的高级。像我父亲和高晓声他们写作，肯定也是为了成

功。但他们理解的成功比较单纯，就是把东西写好。他们特别想把东西写好，成为一个好的小说家，这是没有疑问的。这个目的是压倒性的。至于得到意识形态的肯定、成名，都是附属于这个目的的。至于说他们是革命作家，那只是一个背景。我父亲是地下党，共产党的干部，爱好写作，喜欢这个东西，而一旦写起来，成为职业，就绝对博览群书、钻研不止。当时流行苏俄文学，我父亲对苏俄文学的判断也不是政治化的，他特别喜欢肖洛霍夫斯基、托尔斯泰。粉碎"四人帮"以后，稍稍开放，欧美文学进来了，他一样的如饥似渴。他们的那根筋是很强的。我觉得高晓声的自负也来源于此，就是对写作方面的自负。在文学上，他们有自己的理解，要达到某种标准。作为写东西的人的价值也正是在这里。说他们为革命写作，没有的事儿。有一些人的写作虽然很革命，但在他们看来肯定是等而下之的。

李徽昭： 从高晓声这些"探求者"或者"右派"作家来说，小说曾经给他们带来了不幸的遭遇，也改变了他们的命运，特别是在"文化大革命"后，他们的命运整个改变了。你认为小说给他们带来了什么？

韩东： 对我父亲来说，没有带来什么，房子还没有分到呢，人已经死了。对高晓声来说，的确带来了变化。小轿车买煤球倒在其次，他不会混，用小轿车买煤球还被人家写进了书里。王蒙则不一样，身前富贵身后名都得到了，周游世界，所有精神上、见识上的东西都得到了。不得了。不是钱和物质的问题。现在的文学史甚至文化史、政治史里都写到他了。相比之下，高晓声太淳朴也太土了，可爱啊。

李徽昭： 小说给他们带来的这些精神、物质上的东西，你觉得正常吗？西方似乎很少有这样的现象。

韩东： 西方也有，只是西方的体制不一样。你要是成为一个明星级作家，各种东西也会有。老外也特别想成名，成名以后那就……明星是一个什么概念呵！体育明星、政治明星、影视明星，这明星那明星，是个什么概念呵，那就是神，神了！老外想通过写作当神的很多，当上神的也很多。只是中国依凭的东西不一样，凭借体制、意识形态，但最终他还是要当神的。在中国叫人上人。

李徽昭： 从他们来说，给文学史留下来什么呢？给新时期小说带来什么呢？这个问题你怎么看？

韩东： 没有带来什么。现在人写的这玩意儿，诗歌不说了（诗歌像我们直接受到启发的就是北岛。北岛他有良心，谈到早年的学艺，谈到一些老一辈的诗人），小说这玩意儿（比如说莫言、苏童、王朔写的那玩意儿）你能从里面找到右派作家的影响吗？没有，也不可能。

李徽昭： 他们给这个时代或那个时代留下什么东西呢？或者直接说高晓声给那个时代留下了什么东西呢？

韩东： 大概是个人的生活。就像现在一些搞研究的人，翻腾出当年的那些老事儿、文史方面的一些材料，当年谁和谁见过面，谁说了谁一句坏话。最后这些人就变成舞台上的主角了，变成了故事本身。折腾这些事的时候，就是在编写历史，写作者是一个无名的集体，以讹传讹，也有一点影子。说多了、重复多了就成了历史。历史不仅是编年史，还得有血有肉，有人物进出其间。现在人爱看《百家讲坛》，读清历、明史，就是这么回事儿，就是这水平、这要求。人文的历史，文人、学者、名流也会进入这样的历史，成为历史人物。最近看中央十套的《那一场风花雪月的往事》，一对一对地出场，鲁迅和许广平、徐志摩和陆小曼、萧红和萧军、郁达夫和王映霞、徐悲鸿和蒋碧薇……大概有几十对，有趣得紧。最后他们就变成了这个东西，他们的意义就是变成这个东西。像鲁迅的书我是读过的，但有些人的书我根本没有读过，但听说了他们的故事，当年他们是怎么一回事儿。

四　作家写故事，首先自己得成为故事

李徽昭：凭借什么能够给后人留下一些印象呢？因为他的作品，还是在时代里有自己独特的意义？

韩东：很简单，说得多了，形成街谈巷议，渐渐就凝固成历史了。一段历史，可以没有作品，没有成果、建树，但绝对不可以没有故事、没有风流倜傥的历史人物。这是不可能的。比如说这近六十年的文艺、文学包括艺术，可供今天阅读的作品真的不多，大家不会因此而感到遗憾，但如果这六十年里没有故事，没有出入其间的人物，那几乎是不可能的。作家写故事，首先自己得成为故事。成为故事以后，有的让后人回过头去找他的作品来读，并一读之下极为赞叹，有的则没有任何好东西供后人阅读。成为故事再买自己写的故事，不仅是短期的市场原则，也是长期的历史规律。历史的虚无正是从此意义上说的。

李徽昭：我们谈到过去的一些作家，总是会想到他们的身份问题，高晓声、令尊方之等这些探求者作家有个身份认同的问题，创作心态上我以为是一种多重身份掺杂的隐痛。他们既是对党忠诚的革命者，又是来自民间的底层人员，而纠缠其间的还有"五四"以来沿袭下来的知识分子的批判意识等。三种身份纠缠就产生了一种隐痛。

韩东：他们对共产党是爱恨交加，是他们的爱人，完全地摆脱这种意识形态的话，很难。除非有外在的力量剥离，比如刘宾雁，共产党就把他视为叛徒，这种就是外在的，你要让他自己完全觉悟、客观地去看共产党这一套，他们不会有完全客观的立场。

李徽昭：党对于他们仿佛就是宗教信仰一样了。

韩东：就是他们的宗教信仰，这个东西没办法外在地剥离，很难，从他们的晚景上看，七八十岁了，共产党也没有亏待过他们。可能他们没有在晚年再享受声誉，但从政治、物质、生活上来看，

共产党没有亏待过他们。所以他们对"文化大革命"或"文化大革命"前这一段历史批判是有的，但是整个的，他们不会批判。所以，他们的思想轨道和党还是一致的。从这个角度来讲，王小波和王蒙根本不是一代人，不是一种身份的人，王小波和王蒙根本就没关系。

李徽昭：但是我觉得有共同点，都在文化思潮焦点中，都是北京人，都没有农村或底层身份。王朔很难归类，似乎是混杂的。

韩东：就是说右派作家这批人，就没写出什么东西来，但经历了，这没问题。真正就是说一代作家、一批人。作为一个作家，这个很明确的，应该对时代有个交代。可是那些作家哪有一个和时代并驾齐驱的。你说环境恶劣，那你是共产党员作家，还有理由，如果是党外人士，潜心写作，那么就可能或应当有时代意义的作品。现在你看，包括知青右派作家，一茬茬人过去了，可是关键是他们没有写出作品，而他们的身份就是写作的人。三四十年代，像鲁迅和那个时代，多牛啊。右派也有个别很牛的东西，可是数得出来，那批人，包括知青、知青上边和下边的一批人没有多少。就是汪曾祺吧，大家达到了一个共识，至少可能代表很多人的一个基本水准在那儿，别的，像沈从文，中华人民共和国成立后就不写了，1976年之前那批人，（留下的）有红色经典，《艳阳天》《创业史》《铁道游击队》，"红色经典"，（现在来看）经典有哪一个？我觉得有点悲哀。

还没到跟知青算账的时候，（他们）风头正劲，现在还有活力，还有话语权，占领着各个位置，有一天等到他们七八十岁时，再算这个账，会轮到这个东西，再折腾他们没有意义，或者你成为故事、成为别人书中的人物，这是个意义。现在离知青作家太近，你不好判断这个东西，但知青之前右派作家，现在七八十岁了，他们也许生活本身没有问题，都是传奇，都波澜壮阔，但没有一个去写文学的真实，去写一个自传的都没有，写一个令人感到非常诚实的也没有，真正的诚实没有。这是一个问题。

刚刚我这么讲，绝不意味着知青作家比他们高级，知青作家比他们还烂。烂的不是作品的问题，知青作家烂没有借口，你说你有啥借口？

李徽昭：现在知青一代也大体在管理着中国，各个大小机关基本都是知青一代在做着主要领导。

韩东：是啊，但是很快，十年以后就不行了，像我今年46岁，我完全不属于知青一代了。我属于"文化大革命"以后读大学的这批人。

李徽昭：有称为"新三届"的。

韩东：是七七、七八年进大学读书的。对，是新三届、新多少多少届的。这批人里面有很多知青了。

李徽昭：你们当时班里同学比较复杂了，有的三十多岁，拖家带口上学的，而你只有16岁。

韩东：所以我觉得权力这东西无所不在，就文学来看，你说为什么？中国目前比较当红的作家在空间上分两块，一块依靠市场，没有其他扶持，这里面也有差别，他们年龄偏低，像韩寒、安妮宝贝，这咱不说；一块不依靠市场，主要跟体制相关的，他们同时也运用市场，书也特别好卖，这个年龄就稍大了，有右派作家，也有知青作家。主要也就是在这二十年不断地红的。为什么就这么二十年。这是权力啊。因为他们到时候了，现在通通都是五十岁上下。四十五岁到六十岁这个年龄层，是最红的。这个是脱不了干系的。这只能说明一个问题，这帮人当家作主了，什么东西在起作用，对吧。你说他是一个最红的作家，十个吧，讲十个，年龄相加，再除以人数，如果说最红的，一个良性的东西，上至七八十岁，下至二十岁，他应该有一个良性的东西存在，不会像现在这个情况。

五 最基本的是一个诚实的问题

李徽昭：聊聊最近的事，王蒙、王朔、王小波，近些年来对于文化、文学领域来说是个持续不断的事件，去年以来，王朔在不同的场合开骂,今年又逢王小波去世十周年,王蒙也在各地不断作各种不同的演讲。从文学或者文化的角度,你怎么看待这些人、这些事?

韩东:我个人比较认同王小波,我觉得王蒙跟他们完全不是一回事儿,王蒙是个极其复杂的人,生活阅历、经历都很复杂。他的作品我没兴趣看(又加了一句,根本不看),可以说我到现在根本没看过他的东西,只看过他的一些谈话说话。我没兴趣,不知道他要说什么。反正我对王蒙没感觉,只是一个凭空的印象,知道他是一个名流。

李徽昭:王朔从做人角度来讲,从其各种讲话似乎感觉是一个真性情、比较敢于真实表达自己的人,尽管这次出来可能功利性比较强。把三个人放在一起谈,也是因为在文化领域三人轮番出场,而所代表的又是三种不同的身份。三人经历和所处的位置当然不一样。

韩东:王蒙、王朔都是时代的弄潮儿,都是讨便宜的人,从大的方面来讲,是占便宜的人。他们所处的时代给了他们一种展示的机会,给了他们一种能量的释放,王小波是背的人,不是时代弄潮儿,他的轰动或他变成一个神话,是在他去世后。如果王小波活着依然那么写,依然那种态度,我觉得不会也不可能像现在这样火,他可能会因为作品(轰动),但他不是一个说话的人。王蒙和王朔都写东西,这没问题,王朔的东西,作品本身也影响了很多人,王蒙也写了很多东西,但是至少这一次,王朔的声音已经盖过了他的作品。这一回,他的新书(将要出版),以前他还是用作品说话的,他也没说什么话,然后大家读他的作品,就是说他的作品还是有力的。但是我觉得可能还是随着他这种写作上的不自信或衰弱,他说话声音就大了。王朔这回闹的很邪乎,他是主动参与的么。以前可能有关于他的说话,他还是半推半就的,那种主动说话的欲望没这么强。

(王蒙、王朔)他们的身上都有一个发言人、说话者(的角色),他们的动作、作品之外的说话给人的印象很强烈。王小波没有,连访谈录都没有。

李徽昭:在你看来,他们说话背后的动机各是什么?

韩东:那个王朔说那么多话,或者那么多表演,很明显,想书好卖嘛,这没什么。王蒙一直在说话,一个是人家让他说话、请他说话,他也写作的。关键是人有恐慌,怕被遗忘。你想王朔沉默不说话也能好几年,一说他就云山雾罩、惊天动地的。但是他也有本事,也能很多年不说话。王蒙一直在说。论每一次释放的能量没有王朔大,但他不断在弄一些声音,所以(王蒙、王朔)不太一样。所以你看王朔相对的单纯一点,你还知道目的,就是卖书。王蒙的目的是什么。他做过部长,比较复杂的,一直在说话,什么话都敢说。谈《红楼梦》,谈这个、那个,什么都说。王朔还边骂边道歉,无非正面和反面,王蒙这面就多了。

李徽昭:或许是文化中国现代化过程的一种现象,不同的作家出于各种目的,自觉或不自觉地参与了市场进程。包括王小波也是现代化进程中文化市场化的一个例子,但这是不是一种必然的事件呢?

韩东:社会名流是永远存在的,社会名流,是不是?

李徽昭:公共知识分子和社会名流怎么区分呢?

韩东:在中国,我看到了许多社会名流,或者你也可以叫他公共知识分子,觉得他有责任和义务在各个方面说话。现在说话的人很多,说话它也能带来一种效果,但是是否起到了公共知识分子的作用(批判社会、扮演社会良知,起没起到这种作用),我们不知道。但对个人来讲,肯定起到一个作用,就是利益,第二个对于专业所获得荣誉的一种补充,或一种掩饰。而且,基本上你能看到他们说的不是专业的,哪有什么专业,王朔写小说的,他谈的是小说吗?

李徽昭:就是说,他们的说话在不自觉地为自己谋取了利益,而批判和社会良知则没有体现出来。那么,在中国,有没有公共知识分子存在的土壤呢？

韩东：理想的公共知识分子应立足于专业，对社会进行批判。我们的知识分子很滑头，实际上，只对充当名流感兴趣，要越做越大，有那么一点批判色彩那也不过是"拴桩"（江湖术语，把观众留住的意思），绝对不会兑现，也无伤大雅。出于良心发言的知识分子也有，对社会不公敏感的知识分子也有，具有专业犀利的知识分子也有，但声音绝不会大，也不允许说那么多。

六　好的小说没有虚荣心，又特别有章法

李徽昭：再说说诗歌吧，诗歌与小说在批评家眼中是分开的文体。你当初写诗后来写小说，许多人会这么问，你是写诗歌出身的，当初为何没有直接写小说？你的哥哥李潮当初就是写小说的，你没有受到影响吗？

韩东：我最早开始写诗，是受北岛那批人的影响，读他们的诗，然后自己也写。在这一过程中才开始读小说的。我们当时是很贫乏的，也没有背过什么唐诗宋词，没有读过几本正儿八经的好书，就这么写了。诗歌是不太好翻译的，当时翻译的诗歌也很少，翻得好的更少。70年代末80年代初，是我的学艺阶段，当时翻译的小说有很多，因此读翻译小说就很多。对很多西方小说家我们不免如数家珍，佩服不已。读得多了，就有了写的冲动了。至于为什么没有直接写小说，那是由于敬畏，总觉得准备得不够充分。写诗毕竟不需要准备，况且供比照的标杆也少。

李徽昭：你的观点"诗到语言止"已经在诗歌理论中成为绕不过去的观点。在你看来，小说到哪里为止呢？或者说，什么是好的小说呢？

韩东：这很难讲。我觉得，好的小说是一种天然的结合，既没有虚荣心，又特别有章法，读起来还特别快活。

李徽昭：在一些访谈里，有人就"断裂"事件问过你一些问题，

你说到，从小说资源来说，你是无父的一代，似乎特地要和父辈以及其他一些写作区分开来。

韩东：没错，我们基本上是无中生有的一代，父辈没有提供给我们营养。那些前辈作家，回过头去看，有的的确写得不错，但真正进入我们血液的，一个也没有，不论是谁。我写诗有一个启动。我曾写过一篇短文，叫《长兄为父》，北岛这批人对我来说就是启动。然后边写边看边琢磨，读得最多的是翻译作品。后来才开始有意识地读一些中国古典或前辈作家的东西，但那时已不可能构成绝对的影响了，因为时机已经错过。比如说明清的话本小说、老舍的《正红旗下》，都是很牛的东西，但和我的写作没有太大的关系。

李徽昭：近两年国学热，对传统或者所有沾染上"古"的东西开始热心起来，各种媒体与各路精英共同参与到对国学的热炒之中，从文学或文化的角度你怎么看？

韩东：我觉得应该有一个平常心，在平等的位置上衡量文学或文化遗产。古人或死人不比现在的人笨，也不比现在的人聪明。祖先崇拜大可不必，自以为是当然也不好。不能因为是死人，是古人，就有什么不一样。能不能把他们都看成活人？或者没有时间性？真正的交流只发生活人之间，当你打开一个死人写的书，读进去，他一定就活了，他活在自己的作品中。看古人写得好，就是好。看活着的作家写得好，我也会说，真是好。好东西就是好东西，不好就是不好。我主张死人和活人平等、中国人和外国人平等、大作家和小作家平等。这可不是一种道德或政治主张，而是阅读、交流的真实依凭。平等之后，才谈得上各自的个性、特色以及不可替代的存在价值。古人意味着智慧的积累，因此让我们望而生畏，但同时，我们又寄希望于未来，后来者，觉得我们的东西是为他们而作的，只有他们才能真正读得懂。意思是未来的后人比今天的人更有智慧或眼光。这不仅是一个逻辑上的矛盾，而且是功利主义的自欺欺人。我觉得无论何时何地，作品都有好坏优劣高下的区别，但这好坏优劣高下或者价值判断是不应该依赖于时间和地域的。

李徽昭：谢谢韩东老师。

（2007年4月26日在南京半坡村咖啡馆，文稿经韩东审阅，部分内容曾刊于《当代文坛》2008年第1期）

中西文脉与当下文学
——徐则臣、李浩、王春林三人谈

一 小说家可以任性，导演和编剧很难任性

李徽昭：我们先从当下文学状况谈起。今天我们所谈的文学，基本限定在精英文学或纯文学范围内，这也是中文专业学习、研讨的核心所在，这是不断经典化、淘洗后要传播下去的，但现在还面临着这样一种形势，那就是工业流水线上资本强力支撑的文学与影视文化。很多孩子都知道，郭敬明自己写小说、开公司、拍电影，形成了一套产业化的文学流水线，这种工业流水线上的文学与影视和我们所讲的精英文学是两条路，但又是不可忽视的文学存在。则臣老师长篇小说《北上》正在进行电影、电视剧的拍摄。我想问，你们以后是否有兴趣做导演，或者参与编剧？当下新媒体非常发达，这也使纯文学面临严峻形势，纸本阅读可能渐渐走向黄昏，在一个浅阅读、碎片化时代，作为最前沿的"70后"作家，你们如何面对这样的情景，或者说精英文学该如何回应这个时代？

李浩：我想从几个方面说，做不做影视、做不做导演，对我来说，也希望做，看机缘。因为在某些方面来说，有些人在一项事业或者一种形式相对做得比较完备的时候，他总会去想尝试另外的方式。毫无疑问，如果有机会的话，我也想做。当然啦，我的做与其他人的尽量是不同的，希望能够是一种不同的呈现，但是，这种机缘我觉得对我来说是困难的。

还有一点，就是说，纸本阅读萎缩的时代。毫无疑问，这不光是中国的问题，这是全世界的问题。尽管《圣经》说"已有的事后必再有"，但我认为从某些方面来说，我们在50年代的时候恐怕想不到80年代的事，在80年代，恐怕也很难想象我们现在会是今天的样貌、状态和精神趋向。有些时候我们很容易把一个二三十年形成的某种惯性的东西看作永恒。其实，永恒在某种情况下、在巨大的表象背后存在着。

纸本的阅读或者碎片的阅读会不会变成某种趋向，我个人觉得不是太担心，我真正想做的是，把自己所做的事尽我最大可能，做到我无法再往前推进半步为止。

徐则臣： 影视的确是非常诱人。很多写作的朋友去搞影视之后跟我说，那个刺激程度、那个成就感，是写作远远达不到的。尤其是一个导演，是指挥千军万马的，你的布局、你的操控，会与很多人发生联系，但写作就是一个人的事，就一张桌子，你趴在那里就可以了。影视都是大机器生产，我们就是一个小作坊，而且都是个体户，所以感觉完全不一样。我也见到不少，写作上写得非常好的朋友去做导演、搞影视以后回不来了，非常非常多，我一想到就有点儿后怕，因为我更喜欢写作。我觉得我还有很多的小说现在没有时间写，因为工作特别忙，所以，我自己的小说改编成影视，第一个是我不会去导，第二个是我不会去编剧，给多少钱都不编。

有很多作家，很多熟悉的作家，比如著名作家刘恒，我认为，他是那代作家最有才华的作家之一。他后来写了很多的影视剧，写得都很好，是目前国内价码最高的编剧之一。很多年前，他就跟我说，他要写一部长篇，一直在说，五年过去了，十年过去了，迟迟不见动静。回来的确是非常难，因为写剧本、搞影视，它就一个套路化，它的要求跟写作完全不一样。它是那种机器大生产之后计算出来的一个东西，多长时间需要一个高潮，多长时间要解决我们观众的审美疲劳，都经过严格的计算。写作可不需要，我爱怎么写就怎么写。我可以一句话写两页纸，最后加一个句号，但你不可能在电影里面让一个人独白叨叨半个小时，最后说：我说完了，电影结束了。那肯定是很可怕的。所以，小说家可以任性，影视导演、编剧是完全不能任性的，他要为很多人（要为更多的人）负责任，因为他是一个投资渠道，你不能拿那么多钱去浪费。一部电影现在小成本也得上千万，大成本得多少个亿，你想想如果拿多少个亿去打水漂，那这个人真是太有气魄了，马云都不敢这么干。所以，他们要对很多人负责任，他必须要迁就别人，要勉强自己，要把自己的个性的东西压抑掉，要寻求一个最大公约数。这是小说家不需要做的。我写出来，你不爱看，你不买就拉倒，最后也不过就是这样，我能活下去就可以，这是一个点。

影视有一些观念，可能跟我的确不太一样。我的一个小说发表之后，有一个导演兼制片找我，我们在一块聊的时候，他跟我说，你的小说写得特别好。我很高兴，那时候我还年轻，我想，还不错，因为我写的时候，有很多好的想法写着写着写丢了，也就是有很多想法没有充分地表达出来。我说："这样，你在编剧的时候，在导戏的时候，我给你做一个义务的产出，一分钱不要，能把我写的东西补上来。"然后他说："不行，我只能把你现在写的已有的东西再往下删，我不能挑战观众的智商，你想想我的观众都是什么人，他们可能正在打毛衣，打了半截子，哎回头瞅一眼一下子续上了，可能出去炒菜回来看一眼又续上了，可能正在带孩子，把孩子送出去再回来，看一眼又能把故事续上了。如果他们炒了一个菜回来，看不懂，情节接不上了，他就不看了，不看，我的收视率怎么办？所以只能把你已有的东西不停地往下降，不能随便挑战观众的智商。"那时我还和现在不一样，那时候觉得还有点清高，觉得你搞艺术的，怎么能这样呢，但是，现在我就不这么想了。现在我想，不管怎么说你先买了再说。我现在也是这样，小说卖出去以后，我就不管。他们都说你来做编剧，我说我不要。现在我想通了，因为我觉得一个东西卖出去后它就是一个商品，人家就是一个作者或者说另外一个创作者，他爱怎么弄怎么弄，所以，现在我的小说改编成影视我也不会去看，如果拍的比你写得好，那你看了会很难受，如果拍的不如你写得好，你看了会更难受，所以我干脆就不看。我个人因为工作比较忙所以精力也有限，一个人一辈子专心地干一件事都未必能干好，如果我再去搞影视，我可能什么都干不好，所以从这个角度，我的确是一直都没去做。

我不是说编剧或者导演就比文学低，他们有自身的一个规矩，他们的这个道，也是博大精深。好多朋友说，写通俗文学、写网络文学、写言情小说是不是就比严肃文学要低。我说不是，如果你见到好的通俗小说、言情小说作家，他们用的功夫真的不比我们少。有时候我们所谓的纯文学作家会有一种道德优越感，觉得我们是写纯文学的，所以，我们就一定比别人好，这是一个错觉。很多写通俗小说的，他下的力量、下的力气真比我们多得多。就举一个例子——金庸。金庸真的比我们当下百分之九十的作家都有学问，反正至少我们俩，我觉得捆一块都没有金庸一个人知道得多。所以，我们不能有这样一个错觉。另外一个，即使是文学内部它也分工特别细，不同门类，它所要针对的东西，它所要提供的东西，的确是隔行如隔山。所以我深知自己能力有限，不敢轻易去尝试。当然，哪天真是我特别有钱了，也特别闲了，也可能会去试一下，别人不拍的我的小说，我自己去试一下，这也有可能，但我觉得20年之内可能还没有这样的机会。

李徽昭：谢谢则臣老师，对作家参与影视表达了独有看法。我记得你之前做过《我坚强的小船》编剧吧，是不是做这个编剧的时候受过"伤"？

徐则臣：老底被揭出来了，我的确做过"半个编剧"，就是因为做那个编剧，我觉得我不适合干这个。上海的一个女导演，叫彭小莲，前段时间去世了，非常优秀的导演。我给她编过一个儿童剧，那个儿童剧在好莱坞还获了个大奖。我只是"半个编剧",当时她跟我说:"你帮我写这个剧本,写一半。"我说,我真不会写。她说:"就因为你不会写我才找你,你就按照你的想法去写,随你怎么写,你写成小说我就按小说拍,你写成剧本我就按剧本拍。"我老是想着要写剧本,所以最后写出来一个既不是剧本也不是小说的一个东西。然后她拿到手说:"嗯,很好,我要的就是这个。"最后还真获了一个奖,获奖后她还寄了一个碟片给我,说让我看看,我们做得很好。我也没看,到现在也没看。这就是我刚才的想法。

二 任由网络文学蔓延,对民族文化、文脉都是一种伤害

李徽昭:彭小莲是学界非常尊敬的一个电影导演,前不久刚刚去世。实际上,她对电影的高标准要求是具有文学性、经典化意识的。在我们思维中,电影是一种工业化的产物,但实际上如果一个导演,像侯孝贤、贾樟柯他们把电影当作纯艺术来做,这与工业化的流水线操作还是不一样的。所以,彭小莲选择则臣老师,其实在某个点上,她的电影理念和侯孝贤、贾樟柯是汇合的,就是对这种经典化、艺术性的视觉艺术的期待。

想问一下春林老师,您对影视文化以及当下浅阅读怎么看?您现在这样每年看上千万字的纸本文字,这种阅读量,怎么能够持有这样一种定力的呢?这非常让我们尊敬,很难得的,也和我们的孩子形成一种对照,大家现在就是每天盯着手机,手机成为第三只手,您对这个第三只手如何看待?

王春林:刚才徐则臣提到作家刘恒进入影视圈的一个例子,说刘恒这么一个优秀的小说家,因为接触电影,同影视发生关联,就再也回不来了,我们再也看不到他的优秀小说文本了。其实,我还可以提供类似的例证,比如说朱苏进、杨争光等,都是非常优秀的小说家,结果"触电"之后,他们都很少再从事小说创作了。所以,影视和小说创作可能还真是有些东西是不相融的,它们可能是

两件事。我所说的影视,是中国化的那种影视,是那种以占有观众多少、以市场化程度为衡量标准的那种影视,但是,话说回来,中国作家、纯文学作家是不是真的不能和影视发生关联呢?刚刚他们俩在回答问题的时候,我就在想象,我在想徐则臣或者说李浩,他们两位真的要去拍电影,那么他们拍出来的会是什么样的电影。我想他们可能是拍欧洲的那种艺术电影,我们不能把影视一概而论、一网打尽,认为统统都是现代工业化的产物。实际上,那种艺术性电影,它跟我们纯文学的追求是一致的。所以,它和那种市场化的、好莱坞式的电影不可同日而语,而且不是同一类型的东西。与其说把艺术电影归结到工业化产物那边,反而不如把它归到纯文学这边,是这样一种存在,我愿意这样来理解影视,就是文学和影视的关系。

提到网络文学,大家也知道,中国的网络文学是非常繁荣昌盛的,或者说不太好听,就是甚嚣尘上。当我使用"甚嚣尘上"这个词的时候,其实我对于网络文学的态度各位已经能够判断了。就是说,网络文学好像是一种很自豪的现象,放到当代世界范围内,好像其他国家、其他民族少有这样繁荣昌盛的网络文学状况。怎么理解和看待网络文学呢?网络文学和纯文字创作是不是一回事儿?我个人可能观点比较偏激,我不是歧视,我也敬重网络文学,但是,网络文学是不是文学,我觉得这个要打问号了,起码它和我理解的那个文学不是同一个文学。

在我的理解中,一种优秀的、真正意义上的纯文学,它讲究的是什么?它特别要讲究思想艺术原创性,怎么样有新的、对生活的、对世界的发现和感悟;怎样来寻找一种新的艺术形式、艺术手段,来呈现我要表达的这个现实体验。在中国也罢,在国外也罢,整个人类的文学史都是两三千年的历史,在这个文学史上,我们讲中国文脉,乃至世界文脉,你想有多少优秀作家,都在这个经典文学史上。所以我理解的文学创作,它必须得面对这样一些文学前辈、文学的经典，然后进行创作。也就是说，那些有抱负的、有野心的、真正追求文学的作家，像徐则臣、李浩，我觉得他们都是这样的作家，他们首先要考虑能不能给这个文学史增加一些新东西。所以，它不仅是面向读者的写作，不仅是面对大众的写作，同时也是一个面向文学史的写作，所以我理解的纯文学是这样一种文学。而网络文学要干什么？网络文学一天写8000字、一万字、两万字，一部50万字的长篇在网络文学那儿可能就是一部短篇，它的长篇可能是2000万字、3000万字，是那样一个量级的创作，它追求的是点击率。你愿意来读，我能把你吸引过来，每天要读这么多就行了。所以，这里的一个创作的出发点或根本的追求，它们是南辕北辙的，根本不是一回事儿。也就是说，纯文学是要挑战读者的阅读，要制造阅读难度，最终提升读者艺术鉴赏与审美水平，提高读者的思想文化素质，而网络文学就是迁就，你喜欢什么，我就给你什么，它是无难度的或者说去难度的阅读。

为什么网络文学能在中国在成为重要的文化现象，而在欧洲，我无法想象会有网络文学特别盛行的状况。为什么这样？这里面有一个重要原因，我觉得是欧洲的那种阅读文化，他的文化素养、思想素养总体水平要高。欧洲视野中，网络文学被看作一种垃圾，那是文化垃圾、文学垃圾，他们很少去读网络文学那样的东西。但网络文学在中国盛行，可能说明我们大众阅读水平低下。而且网络文学创作带有一定的投机色彩，是一种文学的投机、文化的投机。

所以说，如果任由网络文学蔓延下去，我觉得对我们整个民族的文化、对我们的文脉其实都是一种伤害，而不是什么好事儿。所以怎么说呢？现在徐则臣、李浩，他们两位优秀作家，仍然以坚忍的意志坚守在纯文学创作道路上，在这方面，我愿意向他们两位表示敬意，这种敬意，其实是我在表达对纯文学的敬意。

李徽昭：网络是一个技术性东西，得看从什么样的视角去利用它，把它利用好，也能让它发挥传播纯文学的作用。昨天，有一个

徐则臣、李浩、王春林对话交流现场

《瞭望》周刊对则臣老师的访谈，短时间微信点击量100多万，这就是网络带来的快速的、有效的阅读，尽管大多是浅阅读，也不可忽视对经典文学传播的影响，所以，看怎么能把技术利用好？利用好了，它会是一个非常有效的工具，可以给你传播有用的、经典化的审美信息。与其让它传播通俗、恶俗的文化，不如我们纯文学多用功，让它传播出去。目前来看，很难抗衡这个网络时代，现在中国网络经济文化走得比西方快得多，不过，也有不少国家网络发展是一种走慢的趋势。比如我前年在日本，发现日本很多地方商店明确只收现金，信用卡都刷不了，就是一些旧书店，这也是一种慢的方式。但是，在慢和快之间，有一个怎么去平衡、技术怎么去利用的问题。我是这样想的，比如说像则臣、李浩老师，他们两位在小说之外也写书法，这也是对慢的回归。我做的是文学和美术的学科交叉，我发现当代作家中书法写得好的，小说也写得好，其实是审美上对慢的一种回归。所以，则臣、李浩老师这两位字写得好，李浩还是画家，画也画得好，他画的山水画很有韵味，跟中国古人进行了一个呼应，因此可以说，书法绘画的慢是对技术时代快的一种审美补偿，对过度技术化的一种制衡。

三 我之所以是我，之所以有价值，是因为我有的你没有

李徽昭：我有一个困惑，李浩小说观念一直高扬先锋，是典型的先锋作家，是"70后"里面最先锋的。他有一篇小说完全是仿翻译体，里面人物全部是外国人名字，拿到这个小说，第一印象是会想这是西方哪位小说家写的？所以我又很困惑，当李浩小说里面的那个西方的国王出来，走到你山水画中的古人面前，你该怎么去介绍他？

李浩：所谓二十四种人格，各自的抽屉里面放各自的。确实，我的书法绘画是在延续一种中国传统，而且在某种程度上，就我个人来说，我都觉得那部分过于传统了。在小说里面，我还是会汇合，希望能和西方的在我看来伟大的作家和思想家有一个对话，甚至在某种程度上来说，希望再假设我的读者是伊塔洛·卡尔维诺、假设我的阅读者是卡夫卡的时候，他怎么想？我希望我在他们面前不被轻视。传统与现代确实是两个挺矛盾的点，现在我没有完整地把它们融合到一块儿，但我认为，它们两者都是好的，否则的话我不要，我现在确实没有办法把它们两个完完全全融合起来，我希望有一天它们能融合。假如我这一生还是做不到的话，就是我的智商和情商都不够的话，我希望下辈子接着干这个活。

刚刚春林兄谈到文脉问题，文脉不是自觉地呈现在我们身上的，比如说中国的历史，你和那条脉接续不接续，有巨大的区别。它不是天然地、天生地注入你身体里面去的，西方的同样如此。如果谈文学的时候，我们会极其甚至是反感只从中国的作品谈中国，只谈所谓中国语境、中国文学。在这点上来说，我有一点儿傲慢，甚至是小鄙视。我希望在世界背景下谈中国和我们现在的文学，我希望我们所谓的地域性，就是区域的文化差异，能够为世界文学的最高

标进行某种繁殖，我觉得文化就应当如此。所以，在某种程度上说，对于这种现代主义先锋趋势，你们可能会认为时间会很久，我不这么看，尤其是在读文学史的时候，我会发现好多东西，以为永恒的、坚固的，你会发现几十年有可能就会有一个反复，但真正恒定的东西，我们和所谓的文脉衔接上的话，对个人受益无穷，当然对你以后的成功也受益无穷。

李徽昭：现在确实是一个快速化的时代，可能写书法从某种意义上对你来说是一种停顿、思考和回馈。因为书画传统有一个隐在的文化积蓄，在这个基础上书法绘画构成了你的慢生活。但现在又是一个图像化时代。说到这个问题，就是中国人讲文脉的话，可能就讲那种文字脉络，图像文化脉络往往被忽视。实际上，图像这个脉络在中国、在西方，都是不可忽视的。所以，在这个图像文化语境中，如果审视的话，你就可以发现它其实也是一个隐在的审美影响。所以我觉得可能写毛笔字呀、画画呀对小说是有特别影响的，像则臣老师《北上》里就有书画、雕版、碑刻等意象，李浩《失败之书》也专门有绘画描写，这些从某种意义上讲都是视觉文化的影响。在小说等文字书写中，书画等图像文化怎样对你们形成一个有效的回馈？写的时候会不会自觉地想到这个问题？

徐则臣：我觉得刚才李徽昭老师的问题特别好，这也是我近几年一直在思考的问题。但是，我首先要说到李浩，的确这些年，可能是因为"吨位"比较大，所以，李浩的兴趣也特别广泛，经历也很丰富，精力也比我多，所以既写字，又画画，又写诗，还搞评论，还给批评家写评论，当然小说也写得非常好、写得也很多，他是一个精力无限的人。他一直说减肥，我说千万不要减，你要减肥了就没有这么多力气、没有这么多精力去把所有文人能干的事儿全包了。我们的兴趣很接近，比如说写字、写小说。

回到问题上来，这个问题就是，在今天我们不仅是一个作家，还是一个中国作家。中国作家需要考虑什么？考虑的不仅是我用汉字，用简化字，用电脑，用我们的想象力，用我们的知识储备，把当下生活，把我们的现实感受、我们的疑惑和发现呈现出来。一个中国作家，你不仅要用简化字，不仅要和印刷体发生关系，还要跟我们的繁体字、毛笔发生关系，不仅要对当下发生关系，也要跟我们的前辈、先贤、古人发生关系，因为这是一个来路。这些年我越来越清晰地意识到这个问题。这些年，我的确跑了很多国家，跑的国家越多，我越发现，作为中国作家、作为中国文学，你的价值固然在于通约的部分，也就是我写的东西你都能看懂，我说的你都能明白，一点就懂、心有灵犀的那种，非常重要，没有这部分我们没法交流，我说的你全不懂，那就是鸡同鸭讲，但是，我之所以是我，之所以有存在的价值，更因为我有的你没有。哪些东西是我有的你没有，那就是我的文化、我的传统、我从老祖宗那里继承下来的东西。你有自来水笔，我也有自来水笔，但是，我用毛笔，你用不了；你用印刷体，我也用印刷体，但是，我用繁体字，你写不了，我觉得这是我们非常巨大的资源。我们用毛笔字来写东西，这不仅是一个工具的问题，这不是简简单单有一天老祖宗脑子一热，抓一个东西就变成这样。这是经过长期生活实践和文化拣选，最后我们拿到了这个工具。这一点是非常重要的，这是我们基因的东西，基因是什么？就是这个东西，让我们区别于别人。

  徽昭老师刚刚提到，就是我们的文学不仅是一个文字传统，还是一个视觉传统，是一个图画的、意境的，这样一个传统。看看我们古代文人，没有一个不通书法，比如苏东坡，是天纵奇才，几千年出一个，诗书画琴棋等，所有的东西都行。这样的人，你说在当代出现一个，那就不要抱希望了，但我觉得他是我们的文化楷模，是中国文人典范。今天，如果说我们要接续这样一个传统，要走在我们的文脉里面，那苏东坡真是一个典范。我们去接续这个传统，寻找我们的文化，寻找我们自身的来路，就是亚里士多德所说：是其所是。我们要找到这个东西，那么可能不仅仅要文字表达，你还要去写字、要去画画，甚至去弹琴。我不是说简单地复古，你也复不了古，但我们可以去感受。这些年，尤其是35岁以后，过了40岁更明显，突然发现很多兴趣和过去不太一样。大家不要笑，说：35岁和40岁有什么区别？那还是有很大区别的。日本有个作家叫大江健三郎，1994年获得了诺贝尔文学奖。他在一个访谈里说过类似这样一句话：一个作家到了40岁，你会不由自主地产生写历史小说的冲动。当时我看的时候，大概也就在30岁快40岁，忽然一惊，我觉得我早熟了，30多岁我就发现这样一个问题。就是你到了那个年龄以后，忽然会产生追根溯源的冲动。这个追根溯源你从哪来，你会看家谱。我在30岁左右时，对家谱不屑一顾，我爷爷、我爸非常认真地交给我一份家谱，跟我说："你要好好看看。"我把家谱往书架上一放，一放好多年，真都蒙尘了，落了一层灰，都没看过。但突然有一天，我拿起来一看，那感觉，你们现在可能真的体会不到，若干年以后，你就能体会到那种感觉。

还有一种非常强烈的感觉，我说我的内心里面、身体里面，住着一个老地主。你会觉得这个老地主是一个非常不好的词，但现在我觉得真的好，好在哪里？是你突然发现你有一种跟传统文化之间，对接的、上溯的，那样一种东西在里面，那个纽带在。过去我觉得我是一个也不敢说前卫的，也不敢说时髦的，但总是不算太落后的，至少不甘落后的人。我觉得一个现代人的生活，应该住在楼上，有钢筋、水泥，或者应该窗明几净，有个现代气派，出门应该穿西装、打领带。但30多岁的有一天，我在一个小镇里面瞎走，突然看到一个小院子，我就一直在里面转，转着转着，转了好几圈。朋友说：你干什么呀，想买这个院子吗？我说我真想买个院子，突然我发现，那个心态就是一个老地主心态。买房置地，然后有相对独立的一个空间，你在院子里可以种种花、种种草，可以种两棵葱、两棵菜，然后，喝茶。内心里面已经开始要那种安静，不再需要那种窗明几净、高楼大厦悬在半空中的那种生活，你要落地，要接地气。突然之间就有那种感觉，突然发现真是我们内心里面真的住着一个老地主。老地主是什么，老地主其实不是一个坏东西，就是传统、就是文化。然后从那个时候，我开始喜欢听戏曲——京剧、黄梅戏这些东西，一点点开始。

写书法，是因为我爷爷是个卖字的，过去农村是卖对联的，我从小一直接触。你说我对它有多深的理解，跟我之间有多大的血脉相融，也说不上，就因为在这个环境里，慢慢产生一个感情。它不是我非常有意识的、主动的需求，但从某个时候，我发现对它有一个主动的需求，有一个强烈地要进入它，要把它写好、做好的一个需求。

绘画其实也是这样，我画得少，李浩画得很多，而且画得很好。但是我会看，不是说把自己变成一个古人，像古人那样生活。而是我尽量敞开自己，把一个现代人的那种狭隘给打开，然后全方位感受传统文化。你要接续一个传统，你要从我们的传统文脉里汲取营养，你可能真的得设身处地、身临其境回到历史现场，能抓多少抓多少，能取多少取多少。所以，从这个意义上说，我觉得今天的作家，不仅是作家，其实各行各业，哪怕你做的是前卫艺术、行为艺术，我觉得如果你要做出真正中国人的艺术，讲出真正的中国故事，我们可能都得往回走，都得寻找到，那些使我们的祖先成为我们的祖先，也能使我们成为一个真正的文脉的继承者、发扬者。我想这样可能才能保证你成为一个不可或缺的作家。以后的作家是什么，你跟别人一样你就没饭吃，你必须要跟别人、跟西方区别开来。区别然后才能确立自己，而这个区别、确立，是一个真确立、还是一个假确立，是一个短暂的确立、还是一个永久的确立，就在于一个根子上的东西，就是对血脉的不同形态的继承转化。

徐则臣、李浩、王春林对话现场

四 个别审视比集合性、概念化谈论作家可能更有效

李徽昭：对于写作者而言，中国文脉可能是潜在而绕不开的问题，中国文脉让我想到传统父权或父系文化，一个显性表征是各地民间族谱，这可以说是父系或父权文化的核心象征。我们都知道，李浩小说执拗地书写了非常多的父亲形象，"父亲叙事"是李浩小说的独特主题。前年在日本，我的联系导师坂井洋史教授跟我谈及李浩小说中的父亲形象，其言辞多有深意，这是特别有意味的事情。我也注意到徐则臣硕士学位论文写的是当代小说中的父亲形象。所以，在父系、父权文化脉络中来看，中国文脉的宏观、微观怎么有效衔接，这个文脉怎么谈？你现在为什么这么执拗地书写父亲形象？

李浩：在我这里，父亲不是单指我父亲那个人，他是杂合的一种新生物，可以说是一种新生物，他杂合了谁？我父亲自身的那部分，我身上的部分，我的爷爷、姥爷都有。我姥爷是个特别木讷，很少和人交流的人，但非常善良。我爷爷呢，那时候家里很穷，他其实是我们村上的混子，我们叫二流子，那是我爷爷最初的时候，后来他生活发生改变，变成了一个极其积极的人。所以，我觉得父亲形象有种种的复杂，我愿意把他们放在一起，在他们和我们身上萃取某种DNA，让它们变成结晶体，我愿意用这种方式来书写他。

同时，对我来说，因为熟悉父亲形象及其影响，我愿意把这个形象寓言化和符号化。我们确实是父系社会，现在中国仍然是父权占主导。它包含权利、责任，包含虚伪、担当，也包含对所有一切的推卸。在某程度上说，也包含着年轻人所认为的为所欲为、不负责任，包含着那种权力的控制，也包含着某种自我规约和种种复杂倾诉。我觉得，在某些方面来说，如果说父亲是什么的话，我觉得父亲应该就是我要讲述的中国。

父亲就包含着所谓的中国故事或中国品质，我愿意用小小的解剖方式展开。我把"骨头"放在这一块，我就这篇谈"骨头"，那篇谈他的"血脉"，另两篇谈他的"肉"，然后谈谈他的"DNA"。我希望用这样的方式把父亲文化分解开来，我要从各自的角度往深处追捕。我们见到的父亲行为包含了身处幽微的、幽暗的、沉默的部分，他的这些行为是如何影响的，等等，我愿意用这样的方式来完成。这样，父亲就变成一个总体建筑群，我要用总体建筑群描绘出所谓中国的、整体的、我认知的这部分的面貌，同时也是我的面貌。我为什么迷恋甚至是有些固执地书写父亲，实际在这一点上。

李徽昭：这么看父亲书写就有意思了，父亲作为一个总体建筑群，这个建筑群也就成为父权文化的内在象征，成为观照世界的特定视角，小说的深意就来了。春林老师怎么看李浩、徐则臣小说与中国文脉或父系文化的关系。

王春林：大概有十年了，我曾经写过一篇文章，专门谈论"70后"一批男作家，好像是提到6位男作家。我借用金庸小说人物来为他们命名，我把李浩说成东邪黄药师，张楚是北丐，弋舟是西毒，田耳是周伯通，路内就是南帝，最后剩下一个徐则臣，他就是中神通。我这文章有据可查的，不是我在这现场编的。

现在批评界流行用代际来谈作家，一说就是"60后""70后"

"80后",代际其实有问题,尽管不能说它没有道理,大概从"80后"登场的时候开始流行用代际观念来谈作家,或者从魏微那一批作家提出了"70后"的概念,然后就开始流行代际观念,一谈当下创作好像就离不开当代际。其实代际是一种偷懒的批评方式,或者说是批评家失语,是批评家提炼概括能力、对时代把握能力欠缺的一个状况。当然,这个批评家也包括我在内。到现在,尽管我不满意代际说,但要我给一个说法来概括90年代,包括21世纪以来整个中国文学状况,好像也找不到恰当的概念或语词。所谓作家代际问题,我们批评家为什么非得用集合性概念来讨论作家?其实,每个作家都是独立个体,我们与其谈论"80后""70后",不如讨论作为个体的贾平凹、莫言,作为个体的徐则臣、李浩,我觉得这样讨论,可能会比那个集合性的概念来涵盖某个作家可能更有效。我们谈论鲁迅、郭沫若、沈从文,你能把他归到一个概念里去吗?不是这个样子的,他们各有个性,文学本身也是讲原创性、个性化的,所以,从个性角度来说,徐则臣、李浩的创作是不一样的。

为什么说徐则臣是中神通?他可能更多带有一点儿中庸的感觉,这个中庸不是贬义词,不是一说中庸就没特点,不是这个意思,他可能是在中西古今平衡感非常好的一个作家。他有汇通世界的文学经验,他有对古代文脉的继承,他有跟当下现实的对话,所以,我把他叫作中神通。他也是最早修成正果的,当然,这也不是终极意义上的修成正果,在中国语境中来说,他是茅盾文学奖、鲁迅文学奖双奖都拿到的第一个"70后"作家。

我觉得在当下,当大家动不动就是中国故事,动不动就是现实主义这一语境中,作为先锋作家的李浩,那个固执、极端、坚持立场的李浩,就有他的意义和价值。我早前听他表达过这样一个意思,他说,当下大家都要扎根、要沉下去,在这深扎的时代,他说,他就是要固执地飞翔。他最近小说标题都要带上飞翔二字,他执意要写飞翔的故事。为什么?他其实要对抗当下对现实主义、对中国故事的过分强调。这也就跟我们所说的中国文化发生关联了。

什么意思呢？李浩刚才谈到父亲，这是非常有意思一个现象。中国当代作家大都有自己的文学根据地，比如像莫言一写就是高密东北乡，贾平凹一写就是秦岭，阎连科是耙耧山脉，都一样，包括徐则臣的京漂系列、运河系列，也是地域，运河和徐则臣有着内在关联，希望感兴趣的朋友，沿着这个脉络深挖下去，大有文章可做。

但李浩不一样，他也可以建立一个类似高密东北乡的文学根据地，但他偏偏不这么来，他的个性化就在于写来写去就是一个核心，他写父亲那么多中短篇，包括长篇《镜子里的父亲》。我认为，《镜子里的父亲》是李浩到目前为止最有代表性、标高性的一部长篇，放到当下中国长篇小说坐标系中，都有非常重要的意义和价值。他把他的思考，关于世界，关于中国，就像他刚才所说，其实都连接到了父亲形象上，这是李浩跟其他作家不一样的地方。所以，从李浩这儿，他对先锋的那种执拗、坚持，极端的熟悉，以这种方式来对抗那种现实主义、中国故事的现状，也就延伸到了中国文脉的相关思考。

五　现代文学与古典传统缺乏本质性的内在关联

王春林：作为中国作家，毫无疑问是跟中国文化传统联系在一块儿的，但我觉得，现当代文学可能跟古代文学不一样，或者说中国现代文学的生成，它有一个跟中国古典文学传统、跟中国文脉断裂的问题，一方面是断裂，另一方面是传承。内在可能有传承，我们都是中国人，都用汉字，尽管现代汉语跟古代汉语写作有别，但还是汉语写作，有些东西是与生俱来的，那是想切割都切割不掉的。不过，我觉得与其说五四新文学后形成的中国现代文学跟古典文学、跟中国文化关系更密切，不如说跟西方文学关系更密切，更有内在的亲和性。

想象一下，如果没有五四对西方文化的大规模阅读借鉴，没有中西文化碰撞，很难想象会有现代性特质的一个中国文学生成。在漫长的中国古典文学发展过程中，也会有各种文学革命，会有文学改良的革新运动，但为什么没有造成一种具有全新品质的文学，没有形成全新的文学形态，而只有五四，才开创了一个新的中国文学。

这样，中国现代文学和古典文学就变成两种不同的文学，高校内部仍是两个学科。为什么会这样？我觉得跟西方文化、西方文学影响有太大关联。马克思主义认为，在一个事物发展过程中有内因和外因，内因是关键，外因是条件。按这个理论，我觉得五四新文学的发生、中国现代文学的生成，可能就构成了马克思主义内因、外因哲学的一个反例。可能外来的文学更重要，它才是关键因素。现在你要研究现当代文学，好像还只能使用一套西方话语体系，离开现实主义、浪漫主义、现代主义，离开象征、隐喻，离开各种各样的西方批评流派，你无法面对现当代文学发言。反而是中国古典的，尽管道、气、用、境界跟现当代文学也有关联，但是它缺乏一种本质性、内在的关联。

你看现当代文学史，它是两头高中间低，中间的"十七年""文化大革命"，相对来说是成就比较低的一个阶段，为什么会这样？从五四来说，它是中西文化第一次大碰撞，西方文化大量进入中国，形成了五四新文化，启蒙精神和新文学紧密相关。没有五四新文化，很难想象还会是现代文学，所以，前三十年会有鲁迅、郭沫若、茅盾、巴金、老舍、曹禺，会有沈从文、张爱玲、艾青、丁玲、赵树理等一批作家出现。

20世纪80年代也是这样。为什么80年代很重要，说是文学的黄金时代，最重要的就是思想解放、改革开放。西方文化又一次大规模进入中国，中西文化大碰撞，然后文化热，形成了思想界新启蒙，与新启蒙相呼应的就是现代主义文学大规模进入中国。如果没有现代主义文学洗礼，很难想象当下文学会是什么状态。

从这个角度来说，我还真有一个偏见。我认为，中国文脉跟当下文学创作当然是有关联的,但我们是不是忽略了,就是域外文学经验、文学创作和当下中国文学的关联可能更重要。我们谈中国文化、世界文化,也就是共同性和世界性的问题。我们天然就是本土的,但在当下世界,你要从事文学创作,仅有本土性、仅谈中国文脉是不够的,还得有一个世界文学的坐标系,你要知道美国、法国、英国、欧洲、美洲的那些文学同行们,他们在思考什么,他们以什么方式在进行文学创作?

李徽昭: 春林老师讲到现代文学中五四与西方文化的作用,这个毋庸置疑,它确实非常重要。不过,我想也应该注意到,五四是一个发酵点,西方文化是不是核心因素值得探讨。比如五四,今天我们言说的时候把它作为一个事件放大了。什么是事件?我今天到这里来的路上,跟每天一样,它并不是一个事件,但如果在路上我被车撞了,这就是一个事件,但事件之后日常生活依旧。五四作为一个火烧赵家楼事件引爆的点,确实带来了西方文化,但要知道,五四之前。文界革命、诗界革命的时候,已经有很多新词语、新话语、新观念,例如黄遵宪诗里面就有很多新东西。这样来看,新诗无所谓新,旧诗也无所谓旧,黄遵宪的诗就是旧体诗写的新思维、新观念。在这个意义上讲,我们也不要把西方文化放到太大或绝对的位置,因为我们是中国人,在中国土地上、中国语境中,你的思维模式还是汉语思维,还是汉字思维、象思维。对五四认知的时候,还是要从中国本土文化语境、汉语表达等角度来审视,我觉得隐形的中国传统文脉可能还没有办法隔绝开来。只是因为五四事件前后,与其相关的西方文化也可能只是一个点,而非全部。只是今天我们回溯重说时,不断去放大、去扩张,核心因素还在传统上,我是这样理解的。

六 现代小说是从西方过来的,它带有侵略性

李浩: 在这点上,我和徽昭看法不完全一致,为什么这么说?

对于我们现在的思维、现在使用的器物（例如手机），我们不必太在意它来自东还是西。如果全部换作东方器物的话，估计我们能过好两三天就不错了。我骨子里觉得我还是非常传统的中国文人，甚至比你们认为的更传统。钱穆说过，中国文学是和天道的呼应，在中国最高级的幽默是我说出来的你听不懂，这是最高境界，所以在中国文学里面，很少考虑读者，但现在强调的是读者，中国文学，无论李白怎么写诗，或古人写什么文论，它不考虑读者的接受力，他要和天道对话，和文化的最高标对话，书法、美术同样如此。还有，中国文学强调内敛性，像宋代，尤其陶瓷，绝不张扬，它所有的刺都要收敛，呈现的是貌似没说出来的那部分，越揣摩越回味，越端详越发现趣味。

我觉得我们现在的审美和阅读却与这个"内敛"在对抗。我们麻木到什么程度？我们阅读，会不会把每个字研磨成碎末，放在手心，观察一下，然后吞到肚子里，用心来体会它内在的芬芳？现在大学教育里，诗歌是很少的，就是说，我们以为，我们在延续中国文脉，其实不是。80年代有一篇小说非常有影响，《减去十岁》，那是普遍心声，很多人觉得我们在那十年里要努力学习，如果减去十岁多好啊。其实应该追问，十年里，为什么我全部错过了深刻问题。

徐则臣：大家都说到一个问题，我们天然是一个中国人，但我们未必是天然具有中国精神的中国人，这是两回事儿。在当下写小说，它的确是一个舶来品，所有的规矩、范式已经都规定好了，所以现在写小说，你的工具、技巧、模式、小说理念，其实都是西方的，而且，这种小说观，这一套东西，是天然具有现代性的，就像我们用西方的机器，要按人家的方式来操作，所以的确天然具有西方传统。参加过一个青年作家论坛，当时请了一帮学者、教授、批评家，我们的教授、学者，都在说中国文脉源远流长，我们应该从里面汲取营养，把这些文学资源继承下来，要点石成金、要化腐朽为神奇。到了青年作家，他们在谈他们的经典，就是西方作家和作品，他们的师承全是西方文学，为什么出现这个情况？我觉得很正常，刚才我们说的，处理现代社会的小说文体，天然是西方的，它带有侵略性。我们要把当下生活处理好，你必须用它，它给我们非常称手的工具。作家就是一个匠人，不管我是一个中国匠人还是一个美国匠人，我会因为立场去选择不同工具。选择工具时，只会说哪个工具称手就拿哪个工具，不管它哪里来的，只要好用，我就用它，所以，我们一帮小说家，全都用的是外国锤子、外国刨子。

这个事儿也不是今天才有，大家看当代文学史，1998年有一个文学"断裂"事件，南京的韩东、朱文、鲁羊，发动了一个问卷，这个问卷里面就有一条，这一代人，"60后""70后"的写作，跟我们的前辈作家、跟我们的传统是什么关系？大家基本上达成一致，就是没有关系，之间是断裂的，所以被称为"断裂"事件。

在文学史上，我觉得这个事件以后会非常重要，它带来一系列问题，需要我们深入探讨。这帮作家说，我们是喝狼奶长大的。一般人活着、成长，要吃母乳长大，但他们说是喝狼奶长大的。我现在想，固然狼奶很有营养，喝狼奶我也能茁壮成长，但毕竟还是缺少什么，就是中国人和西方人体质是不一样，只是说身体，这个东西它这么多年，一代一代基因传下来。举个例子，大家大概都听说过，在国外，生完孩子当天就可以洗澡，我们必须包裹得严严实实，一周内不能动，戴帽子不能受风。后来我问了下中医，还真不是我们过度保护，而是如果她们那么做，受了寒气就肯定出问题。我们一代一代就这么过来的，这个基因的东西我们是改不掉的。

七　强调独特性时，必须要知道我们的东西从哪儿来

徐则臣：我们现在可以用一个非常称手的西方文学意识来写小说，也不能说天然就该这么干，或者说我们强调自身独特性时，必须要知道我们的东西从哪儿来的？全球化的确是交流、融合的大平台，但全球化也造成了同质化，大家都一样。尤其在西方，中国文

学还是很边缘的,很多年来,我们的文学有意无意都在迎合一种东方想象。我在西方书店看到卖的东方文化书籍就是菜谱、养生、老子、茶艺,就是这些特别符号化的东西。他对中国的想象就是这样,就是这些符号化的东西,他希望在文学里也看到这种符号化的东西。所以在西方,直到现在,中国文学都不是被作为纯正的艺术品看待的,而是作为了解中国文化、中国社会的材料。大家想一想,我们去看海明威、福克纳,看马尔克斯,会是想看看美国、拉美的社会,看人家作品中的政治?都不是。我们看的是文学、艺术层面的东西。什么时候西方看中国文学也像我们看人家作品时的态度,中国文学这才真正有了尊严。

随着全球化,东西社会文化差异消失得越来越快,相似性越来越强。当东西社会文化最大公约数越来越大,你的独特性丧失的时候,最后你的写作是被抛弃的。你都和我一样了我还看你干什么?如果我和李浩、春林老师往那儿一坐,每个人都说一样的话,那么台上只要一个人就够了。也就是说,全球化的最终结果很可能不是大家都参与进来,而是有一部分被踢出去,原因就是不能呈现自己的东西,没有独特性,没有价值了,那我要你干什么。从这个意义上说,至少在我看来,我觉得一个有长远眼光的文学工作者可能得提前(找到自己的独特性),一定不能等到吃不上饭了,要被踢出局了,才想到自己的独特性。

而且,中华文学文化转化的过程很漫长。为什么我们都在用西方的东西?就因为西方文学有天然的现代性,而我们的文学更注重世俗生活描写,就是红尘滚滚、活色生香的烟火人生。大家想想我们的作品,很少触及我是谁、从哪里来到哪里去,这样一些质疑、追问,这些东西是现代性天然的一部分,是西方文学传统的一部分,所以中国文学很少有心理方面的小说,很少出现像卡夫卡这类作家,不停地挖、向内转,把自己搞得体无完肤,把自己打开来给别人看,所以我们才强调现代的文学,就像鲁迅小说。我们的小说过去充满了句号、感叹号，到如今，应该是我的小说里充满了问号。那么在今天，我们如何让传统文化、文学资源中充满了句号的一些资源，来表达我们的问号，如何把句号转化成问号，把叹号转化成问号，我觉得这是一个巨大而艰难的过程，我们之所以这么多年不用，就是因为这个过程艰难，也正因为艰难，所以这个资源也更宝贵，拿出来这就是你自己。

所以，我觉得，现在有些作家，比如莫言老师，他的巨大成就固然在于他的作品获得诺贝尔文学奖，我觉得可能还有一大部分价值，就是他对中国传统叙事资源的现代性转化。比如说他现在写的歌行体、写的地方戏剧本，他都把传统资源进行了转化，比如说《墙头马上》等，都是用旧方式来处理新问题。这些尝试，成不成功不好说，时间会给出答案，但他这种努力会在中国文学史上留下非常重要的一笔。我觉得，他现在对中国文学做的是开疆拓土的工作，这可能很多人没有意识到。包括他的打油诗，用打油诗处理当下问题，他探讨的都是当下问题，而不是一个旧文人在那儿抒情，用古文说古代的事、古代的信息，而是把过去的东西拿来处理今天的问题，这就是做实验，一点一点在摸索。还有格非老师，也在做这种努力，而且在理论上进行阐释，我觉得他俩真的非常重要。就这方面来说，莫言、格非老师，同样也需要我们，需要"80后""90后""00后"，一代一代作家不断努力，最后可能就能把前面所说的文学事件中的"断裂"点这个空白给衔接上、弥合好。到那个时候，一个中国作家，那真是可以学贯中西、贯通古今。现在我们坐在这个地方，你再有学问，你满腹经纶，把古代文学理论、文献著作全读了，怕也不敢说贯通古今，因为有些东西，你的确没衔接上。但到那个时候，几代以后，有作家坐在这个地方，下面人说：噢，这是一个真正的把古今中外打通并衔接的一个作家，我希望这样的中国作家能尽快出现。

李徽昭： 三位嘉宾从不同角度观照了中西文化传统问题，谈得别有深意，也都很透彻。无论怎样，中西不同的文化传统与我们的文学关系确实深切而重要，此时此刻，尤为需要我们重新审视回望与中国文化传统、西方文学文化的多元关系，探寻我们文学新生的血缘，找到当下文学的新起点，走向中国文学与世界文学交会而后并行的远方。

（本文系2020年11月22日江苏理工学院文学对话录音整理稿，部分刊于《东吴学术》2021年第6期。文稿整理：樊晖、张俊杰、贾顾欣、陈思雨、刘枳彤、姜婷；校对：徐沁晨）

从乡村到城市 文学的穿越
——徐则臣、何平、李徽昭三人谈

一 乡村能更好地帮助你理解生命

高山：今天这个话题非常应景，我大概了解了下，我们四个人大概青少年时代都在农村待过，然后都奔赴城市，在这个过程中完成了求学，走上不同的文学之路。这个话题当中包含了四个关键词，乡村、城市、文学，还有一个是穿越。我们就围绕这四个话题展开一下。第一个，就是乡村生活对我们文学道路到底有什么样影响，我们能不能从这个话题先开始？先请徐则臣老师谈谈。

徐则臣：乡村、城市、文学、穿越，这是四个大词，也是文学里最重要的几个词。我谈一点个人感受。我是村里长大的，放了好多年的牛，所有农活都会干。所以，现在谈到农村，很多人奇怪你怎么啥都懂，我说这东西不是学的，在这个环境里自然而然你就会，插秧、割麦、推磨、放牛等，农活就那些。过去觉得生活在乡村，跟城市孩子比，吃了不少苦，亏了，但一写作，你就会发现你占了很大的便宜。这个世界有两块，一块是乡村，一块是城市，缺了任何一块这个世界都是不完整的。乡野是人类起步的地方，城市是我们追求的生活环境。但这不是单行道，不是说追求城市生活就无法回头了。但是，现在我们城市化变成了一个单行道，进城以后，乡村那些东西就全甩掉了。从健康人生、健康生活角度来说，乡村非常重要，跟自然、生命是联结在一块儿的，跟天、地是联结在一块儿的。

文学特别强调一个东西，丰润和弹性。如果你的小说里没有风景、没有自然，小说会变得干、硬，缺少弹性。一旦有了风景描写，有了大自然，小说就会特别灵动。大地上有河流、抬头有高天流云，半空里有鸟叫，见过动物也流眼泪，经历过这些以后，你会发现，乡村的确非常丰富。18岁以后，我离开乡村，一直到现在，20多年过去了，我经常产生回到乡村的冲动。在城市里面是什么感觉呢？我举个例子，马致远《天净沙·秋思》描述的是"枯藤老树昏鸦，小桥流水人家"；城市是另一个世界，钢筋水泥混凝土，高楼大厦咖啡馆。大家把两组放一块比较，你觉得哪一个更有诗意？哪一个更是我们想要的健康自然的生活？在哪里人可以更放松，把自己过得像一个人一样？大家可以感受出来。这也是为什么今天我们要去农家乐、去郊游要带孩子，哪怕到一个草坪上，城市高楼丛林间的一小块草坪上，去支一个帐篷，让孩子坐在草地上，其实就是这个道理。

　　乡村能帮助你更好地理解生命。不仅是人的生命（人的生老病死），还有其他各种生命。小时候我放牛，从一个很小的还在吃奶牛犊开始训练，那会儿小牛没有穿鼻眼，控制它不太容易，只有一个夹板套在它嘴上，如果它要犯起倔来，你可能控制不住。某一天我放牛回家，黄昏的时候，一人一牛往家走，突然小牛跑起来，我根本抓不住缰绳，摔倒在地上，被拖得老远，最后还是把缰绳给放了，小牛犊就一路狂奔。小牛犊跑了几节地才停下来，我在后面跌跌爬爬地追上，发现它围着一头母牛在打转，发出的叫声就跟小孩的哭声一样。我家的小牛犊很远就闻到了母牛的味道，以为是它的妈妈，所以老远地追过来，到了近前发现不是，就围着母牛一直在打转哀鸣。真是像小孩一样哭。

　　那是我第一次看到牛流眼泪。牛眼本来就大，眼泪溢出来，像个放大镜，眼睛变得更大了。大而无辜，大而悲伤。我不知道大家（尤其农村来的孩子）见没见过牛流泪，我那是第一次看到，一直到现在我都记得，真是历历在目，那场景从我整个童年的背景中凸显出来。我想那个时候，这头牛给我上了一课——生命课。无论牛还是人，情感是一样的。也是因为这个，我的小说写到动物，从来不会下狠手，写人我也不会下狠手。我相信人有善良一面，动物也有善良一面，所以不愿意下狠手。我也想到莫言老师说过，说写人怎么写出复杂性？好人当坏人写，坏人当好人写，把自己当有罪的人来写。特别有道理。人或一个生命的丰富性，就在这里，一个再好的人，内心也会有一些不那么干净的东西。而一个坏人，内心里也会有好的东西。一旦你能把自己当成一个罪人，你会怀着反思之心、忏悔之心、感恩之心，你对世界的看法就会是另一个样子，而不是老子天下第一，我说的全对，这个世界被糟蹋成这样全是你们的错跟我没关系。我想一个作家如果能做到这一点，起码不会是一个让人讨厌的作家。能不能写好另说，起码你会觉得这家伙还真诚，他在面对生命、面对另一个人时，会给他充分的尊严。而尊严恰恰是文学非常重要的一个品质。好作家一定是要给自己笔下任何一个生命足够的尊严。所以我想，乡村对我来说的确是非常重要，它在我写作之初或者说没写作之前已经给我上了一课。我就先说这些，城市我们一会儿再聊。

二 城乡中间地带，包含了很多未知的可能

高山： 下面有请何平老师，谈谈他眼中的或文学中的乡村。

何平： 我也是在乡村长大的。我不是一个敏锐的小说家，感受力可能不如则臣，但每次说到乡村，我会想，乡村究竟给我现在做的这些事情（包括我的审美、趣味和喜好）带来一个怎样的影响？刚才则臣讲到乡村生活，插秧啊、割麦呀、掰玉米呀，我都经历过。我比则臣大十岁，可能是参加生产队的最后一批人。在座的对生产队可能都没有任何记忆，就是集体劳动。我当时还是孩子，跟老弱病残算一类叫三等工，就是一般成人一天可以拿10分工，年轻女性可以拿7分工，老弱病残包括孩子可以拿3分工。生产队劳动，我

现在一说到还能感受身体的记忆。

则臣谈到乡村诗意甚至唯美的一些东西，也包括那种对生命深刻的理解，我现在也知道则臣小说里的生机、爱和勇气来源于哪儿。乡村记忆其实很复杂，我们现在有一个坏毛病，就是把乡村极尽美化。我记得俄罗斯作家蒲宁，有一句话：庄稼抵及门槛的忧郁而诗意的童年。我们审美的养成，乡村的植物、动物、气候，人与人的相处方式，等等，都是乡村带来的。

我的乡村劳动记忆就是插秧，夏天最热的时候，到水里面去，那种水是几乎要沸腾的感觉。所以，就我个人而言，对乡村其实是一个逃离的过程。比如说我当时念书的动力来源，实质来源于乡村劳动的苦与累，特别是夏天和冬天要到地里去。高中毕业时，是80年代，那时农村先富阶层叫万元户，是农村最早一批富起来的人。我当时就想，考不上高中也挺好，回家种棉花，种成万元户也挺光荣，但后来我记得回去以后，家里人就把我赶到地里去了，去掰玉米。夏天的玉米地密不透风的，大中午在里面掰玉米。我记得整个手臂都被密密的玉米叶子划出一道一道伤痕，汗水就浸在伤痕里面。我姑父是一个生产队长，他说服气了吧，是回去念书吧？然后我说还是回去念书吧，所以后来又去接着念书。

从乡村走出去，到县城读高中，然后到南京读大学，毕业后又到县城教书，教十年又回到南京，最后留在城市。城乡旅行，不同阶段的乡村记忆折叠。虽然现在生活在南京，但我拖着个乡村的影子。

高山：下面请李徽昭老师，讲一下乡村对你的影响，或者文学与乡村的关系。

李徽昭：今天的对话题目是我定的，则臣老师交代的任务，当时很为难。因为定题目是非常重要的事情，正如小说首先吸引人的是题目，比如《北上》《耶路撒冷》《王城如海》都是非常好的题目，题是头，目是眼睛，没有头，没有眼睛，一切都空了，头和眼睛不清晰不出彩，也很麻烦。所以，讲座对话和小说一样，题目非常重要。徐老师下达任务时，我正好开车出去，在将黑的半路上匆匆忙忙想到的。我首先想到从乡村到城市的宏观问题，后来还想从乡村谈到现在很火的元宇宙问题，但想想看，还是要接点地气，不要飞到天上去。

第一点，乡村跟城市是我们这一代必定要经验的两个空间，经验是最有意义的，正如刚才何老师说的乡村经历，苦和累都是经验性的。没有经验，你感受不到你的生命跟这个世界的关系。所以，从乡村到城市，其实是改革开放40年来中国变化最大的地方，就是逐渐城市化了，乡村越来越远。我们切身感受到从乡村泥土地里拔出来，进入城市，现在又难以离开的这样一种青春经历。但现在在城市，我们是城市人吗？这是我们要思考的。我们现在在淮安，恰好处在乡村到大城市的中间地带，它和北京上海这些国际性大都市都不一样。像上海，现在基本上没有原来的那种乡村了，即便宝山、青浦这些地方，也都城市化了，还有苏南城乡之间的那种界限也不是很明显。淮安恰恰处于乡村跟城市的中间地带，淮阴师范更是处于城乡接合部，而且淮阴师范孩子大概有70%来自乡村到城市过渡的中间地带。我想这个题目，可能某种意义上会有一点契合淮阴师范的某种气质。恰恰在这种中间地带，我认为，它包含很多未知的可能。所以想到这个题目，是我个人的一点思考。

第二点，则臣老师小说也呈现出由乡村到城市的一种非常明显的变化。他早期小说不少写的就是乡村或乡镇。大概近二十年前，记得我去苏州西山玩，看到太湖小岛中非常田园的景象，就给则臣发了个信息，我说我读到你小说《鹅桥》里面那种田园意境了。文学是敏感的，乡土田园那种寂静是古典的，乡村的耳朵也是古典的，为什么，你听不到城市这么多的噪声；乡村的眼睛也是古典的，你看不到今天这么多的璀璨灯光。所以在苏州西山时，我眼睛看的、耳朵听的，觉得都和《鹅桥》里面描写的非常像，这就是我们梦想的乡村田园，这个乡村才承载着一种美好。当然，任何时候，生活总是美好跟不美好的交织，文学要表现美好跟不美好之间的那种张力，或者也是城市与乡村的张力，一定要有张力，单纯的好、单纯的美，单纯的不好、单纯的丑，恰恰丧失了张力性。早期则臣小说里有不少古典意境的乡村，但近几年你可以看到他关注点转移到城市了，《王城如海》《耶路撒冷》开始呈现出北京跟世界，以及所有城市间的一种张力关系。印度城市、纽约跟大北京间的，那种非常有意味的或迎合、交集，或回应、抗拒的张力关系。所以，徐则臣小说里，呈现出乡村跟城市间非常有意味的变化。而他出生于1978年，正好是改革开放到现在，所以徐则臣和徐则臣小说恰恰是乡村到城市的具有象征性的转化关系。选这个题目也有这样因素。

第三点，从我个人经验来说，好像有时不大好意思说我是农村孩子，特别是进城工作以后，似乎有点自卑的样子。当然有些人会特意彰显，说我是农村人，以显示某种获得。过去乡村城市分隔非常明显，那时候如果有一个城市户口会是了不得的事。我印象非常深，我家有个亲戚，在农村算是很有钱的，他初中毕业后，他爸爸兴冲冲地就给他买了个城市户口。而这个城市口仅仅是挂名，他没法去城市工作，人还在乡村种地，但也好像成了城里人。不过，悲催的是，他们家买完城市户口不久，城乡户籍就放开了，由此可见我们这代人经历的这种城乡巨变。从我自己来讲，也是放过牛，栽过秧，割过麦子，收过花生，等等。刚才何老师说，闷热天气钻进玉米地掰玉米棒，这些乡村经验大体是相同的。但这样的乡村经历，可能现在农村孩子很少再有，爸爸妈妈舍不得你们去干农活，你们可能回家也是躺在床上玩手机，你们大多是独生子女，很宝贝的。那时候我们家里兄弟姐妹三四个，都要到田里干活，我插秧插得应该说非常棒，十四五岁就是一个很好的劳力。这是乡村经历问题。

再跟大家分享一下，我在日本看到的乡村。好几年前，受惠于工作，我公务到日本山梨县山区里，满眼是非常清澈的流水，还有养眼的小桥、青山、稻田。我们坐新干线沿途所看到的，真是理想中的田园美景。这里并不是说我要赞美某一文化，而是我眼睛所看的另一种乡村现实。日本接待的朋友问我感受，我说仿佛回到故乡一般，这个故乡其实就是我们每个人可能期望回到的那种理想田园。当然，这是我一个外来者所看到的，如果生活在那里久了，我想肯定也会感到乏味、寂寞、孤独。四年前我访学再去日本，在那里待了整整六个月，我也知道了跟眼睛所看的理想乡村差异所在，就是鳏寡孤独，非常悲催地生活在乡村。现在日本一些边远乡村，房子已经没人要了，完全空置在那里，而且有的老人死在房子里很久都没人知道，甚至城市也是如此，我朋友圈有个学术交流群，是在日本的中国学者组建的，有一天，群里说一位成就非常大的数学史学者，死在房间很久没人知道。朋友还是亲人来访，敲门敲不开，报警才发现老人死在里面了，这就是老龄社会的现象。有时候我也在想，我们乡村再过 20 年、30 年会怎么样，也会山美水美，青山白云蓝天，田园牧歌一般吧。

实际上，无论是什么意义上的乡村，经验经历很重要。我想我们的孩子无论是不是出身乡村，都与乡村存在某种关系，因为乡村始终是中国最广泛的存在。上海北京这样的大城市，它其实是中国的花瓶，也面临某种危机，非常拥挤，生活成本也高，尽管机会很多，但人的压力非常大。像则臣老师住在北京，非常豪华的海淀核心区域，房价都是 10 万元一平方米的。10 万块钱你在乡村可以盖一个房子，但在大城市连个卫生间都买不到。当然，则臣老师已经没有一般人的那种压力了。所以，我觉得大家要多多关注乡村，年轻人到乡村去看，跟当地人同吃同住，跟老人去聊聊天，到田里面干一些活，你的经验体会是不一样的，社会认知和人生体验都很不同。国家现在谈乡村振兴，地方机构也有乡村振兴局，这意味着乡村以后是中国未来 20 年发展的核心所在，也是你们奉献成长、奋斗理想之所在。这是我个人片面观点，肯定有很多不到位的地方，请大家多多批评指正。

2022年9月12日淮阴师院"淮上文学论坛"对话现场①

三 如果能把中关村看清楚,你就能把中国看清楚

高山: 三位老师对乡村都有不同的印记,非常深刻。我就记得我也是从涟水坐七八个小时的汽车,到南京读大学,从乡村懵懵懂懂进了城市。大家起初都是想逃离乡村,逃离乡村后,就像何老师说的,到世界去,再回故乡。到世界去的第一步就是从乡村到城市。就像鲁迅20年代的乡土小说,都是离开故乡在城市写就的。那么城市对于各位老师的城市生活也好,或者文学生涯也好,到底有什么意义和影响?

徐则臣: 乡村生活当然也有不好的地方。我小时候也特别烦干一些活儿,比如割麦子,天特别热,麦芒扎胳膊,扎的全是些红点点,沾了水刺疼。插秧是往后退插,一眼望不到头,腰一直弓着,没地方坐,要坐只能一屁股坐泥水里。还有推磨,现在孩子可能都不知道推磨是怎么回事。早上4点被薅起来推磨,那时候我才知道走路是可以睡着的。都说走路是没法睡着的,真困了你会发现啥时候都可以，我就眼睛闭着跟个驴似的围着磨转，凭着本能在走，一边推磨一边睡觉。这是农活里我觉得最痛苦的三件事。从生活的角度，乡村的确是我们都想逃离的，都想过好日子，但从文学的角度看，乡村它的确有非常重要的品质，缺了这个，文学是不完整的。但在今天，城市可能是我们面临的更重要的生活现实和文学现实。

  我不了解刚才徽昭老师说取这个对话题目的意义。我想他不仅是让我们来谈谈我们的乡村或城市的生活经验。可能他更看重的是基于我们对现实的认知。世界就分出两块，一个是乡村的，一个是城市的，这是国内的。如果从全球角度看，那就是国内的和国际的。这两块是我们的根本处境，或者是我们面对的基本现实。文学要处理这两块，怎么办？有个词叫穿越。从它出发又不拘泥于它，你必须要穿越过去，而不能深陷这个泥潭出不来。就事论事，在今天，无论你写什么乡村，如果缺少一个城市的参照，你这个乡村肯定有问题。同样，城市如果没有一个乡村背景，你就不知道这个城市从哪里来的，它现在为什么会变成这样。我在很多场合谈到北京，因为相对熟悉，我在北京生活20年了。对这个城市我不敢说有多了解，但从各个角度去审视它，我会说，北京虽然是一个现代乃至后现代的国际化大都市，但它跟纽约、伦敦、巴黎是完全不一样的。你可以把那些城市从美国、英国、法国的版图上抠出来，单独来打量这个城市的城市性，它是自足的，它完全可以自圆其说。你就盯着这个城市说这个城市，你说的大差不离，不至于太离谱。北京不一样，如果你把北京从960万平方千米的版图上抠出来单独看，你说的永远不是一个无限接近真实的北京。北京周边有巨大的辽阔的野地，它没法脱离周围的乡村。去过北京的人都知道，你不可能一下子跳进这个都市里，你从边上往里走，你会发现越过一大片乡村、一大片野地。在这片野地里，在乡村低矮的房子中间，崛起这个非常现代的魔幻般的城市。这个城市是建立在乡村的基础上的，它与乡村形成了极有意味的关系。

这个城市的运行，靠的不仅是城市人、北京人，还有大部分来自外地的乡村人。如果你把这些人全部抽离掉，整个北京就会变成一个空城，它可能会失去运行的能力。十几年前，我第一次在北京过年，没经验，没提前准备菜，到了除夕发现没得吃了，买不着菜了，周围卖菜的全回去了，只好吃快餐，大过年的跑外边吃快餐，有意思不？

还有一个例子，真实的，我写进了长篇小说《王城如海》里。一个朋友，我记不清谁跟我讲的，他们家有个保姆，一直带着孩子。过年了保姆回老家，没告诉孩子就回去了。不能让孩子知道，否则孩子肯定不让保姆走。孩子突然发现后，开始哭闹，天翻地覆地找保姆，找不着，就在家里没完没了地哭。没办法，大年初一，两口子带着孩子坐飞机跑到保姆家那个城市，再打车去保姆家的县城，在县城找了个酒店，从村里把保姆接到酒店来，孩子才消停。这是一个貌似极端的例子，事实上就这样，城市离开了乡村，离开了乡村一部分人，它基本上就瘫痪了。所以在中国，无论北京、南京还是上海，都离不开乡村。今天考虑中国的问题，无论经济如何发展，全球第二大经济体，看起来非常光鲜辉煌的数字，我们都必须想想背后还有什么，背后还应该有一个什么样的参照。

所以，对于文学、对于写作者来说，我们要同时睁开两只眼，一只眼盯着乡村，另一只眼盯着城市。你看不清楚乡村，你就不能准确地知道现在中国城市为什么会这样。如果你盯不好城市，你也很难搞清楚现在乡村为什么是这个样子。两者间是共生的，互为因果。文学要做的就是要把我们生活的基本处境给展示出来。在乡村和城市之间，文学要从这头到那头、从那头到这头穿越。如果说我们真的想了解中国现实，我建议大家去找一些非常乡村的作品去看，然后再找非常城市的作品去看，再找既有乡村经验又有城市经验的作者写的小说去看，你就能感觉得到哪些乡村是丰厚、是有可能性的，哪些城市是有背景、有来路的。

这些年我的写作，为什么老盯着中关村这个地方写？中关村在中国是非常特殊的一块区域，在海淀区。不是徽昭兄说的那样豪宅，我也买不起。中关村、海淀的确有那样的豪宅。不止10万元，还有20万元一平方米的，可以想象一下。中关村这个地方很复杂性。它听起来是个村，其实是中国的硅谷——电脑城。当然这个硅谷现在似乎也没有那么重要了，尤其是盗版碟、电子软件这些东西都可以网购以后，这个地方的地位已经慢慢开始下落了。很多商界大佬都在那一块儿。你很难想象那些看上去陈旧的楼群里出了多少引领中国经济发展的先驱。这地方也是高教区，北大、清华、人大、北外、北航、北理工、北京语言大学全在中关村这一块儿，还有中国科学院。说它是中国的大脑，好像也没有任何问题。有人就说，中南海是中国心脏，中关村是中国的大脑。白领、高官、外国人，同时还有很多蓝领、黑领，甚至无领者，社会各个阶层，中关村都有。这些年我基本上就盯着它看。能把中关村看清楚了，就能把中国社会各个阶层看得比较清楚了，也就能把中国、把中国人看清楚了。我写了很多有关中关村的小说，不仅仅因为我生活在中关村，也是因为中关村的确有某种标本意义。

高山：我插一句，徐老师，你能结合具体作品，比如《跑步穿过中关村》来谈谈吗？

徐则臣：我的很多小说，基本上全在这里。不仅是《跑步穿过中关村》《西夏》《我们在北京相遇》，包括《王城如海》等很多小说，涉及的大都是这个区域，就因为它阶层分布极其复杂。复杂到难以用几句话概括出来。它就是城市与乡村之间的那种复杂关系。你很难说中国乡村、中国城市就是什么，因为两者之间是犬牙交错在一块儿的，一个要自我确立为主体，必须有可靠的他者存在。中关村就是这样的地方。

当然，现在已经发生巨大的变化。我2002年刚到北京读书时，北京大学附近能看到很多卖盗版光盘的，还有很多办假证的，今天很难见到了。历史一闪而过。就是那样一个环境，有阳光就有阴影的区域，有正大光明走在路上的，就有走在阴影里、躲在天桥底下的，凑过来小声问你，要盗版碟吗？所有人共同组成了中关村的阶层生态。

这样一个生态，既是乡村的又是城市的。我个人写作上，我觉得的确受惠于碰巧生活在这个地方。像北大、清华那样的教授，中科院德高望重的老先生，IT白领、高科技这帮人，满大街外国人，还有五湖四海携带不同背景的蓝领甚至无领的工人，都生活在这里。我原来住的一栋楼，一层有十户人家。因为人员流动特别大，很多居民会把房子租出去。那时候还有电梯工，我经常跟电梯工聊天，进来一个人或走出一个人，我就小声问电梯工，这是谁呀？电梯工说他也不认识。我说你天天在这里你都不认识？他说不知道，每天都有人搬进搬出。一个房间可以租给好几个人，一户人家能住十几口人。一个房间被隔成几块，挤满上下铺，中间挂个帘子，比学生宿舍还要挤。就是那样一个情况，每天天南海北地跑过来讨生活，不如意就离开，铁打的营盘流水的兵。

这些人大部分都来自辽阔的乡村。你要知道他们的故事，你就要了解中国各个地方的情况。虽然我写了很多小说，人物都来自花街，这个花街其实也是代号，分属不同省份，散落在中国不同角落。所以我觉得是我碰巧了，遇到中关村这个非常好的可供以文学的方式来考察的样本，北京的、中国的邮票大小的地方，乡村和城市是在这里握上了手、接上了头。北京并非全都西装革履、窗明几净、一尘不染。

我写过麻辣烫摊子。那时候工资特别低，穷得不行，每天晚饭就跟着一帮人混在一块吃，吃麻辣烫，很便宜的那种，接触了那么多人，瞎聊，每个人都有不同故事。后来就写了《北京西郊故事集》。

四 不同样本，构成了文学马赛克般的城市书写

高山：何平老师可以从都市、城市生活对于批评的意义谈谈吗？

何平：我沿着刚才则臣的话讲。我同意则臣的观点，就是中国的复杂性，中国的城乡之间有很大差距，中国的城市往往有辽阔的乡村背景。可以举个例子，比如说，我们现在一般认为王安忆影响最大的小说是《长恨歌》，但王安忆对上海的理解，绝对不止《长恨歌》这一部小说，《长恨歌》巨大的影响掩盖了王安忆对上海这个城市复杂性的呈现。像《富萍》《纪实与虚构》《我爱比尔》啊，包括她最近的一些小说，呈现不同时代的上海。所以《长恨歌》这个标签，其实掩盖了王安忆对上海都市复杂性的认识。王安忆小说，从参与现代上海城市建构的资源来看，有各种来路，像浙江宁波、绍兴这一路，像苏北那块儿过来的，还有山东等地的"解放的一代"。所以确实如则臣所说，中国城市与各地传统（包括中国乡村）间的关系，特别复杂。

20世纪90年代城市文学，写北京的邱华栋是一个代表。邱华栋当年小说最多的场景是酒吧和舞厅。我们可以发现邱华栋去捕捉20世纪90年代北京城市特征时，他没有去写北京那些常规的"京味儿"的东西。作为一个闯入者，看到的最新鲜部分就是酒吧和舞厅。所以说，一个特别有趣的现象。邱华栋最早产生影响的小说是《上海文学》发表的《手上的星光》。上海，这个中国现代大都市敏感到邱华栋小说的都市性。则臣有部分小说以中关村周边区域作为样本展开。从这里，他观察到各阶层的人，其实就是城市空间不同的面向，就像上海的城市空间，有和古典中国有联系的部分，有外滩记忆，也有浦东。北京当然也是这样一个复杂的空间——中关村与北京老城的差异。拆开这个城市，作家取样是取哪一个地方的，决定了他的城市性。

像则臣小说写到各类人在中关村的这个城市空间，它可以包容

各种各样的人。就像《王城如海》，里面包容各种各样的可能性，各种各样的人与生存方式。而乡村往往很难有这样这种复杂的可能性，也没有这么多的瞬时、及时的丰富变化。我这几年主持《花城》的《花城关注》栏目，做了一个"八城记"的主题。我想关注没有乡村记忆的青年人如何写城市的问题。我找了八个青年作家，写写台南、香港、广州、上海、北京、沈阳、西安和南京八座城市的人与事。这八个小说家都没有乡村记忆，最起码生活在扬州和嘉兴这样小型城市里面。事实上，每一个城市都有由来，是有它的传统的。我以这八位小说家的文学城市作为样本，就观察两个东西，一是没有乡村经验的年轻作家怎样写城市？二是在不同作家的理解里，如何写自己的城市？所以，刚才则臣讲的问题很重要。一个作家的写作，他会选择怎样的东西，他会感受到什么东西。比如"80后"小说家朱婧生活在南京，她的《先生 先生》写南京这个亦新亦旧的城市里一个做古典文学研究的老教授如何安放自己的生活。则臣这批"70后"作家，可能是社会转型中特别特殊的一代人，他们往往有两栖文化背景，既有原来乡村的底色，又在城市展开了他们的生命成长。但即便有着共同的代际经验，我们的研究还是要回到作家个体，要警惕用一代人、一群人、一类人去概括一个作家的个体经验和审美创造。

高山：请徽昭老师谈谈，从乡村到城市，比如像《耶路撒冷》里面有花街，有到世界去，然后又回故乡，从这些点，可以碰撞碰撞。

李徽昭：改革开放四十多年，城市乡村之间一直是撕扯纠缠。回想这么多年中国城市进程，其实有很多观念误区、概念误区。我们现在用英文讲城市，一般都用 city 这个词，其实英文里跟 city 相关相近的词非常多，像 urban、downtown 都是，包括欧洲很多城市概念，其实跟我们理解的完全不同。所以，从概念来说，我们本土文化视角的城市到底指什么？这可能是一个问题。乡村概念也一样存在误区，我们现在讲乡村，你想到的英文词是什么？就是 village，是吧，大家习以为常的就是这个词，实际上还有很多，包括相近的 coutryside 等，而且欧美的乡村认知也和我们不一样。所以，要在世界视角下，回到我们的文化语境中去谈、去看这个乡村和城市，在这个意义上认知乡村和城市的复杂性，否则就会简单化，就会包含偏见。其实中国古代的城和市是不同的。市是市坊、是市场，城是那个皇城，是居住、行政办公的地方，美国也大多是商业中心在郊外，而我们现代城市其实大多是市场与居住办公等混在一起了，这个我不太懂，就是直观感受。有时我上课会问孩子们，谈到城市你最先想到的是什么，他们都说首先就是高楼大厦，就是大商场、高铁、地铁。现在如果一个城市有地铁，似乎就不得了，火车、地铁、机场似乎就是高等级城市的标配。记得则臣老师一个长篇小说《夜火车》，里面就写到一个城市通火车了，大概是二十年多前淮安通火车的事。

徐则臣：1998 年。

李徽昭：对，通火车成为这座城市非常重要的一件事，为什么，其实就是大型现代交通带来的速度，城市跟外部的有效联结，是时空的转换。我们现在经常会说卷这个词，这个词跟英文进化 evolution 这个词密切相关，它背后的观念或者动力是什么？就是求新、求变，这其实是我们现在城市的核心问题。现在大家都离不开手机，用了三年你就讨厌了。你们自问一下，这是不是求新啊，求新、求快、求变，火车现在已经落后，要高铁才行，这是城市化相伴随的非常深切的问题，但请问，这样的城市化是不是存在误区呢？刚才何老师说中国城市有本土性，每个城市都有它独有的生态，但到底有多少本土性，这是值得追问的。实际上，西方城市本土性可能更强，你到巴黎、威尼斯去看看。前些年则臣跑过欧美非常多的城市，两本护照都用完了，他对欧洲城市的体验是非常丰富的，所以他的小说里才会有那么多城市间的书写、映照和互文。这些年，我也走马观花看了不少国外城市，像伦敦、巴黎、纽约、莫斯科，你去看看，不要只是 tour 这样浮光掠影地观光，你在当地住半月，或几个月一年这样，到市场街道去深度感受一下，你的城市认知会很不一样，这样你才能知道当地人的日常样态，才知道他们想什么，他们跟城市的关系是什么样的，才能建立你的城市观念。

城市就得都是高楼大厦、大马路吗？我不赞成这种发展模式。我曾经听说，苏北某个市，在"十三五"规划还是"十二五"规划里提出来，要建 50 座还是 100 座 100 米以上高楼，或者 200 米以上高楼。为什么要建高楼，目的是什么，是不是适合你，这些它不管，它认为高楼就是发达城市标志。马路也修得非常宽，过个马路要走很久，甚至要绕很远。这样的城市，它给我们生活带来方便了吗？你到欧美看一下，真正高楼大厦很多、马路很宽的城市有多少。所以，我们的城市认知有很多偏见和误区。我们现在都喜欢去万达广场、吾悦广场这样的大型商场，这个空间里你感受到的是什么？这个空间跟你的关系是什么？它是很便捷与现代，但它只是一种商业消费模式，年轻人去这些地方就想吃海底捞火锅，是不是。另一点就是，我们孩子现在大都是重口味，被重口味诱惑，重口味成为跟这个城市空间的重要关系，但这个口味在全国所有城市是不是一样？重口味就是一种口味，你们的味觉已经被简化了，你找不到你的味觉跟这个城市更多更深的关系。所以到底要什么样的城市，我们得思考一下。当然你们现在很难再返回那个寂静的乡村，那种自然状态，我也不希望你们回到那个状态，但我们要去审视、去思考，在栖身的这个城市里，如何构建我们真正的生活。那些重口味、高楼大厦，那些快速、有效地抵达一个地方，是不是抵达了你生命最终所要抵达的地方，这可能是非常有意思、有意义的问题。

刚才徐老师讲到有关城市书写的作品，《王城如海》《耶路撒冷》等。这两个文本中的城市其实是不一样的。《耶路撒冷》写了很多在外打拼的人重回小城市，小城市隐含的某种地方性可能就是像我们淮安,就是花街、运河,里面有很多这样的城市符号。《王城如海》写的是北京,是跟全球所有大城市紧密关联的网络结构中的北京,是世界潮流中的北京。在这两个城市之间,你可以发现,他非常敏锐地书写了北京大城市与淮安这样三线小城市某种非常隐秘的反差。现在他住北京,很忙事也很多,但只要有机会还是想回淮安看看,为什么?这个城市对他形成了非常有意味的密切的文化关联。他在北京生活的时间很长了,家也在那里,但北京是不是就是他倾心所属之地呢?我不知道,我也没问过他。但我相信,某种意义上来讲,从淮安出发的小城市认知,已经对他构成了血脉相连的文化关系。

现在想一想,我们这代人跟城市的关系可能是不可逆转的,城市给予我们很多,反过来也可以说,城市也害我们很多。害我们哪里?可能就是让我们丧失了原先的那种与乡土田园相关的本真。但可能本真丧失的意义也就在这里,你走向世界、到世界去的过程,可能就意味着你要丧失这些,你要迷失这些。迷失,你才要回到故乡,回到淮安,你才能找到一个心灵的起点,这可能是我们今天解读城市、阅读文学需要思考的一个重要问题。

2022 年 9 月 12 日淮阴师院"淮上文学论坛"对话现场②

五 耶路撒冷，就是一些秘密愿望的代名词

高山：围绕乡村城市、文学穿越，三位老师分享了一些切身经验。我把自己读《耶路撒冷》的感受分享一下，这个小说的形式我特别感兴趣。而作为城市名字，耶路撒冷包含了很多宗教历史等文化内涵。我读的时候总有一些问题，就觉得把它作为小说名字，背后好像总有些东西，是不是有意收藏起了与耶路撒冷有关的许多内容，我不知道我是读偏了还是什么。

李徽昭：我先插一句，高老师说到《耶路撒冷》这个小说，我建议孩子们都读一读。某种意义上讲，这部长篇对世界和当下生活的阐述非常深刻。我记得哈佛大学王德威先生曾在人民大学一次活动上特别提到这部小说。表面上看，他要写一个遥远的宗教中心，实际上是写我们这代人的心灵史。在我原来的小说观念里，曾认为这部小说故事性很弱，但其实这恰恰是它的特点。现代小说，故事情节已不太重要，作为思想载体，这部小说承载的世界、人生、人性、死亡等诸多问题，已经非常深刻。所以故事性的弱化，恰恰是世界、人性、命运等思想性的强化。从现在来看，这部小说可能是他最重要的作品。特别是淮师孩子，你们读了后，会发现一些特别有意味的空间、风景，你在淮安学习生活会觉得很熟悉。

徐则臣：我们都知道耶路撒冷这个城市。一看到这个题目，很多人以为它是一个宗教题材小说。做活动时，经常会有信教的朋友望文生义地过来参加，一买好多本，说要送给教友。我就实话实说，不是写宗教信仰。写的是信仰，信仰和宗教信仰不是一回事。我向来敬重理想主义者，有所信，有所执，人生笃定。这个东西今天变得比较稀缺了。年轻时我们都有理想，都会想我要如何如何，但一进入社会，被摧残一番后，那个初心可能就没了。我们有各种理由屈服于现实，向领导妥协，向单位妥协，向身边人妥协，向金钱、权力和荣誉妥协，向恐惧本身妥协，然后初心开始像花朵一样逐渐

凋谢，最后连自己都认同了这种消失。我对一个人的基本信任，是建立在这个人是否拥有所谓的初心。如果一个人能一直不忘初心，这不是政治意义上的初心，而是他的理想信念，如果他能一直持有这个信念，我觉得这就是个值得尊敬的人，是一个理想主义的人。

写这小说的一个前提，是因为我们"70后"这代人无论在文学领域还是其他领域，一直饱受诟病，大家觉得这帮人年龄不小了，但难当大任，都是扶不起来的阿斗，辜负了社会对我们的期许。很长时间这一直是我的疑问，这代人真的就完了吗？有一天，我下了地铁继续往前走，就在想，是不是这代人真的就不行了。或者我们判断一个人行和不行的，最终靠的是什么？当然靠他已经做出了什么，也靠以后他可能做出来什么。只要这个人没死，我们就不能对他盖棺定论。如果有可能，这个可能性在哪里？我觉得建立在他的抱负上、理想上。如果这个理想尚未泯灭，尚在心中盘踞，还在草蛇灰线地运行，那么他就还有希望。

某段时间里可能会被压抑遮蔽，但终究会擦亮且大放光芒，这就是信仰。耶路撒冷是什么？表面是小说中的初平阳要去耶路撒冷留学，但可能它就是一个象征，就是一个人、一代人内心里隐秘的愿望、挥之不去的执念。就这个意义上来说，每个人内心里都要有个耶路撒冷，念念不忘，必有回响。

学生：徐老师说到小桥流水人家和钢筋水泥混凝土的差异性，关涉到文学性问题，另外两个老师也说到乡村在振兴，说到乡村受城市影响，等等，所以会不会随着时代发展，自然这个词会增加更多内涵，丰富了它原来的意义，比如说会延伸出城市自然或现代自然这些新兴词语，就是说，会在城市森林中产生出城市自然这样钢筋水泥混凝土的描写，会丰富城市自然的文学性。

徐则臣：这个问题非常好，给我非常好的一个反思机会。如果今天所有乡村都消失了，我们变成一个城市中国，像国外那样，那么城市化以后，那个自然是一个乡村自然还是一个城市自然？这个思考非常有意义，很有价值。我很认同你的问题，我们的确已经面临如何在城市文学背景下谈自然，或者说我们在谈自然的时候，它已经不再是单纯乡村意义上的自然。但也存在这么一个问题，即自然作为乡土文学一个关键词，在文学史上已然形成一个相对自足和独立的意义生成系统。比如刚才说的"枯藤老树昏鸦，小桥流水人家"，如果让你写一篇万字论文，你的所有材料几乎都不可能涉及城市，因为我们的文学史提供了大量已经被文学化的意象，这是中国乡土文学发展到现在的一个十分重要的成果。但我说"钢筋水泥混凝土，高楼大厦咖啡馆"时，你会觉得它们背后空空荡荡，你很难找到充分的论据去阐释它。也就是说，这些词汇、这些意象，大部分还是社会学、建筑学、物理学意义上的词汇，还没有被充分文学化。你能想到的比如说波德莱尔、本雅明，还有国外写城市的作家乔伊斯、安德烈·别雷、E. L. 多克特罗、唐·德里罗、帕慕克等，很好，但远远不够。跟"枯藤老树昏鸦"比，它的数据库要小得多。这不是说城市文学就一定写得差，而是说我们在写城市时，很多词汇、很多表达还没有被充分地文学化，它还没有形成一个强大的意义阐释空间，没有形成一个足够大的数据库。包括你刚才提到的自然，对于今天的城市自然和城市绿地，我们如何看它？这个绿地跟大自然里自然生长的野草是不是一回事？我们看它的时候，你产生出的联想，那个审美感受，它的意义，你阐述的冲动源于哪里？我觉得两者还是有区别的。

所以，对于作家、批评家来说，我们可能应该做一件事，就是如何将城市里的大自然纳入城市文学的阐释中去。在乡村，我们建一个别墅、一群别墅，非常现代化的生活，它又如何能有效而和谐地融入我们所谓的自然或大地的文学系统里去阐释。我想这两个都是重要的问题。我也想请教一下何教授。这也是我的一个大问题。我们如何把当下越来越现代化的乡村生活，整体上给它文学化。

何平：我们写乡村自然，它有了一个庞大的传统。中国普遍铺开的城市化，也就这四十年，这正在处在城市生产的中间过程，怎样把钢筋水泥这一个城市精神美化，其实这是刚刚开始的过程。刚才则臣说的一句话特别好，就是这个城市数据库才开始做，不像乡村那些自然传统，已经是有大量内存的数据库，你可以随意使用，里面已经形成了一个很庞大的逻辑族群。当我们只写城市，这些没经过文学化、审美化、艺术化，它还是正在生产中的，需要继续努力才是。

（本文系 2022 年 9 月 12 日淮阴师范学院"淮上文学论坛"文学对话整理稿，由扬州大学文学院研究生薛菲整理）

文学是认识一个国家的重要地图
——徐则臣、徐晓亮、徐立三人谈

一 南京是一个文学人的福地

李徽昭： 今天的文学或纯文学是相对远离日常生活的，而街道居委会最具世俗性、烟火气、日常性，面对庞大的基层事务，他们却坚持主办"在世界文学之都，与文学大家面对面"这种高端的文学活动，很让文学人尊敬。一次次活动很难说跟文学史或文学建立多深的关系，但我想，鲁迅文学奖、茅盾文学奖作家时常出入的街道，会无形让文学氛围日常化，强化与文学相关的社会生活，这可能是最重要的。所以，本期嘉宾除徐则臣老师外，我们还邀请南京西善桥街道徐立书记、止一堂文旅公司徐晓亮总经理，共同参与本期活动。

徐晓亮总经理五六年前，放下当时正火的房地产，转做文学相关的文旅文创，显示出非同一般的情怀。情怀从哪来的，从他本人的阅读量，还有家中上万册藏书就可见一斑。首先请则臣跟晓亮两位老师分享一下第一次到南京的情形，二三十年前跟南京的这种情缘关系。

徐则臣： 来南京前去过最大的城市是淮安，所以，南京对我来说完全是找不到北。我在南京师范大学读的大三、大四，当时有一个机会可以来南京师范大学，经过四轮考试就来了，第四次是在南京师范大学考的，稀里糊涂进来，看到南京师范大学校门特别喜欢，也喜欢南京师范大学校名题字，我喜欢书法，觉得特别好。进去后就知道这是东方最美丽的校园，文学院在山上，非常漂亮。考试时我就想，这地方一定要来，一定要好好考，考不好就没戏了，最后考上了，非常欣慰。

考的时候有一道题，要写一个评论，随便写，你想写什么都行。我写的是《妻妾成群》，苏童的小说。若干年后我见到苏童，我说如果没有你，我可能都来不了南京，所以我觉得，是文学把我带到了南京，而且对我来说非常重要的一点就是，文学就是南京的日常生活。

在此之前很少看到"活"的作家，在南京师范大学念书的那几年，像苏童、韩东、鲁羊等，都是我们老师辈，经常看见他们在校园踢球，校门口也经常见到他们。有一年经过校门口，看见毕飞宇一边走一边抠胳膊肘。后来看见毕飞宇，我说第一次见你是在校门口，你一直抠胳膊肘，他说那时候踢球摔了一跤，结痂痒，就边走边抠。念大学时，还去了叶兆言老师家作采访，记得叶老师说了句特别好的话，对我以后从事文学有很大帮助。当时问他，两个选择，第一个是明天给你诺贝尔文学奖，但以后不让你写作，第二个是你可以一直写但拿不到文学奖，你选哪一个。他说我当然选第二个，写作是我的生命，我可以不要奖，但不能不写作。所以，对我来说，南京是纯粹的世界文学之都，文学弥散在南京的日常生活中，这个城市有着非常纯粹的文学生活和文学精神，这些作家都是我们前辈，在文坛上都是响当当的，这些年，他们身上的匠人精神一直鼓舞着我、激励着我。所以，能走到今天，成为一个作家，应该感谢南京，这真是一个文学人的福地，是真正意义上的世界文学之都。

我现在对南京的记忆都是 20 年前的，都是围绕一个个书店展开的，那时候南京师范大学一出来宁海路，不少小书店，一直走到山西路、湖南路，再到新街口。大家知道公交 3 号线是环线，我当年在南京的轨迹就是 3 路车的轨迹。沿着这条路走，书店特别多，我把所有的书店逛一遍，一周一次，每个书店在哪，有什么新书，摆的位置，有什么变化，我全知道。还有军人俱乐部，那时候书都论斤卖。感谢南京有这么多的文学资源，有人、有书、有文学精神。我一直说，如果中国能找到一个最合适搞文学、最适合文学生长的地方，毫无疑问就是南京。所以，西善桥街道有这个活动，今天来这么多人，我一点儿都不惊讶，我觉得这就是日常生活中的文学西善桥和文学南京。我对南京的感受就两个字——"文学"。

徐晓亮：经常有朋友问我，南京好还是成都好。从地理上说，这是我的前半生和后半生，对南京，我一直认为是故乡。刚才问最早什么时候来南京？我几岁时每年都要来，后来读书时去的最多的地方就是朝天宫。在我心里，祖国金陵是不可替代的位置。四川美食天下知，但我每到南京都要胖十斤八斤，尤其是西善，最喜欢逛的就是西善桥老街。很荣幸能够通过这样的活动，把我作为普通读者的文学理解去表达。

二　每个人物我都拿出100%的真诚和热情

李徽昭：作为读者，下面请徐晓亮谈谈印象最深的徐则臣小说人物形象。

徐晓亮：徐则臣老师的小说我读得比较早，第一次接触他的小说是《跑步穿过中关村》，看完就觉得坐立不安。为什么坐立不安呢？就是表达方式、语境都是日常生活中非常熟悉的，最关键是，这么好的女性我怎么没遇见，对我影响很大。所以说，这篇小说害我找对象延迟了七八年，一直都想找一个小说中如此美好的女性。很多小说人物形象我都印象深刻，但《跑步穿过中关村》里敦煌让我印象最深。我记得小说结尾当警察抓身怀六甲的夏小容时，敦煌毫不犹豫地去承担去坐牢，给人以人性的震撼。此外，小说以跑步命名很吸引人，我就觉得年轻就是跑步的姿态。所以，我看到《跑步穿过中关村》那种状态，既让我坐立不安又泪流满面，我感觉这些人物就是我的亲朋好友，就是我生命中非常熟悉的人。小说尽管写的都是常见人物，但又给每一个人物打开了希望的窗口，给了力量，你再努力一下生活就会好起来，你再跑起来，你的未来就是另外一种状态。《跑步穿过中关村》到现在依旧有那么多读者喜欢，国外也有不少人喜欢。这就是好作品的生命力，它表达着我们心中文学所展示的爱、善和美。

李徽昭：我同意徐总对徐则臣小说人物的分析，《跑步穿过中关村》确实是徐则臣小说中最元气十足的作品，其核心就是各个人物形象的独特性。则臣老师写了那么多小说、塑造那么多人物形象，可以谈谈自己心目中最满意、印象最深的小说人物，或者是这个人物形象在个人写作中的独特意义

徐则臣：每个人物我都很认真，拿出100%的真诚和热情，但真要说哪个印象更深，或者说写出了之前我们很少看到的小说人物，一个是刚才晓亮说的敦煌，这个人物确实是之前文学史里面没有的，是一个新人物，但这个人物稍微有点遗憾，如果现在写，在技术上、阅历上更饱满、更成熟的话，可以写成很好的小说，敦煌这个人物会更立体、更丰富，但过去就过去了。

另外一个人物，我比较感兴趣，觉得比较有意思的是长篇小说《北上》中的意大利人马福德。马福德喜欢一个中国女孩，就从队伍里跑出来，受伤了，然后做了逃兵，跟那个姑娘北上到了北京通州隐居下来。因为喜欢这个姑娘，他不断从里到外改变自己的形象，慢慢变成了中国人。汉语说得非常好，长相慢慢接近，接近中国西域人，像罗伯克夫（音），当年北京有很多，所以，他被认为是罗伯克夫，不再是意大利人，汉语说得越来越好。这个人怎么死的，是日本侵华，他作为一个中国人跟日本打仗死掉了。

这小说有个细节，多年以后，马福德乡愁泛滥，想回意大利的故乡，就是朱丽叶的老家。他想带儿子回去，后来到北京的意大利领事馆。领事馆守门的意大利人让他赶紧走，然后他用意大利语说自己是意大利人，守门的说，这个中国人装的还挺像，赶快给我滚。

所以这样身份的反转，一个意大利人想做中国人就做成了，想做意大利人却做不成，这个有点意思。小说里这个人物虽然戏份不重，但我觉得是之前很少看到的形象，是有点意思的，如果电视剧拍出来应该比较好玩。

李徽昭：这两个人物形象确实在你小说系列里别有意味，尤其是《跑步穿过中关村》应该被翻译有近20个语言了。我第一篇评论就是写的这篇小说，大概是2006年吧，是我介入文学批评的第一篇，印象非常深，小说情节推动力非常强劲，连夜读完了。小说就是要讲故事，有没有讲故事的能力、这个故事在什么意义上让人物立起来，这是最考验小说家的。

徐则臣、徐晓亮、徐立对话场景

三 现实逻辑无法解释的问题，需要文学来解决

李徽昭：小说是虚构的故事，这是跟散文最大的区别。每个人读文学的时候是从虚构获得自我的想象、感性的认知，但又和现实有深层关系，也就是虚构是有来源的，是从现实生活中来的，这才

是文学伟大力量的根源。20世纪80年代，陆文夫小说《围墙》发表后，河北省组织各级领导来读这个小说，其实是小说回应了现实问题。所以，则臣老师怎么看小说虚构和现实的关系，还有文学阅读跟现实生活的关系，这是现代每个人面临的普遍问题。

徐则臣：写小说是一个挺虚妄的事，我想很多作家都会这样想。都会想我的写作、我的作品有什么意义，比如说《北上》花了4年时间，《耶路撒冷》花了6年时间，10年我就干这两件事，这10年别人能干很多事，在中国平地上能起一个城市。所以，小说到底有什么用，我一直在质疑自己。

有一年，我去了墨西哥、哥伦比亚、智利几个拉美国家，去之前我得做点儿攻略、做点儿功课，把旅游手册，各种政策、介绍都看一下，把地图拿出来了，我想差不多了，到那边应该不会陌生了，但去了后我发现，之前宣传册、旅游指南（包括地图）对我来说都没用，有用的是什么？是我读的文学作品。比如说，到了墨西哥，强烈的感受就是小说家胡安·鲁尔福写的《烈火平原》，那个小说写一个墨西哥乡村。一踏上土地我就想这个跟小说什么关系，我要去印证它，通过现实印证那个作品。到了哥伦比亚一样，大家都知道马尔克斯，他在波哥大念书，说晚上睡觉，第二天从床上立马坐起来，大骂谁往我床上泼了水，因为湿度特别大，这成了非常经典的桥段，写马尔克斯的文章都会提到这个。我之前没去过波哥大，波哥大这么潮，我去的时候住波哥大酒店，和现在一样都是空调，外面很热，但房间很舒服。那个床肯定不会有问题，但我依然想摸一下床单是不是湿的。走在大街上，我脑子想的是马尔克斯文章里写的路线，我就沿着路线一直走。到了智利，到了阿根廷都一样。聂鲁达的诗，米斯特拉尔的诗，还有阿连德的小说，你脑子形成的全是那些形象，你看到的每块土地、每个建筑、每个人，都会想，这个人、这个建筑、这个土地跟小说是否相符合，你的参照是什么，是文学作品。

也就是说，对于一个国家、一个民族来说，最重要的地图不是我们看到的一两条线，红的、绿的地图，而是文学作品。换句话说，文学可能是认识一个国家最好的地图。我们现在想俄罗斯，你知道彼得堡跟莫斯科相距多远吗？你知道每个建筑什么样子吗？可能不会，但你脑子能出现陀思妥耶夫斯基的涅瓦大街，会想到普希金的咖啡馆。去彼得堡，我必须去普希金的咖啡馆坐坐，因为当年普希金从那个咖啡馆出来后参与决斗，就被打死了。你去爱丁堡一定想去大象咖啡馆，因为洛林就在大象咖啡馆里写了哈利波特，我就在那个桌子边上坐一下，要了洛林当时要的廉价咖啡。

当时还去了托尔斯泰庄园，那天特别冷，下着雨，出来有一个小饭馆很暖和，就进去了，一帮中国文人。老板娘看着我们，既高兴又鄙夷，说来的全是中国人，我们俄罗斯人根本不来，非常傲慢。我说你错了，中国人来是因为中国人有文化，中国人才会到托尔斯泰庄园，因为我们内心有文学、有托尔斯泰，这是好事。俄罗斯人不来，你们应该好好反思一下，老板娘一听反而不好意思。

文学到底有什么用？"无用之用方为大用"，文学可能不会影响你一日三餐，但会改变你一辈子走向，你不知不觉就改变了走向。小时候有一句特别美好的话，你听进去了，那就是我们一生的指路灯，这就是文学，它不能改变我们的GDP，也不会让我明天一起来就有好房子住、有好东西吃，但让我内心特别充实。

当然，对写作者来说，我觉得也未必说得这么虚，因为文学从现实汲取所有的东西，没有无源之水、无本之木，我们要从现实中提取别的东西。文学是滞后的，因为文学是回忆，一件事过去了，我想想再表达，所以有滞后性，但文学同时有一个前瞻性、语言性。我想大家一定有这样的感受，突然一件事，这个事若干年前一个小说中写到过。

之前有朋友跟我说看一个电视，是90年代香港警匪片，有一段关于房地产。他说，看现在的房地产我真的震惊，90年代电视场景跟今天完全一样。文学有一定的预言性，不是作家多么聪明，而是作家写的时候按照一个逻辑往前推，必然要推到这个位置，文学的预言性来自这里。文学有一些潜意识的东西，有内在运行的逻辑，明面上可能谈不到，但暗地运行的逻辑往前推，有可能推出某一个结果，这个结果若干年以后可能出现。

给大家举个例子，朦胧诗刚出来的时候，很多人不懂这东西怎么回事儿，你在我身边，你离我多遥远，大家都不清楚。大家都知道你离我很近、离我多远，这是矛盾的。但现在夫妻俩一人抱一个手机，你说近不近，很近，但每个人都神思缥缈，完全不在这个地方，又离着很远，这已经变成我们的常态。过去一般学者都不一定懂朦胧诗，但今天让一个小学生看朦胧诗，什么都明白，我觉得代表了情感超前的东西。所以，对于写作者、评论家，对于读者来说，我们不要希望文学立马改变什么，立竿见影的效果，没有，但慢慢改变这个人，只要改变这个人，文学的作用就出来了。

现在想一下，谈文学时，我们脑子里的指南都是什么，都是过去的文学作品。你想要没有"床前明月光，疑是地上霜"这样的诗，我们今天会这样认识问题吗？我们会这样想象世界吗？没有《红楼梦》、没有《聊斋志异》，能想象我们今天多么乏味、多么无趣。文学可能不起到什么物质作用，但我们精神之所以一直处于放松健康状态，都是因为这些东西，这就是文学的现实意义。这些年，很多人都遇到这样的问题，就是内心的东西无法在现实中得到校正、得到满足，其实正需要文学来填补。据我所知，大学中文系报考率比前几年好了一点，原因是什么？是因为我们现实问题太多了，以现实的逻辑无法解释这个问题，需要文学来解决，所以越来越多的人重新回到文学，这可能就是文学的意义。

四　读书就是获得他人看问题的方式

李徽昭：文学超越性、预言性确实别有魅力，文学史看到很多这样的例子，但一个现实问题是，像今天在座的中小学生，包括家长、老师，他们比较关切的是，现在诱惑太多，如何沉浸到文学阅读中。大家都知道阅读很重要，学校阅读课、写作课有很多规范性操作，但怎么才能在课外拒绝手机等电子屏幕诱惑，让身心沉浸到书本中，怎样跟书发生深度关系，这可能是大多数人面临的现实问题。晓亮和则臣老师跟大家分享一下，阅读操作层面的问题，怎样安心地把一本书读深读透。

徐晓亮： 我先举个例子，第一，我们家有一个生活很多年的阿姨，关系特别好，开始都叫我牛牛爸爸，有天突然喊我徐老师，问我是不是开书店的，我听了后非常高兴。为什么高兴？喊我徐老师，她认为开书店的人才会不停地买书，才应该喊老师。就是首先要买书，有兴趣去买，才可能想到看，这样阅读的氛围才会形成。不能夫妻在家各拿一个手机，各玩各的，然后去奢望孩子读书。

第二，我做止一堂这样以文学为核心的文旅文创企业，给我带来的快乐（包括给我同事、伙伴带来的快乐）是不言而喻的。以文学谈生意，我受到很高的尊重，别人到我公司来，我能感觉到，不管是领导还是企业家都有肃然起敬的感觉。前几天写字楼公司走访企业，说徐总还是你们公司最有品位、最有文化，这都是你喜欢阅读、喜欢文学不知不觉形成的。

四川地震以后余震不断，我的孩子还很小，有一次晚上刚上床休息，突然地震了，我第一反应是跑进书房把书抱紧。后来老婆经常拿这个事来说我，这就是痴，就是对书的感情。

从企业的角度，我的伙伴们都是，可能学生时代未必那么爱读书，但到了公司氛围中，大家都爱读书。包括我的小孩，我没有说你必须读哪本书，我会有意识地把书放在餐桌上、沙发上，他情不自禁地看几页，有可能不知不觉就改变了。

别人也会问我读那么多书想干什么。我觉得读书的目的是改变人的思考习惯，从而改变人的行为方式。改变思考习惯，做事就有目标和方向,这么多年我既没有从事学术研究,又没有从事文学创作,但它对我日常生活、家庭生活,包括我交际生活、商务生活带来潜移默化的影响。古人说"腹有诗书气自华",虽然咱们没有读出古人的气质,但展示出的自信是油然而生的,一定是阅读带来的。我们有时候有这种自信,做任何事情总觉得能解决,事后想想都是阅读带来的力量和勇气,让我有战胜困难的信心。

我刚才开玩笑讲《跑步穿过中关村》,那时候二十几岁没有对象,看过《跑步穿过中关村》,感受到女性的优美善良,这才是我想找的贤妻。包括《青城》三部曲中类似女性,我现在想想都是传统女性,都是让我喜欢、尊重的,在阅读中感受到美,对个体、家庭、事业都带来了很大的影响。

徐则臣在南京"在世界文学之都,与文学大家面对面"活动现场

徐则臣:日常生活中,我们肯定希望朋友是宽容的、有平常心的,但别人的宽容和平常心怎么会是天生的,这就是读书的作用。我们每个人,因为生命的局限,只能过一辈子,你天天冲在生活第一线,只能经历一个人生,但读书可以看到无数人生。你无论怎么生活只有一个视角,但读书会发现每个人都有视角,都有目光。过

去只有一扇窗户，现在都是窗户。因为除了你那个目光还有无数个目光。如果你能够看见别人的目光，你能理解，那你首先具备这样的能力，第一，你接受别人。第二，你有宽容心，你愿意接纳，然后你就获得了他们的眼光。

我们读书是什么？就是获得他人看问题的方式，我们从别人的角度来看问题，事情只要能换位思考，问题就不难解决。我们急、上火是为什么？都是站在自己角度看，这个事必须这样做，换个角度去看，别人是另外一种想法，那个角度可能这事就不该这样做，你如果换位思考，你就可以做到宽容平和，最简单就是看书。我们过去说"读万卷书，行万里路"，为什么老年人比年轻人平和？因为见得多，遇事不仅能从自己角度考虑，还能从别人角度考虑，一下子这事就不这样了。老年人为什么有平常心？有句话说，"曾经沧海难为水"，见过世面的人就不会对小东西较真，去鸡飞狗跳，所以才有平常心。

年轻时候写作文，我刚写小说时，都是语不惊人死不休，只要我一张嘴每个人都看我一嘴大金牙，金光闪闪，但最后发现那种咋咋呼呼的层级都比较低。高层次是什么，老和尚说家常话。得道高僧哪个咋咋呼呼的？扫地僧是什么，就是一直沉默在这里，不会想哪天出人头地，从来不想，就甘于在那个地方，而且非常满足，不会有那种想法。我们小时候读过一个古文，"鸢飞戾天者，忘峰息心"，那是很高境界，境界怎么来，固然需要人的修为，一点点努力，其次就是看书。你内心除了自己还有无数人的时候，生活就会变得丰富、变得宽容，你就会有平常心。

我们老说读书人酸腐、慢性子，真的不是酸腐，因为凡事会站在别人角度考虑，所以就没有那个火气。我在家里一年都不会发火，他们都说我是老同志，我说不是老同志，不值得的，就这么几口人有什么大不了的事，不就是你一个观点，我一个观点。我和老婆吵架从来都是我认错，我错了也是我错了，她错了也是我错了，不丢人，两人为了一件事冷战，伤的还是自家人。坚决不能在孩子面前吵架，就是这个道理。你想想没有多大事，靠的是什么，就是你能换位思考，你有平常心。读书给我们看到的就是这样，没有哪个老和尚点火就炸，说的就是修为。如果不读书的确是靠修为，但读书可以加速你的修为。我们都希望我们的朋友亲戚都是宽容的人，其实我们也可以成为这样的人。

今天这世界越来越丰富、越来越复杂，我们可以到处跑，世界上无数个地方走不完，但书是公平的，没钱可以借着看，你可以获得丰富的情感经历，让情感、精神变得自信，这很重要。生活有很多意想不到的东西，我们乱了阵脚还是淡定自如，我觉得跟修为有很大关系，修为不是凭空而至，读书解决了我们的修为问题。

如何让孩子读有意义的书、有价值的书。人都是愿意去享受的，我也是，在座各位都是，但生活不允许我们躺平。如果你还有欲望和理想就不能让自己躺平。这个时代是碎片化时代，我们有很多碎片化阅读，没问题，我不拒绝刷屏，也不拒绝看朋友圈，但不能沉溺于此，有时候需要大量时间做沉浸式阅读。为什么？因为你要理解情感、命运、历史、文化，你必须扎进去，必须有足够时间，时间不到你体会不到。所以必须有足够时间的沉浸式阅读。

有人问我，天天读网络文学好不好？我要告诉你网络文学提供的东西，经典文学能提供的更好。我们算一个账，就是单位时间内能获取多少营养，一首诗五绝只有20个字，这20个字吃透了，对你一生的影响比很多文学作品都重要。问题是，我们要逼自己吃透，不能纵容想怎么来就怎么来，如果你没想法那无所谓，但凡有一点想法就要逼自己。比如，写文章越写越好肯定是自虐狂，因为要不断给自己制造难度，不断给自己找麻烦。你跳跃了障碍就有所进步，大家都是这样，各行各业都是。你想做一个好铁匠、好木匠，你要下很多功夫，就是这样的。晓亮的孩子牛牛非常优秀，文章写得非常好，他们小学的毕业歌词是牛牛写的。从来不看书、家里一本书没有的孩子，很难相信，能写一首全校学生唱的毕业歌。

这是个缓慢的过程，我们要一点点做，不能只看结果。家里面一定要有书，书是有气场的。我也是一个买书狂，刚才晓亮举的例子非常好，阿姨一开始叫牛牛爸爸，三年以后叫徐老师，因为这些书让她肃然起敬。当她说老师这两个字的时候，就代表对书、对文化的敬意，这是很好的传统。家里面要有书，对写作的人更是这样。本雅明买了很多书，别人问你家里这么多书都看了吗，他说没有，看了1/3。另外2/3干什么？就用来看，观看的看。书有气场，你整天跟书打交道的感觉不一样的。我在北大念书那几年没事不到外面跑，在校园逛逛也行，感受一下氛围。我老说，就是一根木头在北大校园待三四年，跟别的木头也不一样。

大家去过很多学校、单位，一个单位跟另一个单位比，那种品位、格调、格局我们会有一个判断，这个判断从哪来，就是文化。文化是虚的，但会落实到一个个细节上。徐立书记说阅读长篇，我想到现在中宣部常务副部长李书磊，一个非常好的学者、教授，文章写得极漂亮，他说再大的官不读书就是一俗吏。我们肯定见过很多官员，一个官员的谈吐、气质，背后的学养、教育，跟他读不读书有很大关系。读多少书写不到脸上，但读多少书的感觉会呈现在你五官里。有一个相声演员，他说我长得很丑，但别人从来对我心生敬意，为什么？就是这个道理，无论读书人还是官员、商人，读书总归不会错。

至于孩子，该逼还得逼，别太希望奇迹。说我儿子的一个经验，因为我学当代文学的，国学功底弱一点，所以我希望孩子从小把古文抓得好一点，就逼他每天早上背诗，几年了，现在《岳阳楼记》这样的长文章全能背出来。他也不理解为什么每天要这样，现在马上六年级，他跟你说话偶尔冒出一句，我觉得这就很可以。

有的孩子写文章，背很多名词名句，但我儿子从来不需要这些，写文章时自然而然就出来了。你背10首诗出不来，当你背100首诗的时候就出来了，背200首诗时，出来越来越多，你会发现文章一下就不一样了，而且有了这么几句对其他的理解也有变化。所以我觉得，孩子还是要背诵，这是老祖宗传下来的，是精华，很多智慧凝聚在诗中。有人说，一本书是一个作家的成果，其实不是，是这个作家集合前人精华才成了这本书，每个人都站在别人肩膀上，这本书是不同作品、作家集合的序列，所以，一本书不仅是一本书，有可能是文学史的集合，认真看一本书等于看了很多书。大家看《红楼梦》，你觉得那就是曹雪芹写的吗？曹雪芹之前的每个人都在写，没有之前的人哪有《红楼梦》。所以深度看一部经典作品，意义远大于很多本书。孩子还是需要看好书、看经典的书，因为经典背后站着无数好作家、好作品，花时间是值得的。

碎片化时间怎么读书？其实书的内容已经转化成很多形式，泛化在生活里，我们可以用喜马拉雅听书。这几年，长篇小说《安娜·卡列尼娜》一百多万字，《日瓦戈医生》四五十万字，我全都是听的，上下班地铁上、晚上散步时，这些时间浪费就浪费了，每天把这些时间用上，能听很多个小时。读书总是有方法的，没有那么忙，徐立书记那么忙，每个月还能看一部长篇小说。我们不要给自己找借口，孩子还是需要下点狠手，别体罚就行。小时候背的诗，以后随着阅历、学识增加，会慢慢地体会到当年背诵这些东西的意义。

有人说过去私塾教育有问题，但私塾教育出了很多大家。3岁、5岁在那背诗，背进去了吗？若干年后会发现背进去了。为什么现代文学出了那么多大家，学养那么好，就因为小时候在那儿背，什么都不懂的时候记住了，记住了音，然后不断给那个声音找合适的字，给字找合适的解释，不断发酵、壮大。我小时候背过一首诗，我爷爷订的《中国老年》里的。爷爷让我背，很多字都不认识，我标的汉语拼音，但一直记在脑子里。过段时间我就想起这首诗，不断地给音填词，不停试错，这次觉得合适，下次觉得意思不对，到大学时，我觉得这首诗没有办法再变一个字了，就想看填的对不对，就找那首诗，发现一模一样。这些年我错了很多，它就是一首诗吗？不是，不断纠错的过程中，我对汉语、对字词的理解，人生的醒悟，对诗的体会发生了巨大变化，所以不仅仅是一首诗。我希望孩子能背、愿意背还是要背一点。

五　河流、火车，我希望它把我的想象一直带到远方

李徽昭：现在阅读（尤其纸本阅读）确实是大问题，国民教育、文化传承、人文素养，这些都跟阅读有关系。两位从各自角度谈了很多，家长孩子、学校老师，都知道阅读重要，但怎么操作确实需要认真思考，总结两位所谈，一是要有氛围，家庭里或者校园里可以形成几个读书小组，父母跟孩子一起读，以小组的形式，读完还可以讨论。二是"文学大家面对面"这样的活动需要越来越多，街道、居委会都可以有类似的经常性活动，无疑会形成社会氛围。最近东方甄选的董宇辉火了，为什么火，这其实跟他读书有关系，也跟俞敏洪有关系。俞敏洪就是爱读书的老总，家中藏书巨丰，读书会强化企业的文化向心力，这样家庭、学校、社会、企业，不同的阅读互动以后，文化氛围就会形成。

最后一个问题，大家读小说很喜欢看人物，而人物背后重要的支撑是意象。徐则臣小说里有很多值得深思的意象，比如《西夏》里藏身的树洞，《王城如海》里颇有意味的二胡，这些是怎么筛选表达的，例如《王成如海》中主人公夜晚梦游，听到《二泉映月》就会停止，大家看的时候会觉得是一种神奇性的。

徐则臣：我上小学的时候会在树洞烤火，这个意象一直在脑子里，小学时候经常钻进去，放学时发现少一个人，突然发现在树洞里了，所以留下来写到小说里，自然而然就出来了。《二泉映月》也是，我喜欢二胡，小时候学过，现在不行，完全找不到调。每次出差烦躁时，我平息情绪的重要路径就是听二胡曲。央视节目中，跟朱迅聊到另外一个二胡曲《江河水》，这两首都是二胡名曲，从个人

趣味我更喜欢《江河水》，但写这个小说我一直听的是《二泉映月》，所以就把《二泉映月》写进去了。如果那时候听的《江河水》，没准写的就是《江河水》，这里面没什么深思熟虑。

李徽昭： 如果是《江河水》，意境呈现可能就不一样了。

徐则臣： 是的，说没有深思熟虑也不对，它在你的生活里，潜意识在不停的筛选，为什么是它，不是别的，你一定能找到原因。所以写作有很多偶然，偶然也是必然，就是你生命中拿不起放不下的东西，都要在小说中出现。为什么我老写火车？因为小时候特别羡慕坐火车。小时候在小村子生活，通往广阔的世界靠什么，要么河流，要么火车。在座的都有这样的感受，水面上扔一个树枝，一小时后到哪，一天以后到哪。这样想之后，你对这个世界的认识会超越树枝，一直往前走，这个树枝漂到哪，你想象的世界就开阔到哪，世界就是不断开阔的。所以，我写了很多河流、火车，火车一直往远方，而且是完全不知道未来的地方。到世界去，必须有物质载体，河流、火车就是这个载体，我希望它把我的想象一直带到远方。

当时在一个小地方，很想去县城，我爸说，我考好了他带我到县城，去洗个热水澡。家里是一个洗澡帐，在里面气都喘不过来，最怕洗澡。我爸就说我好好考，考好带我到县城大澡堂洗澡。小时候一直觉得，大城市必须有一个大澡堂，大澡堂是一个城市的标配。所以，小说中会出现这样补偿性的描写，写了很多，都是我小时候享受不到的，从心理学角度研究作家作品，发现一切都可以按图索骥，没有什么秘密。

李徽昭： 好啊，按图索骥，小说解读的别有意味的视角。最后请徐立书记总结。

徐立： 徐则臣老师难得来，时间太珍贵了，所以前面一直不敢讲，主要是想把宝贵时间留给徐老师，留给各位读者。

我谈谈我读到的和我理解的《北上》。虽然一直在读书，但好多年没有读小说，尤其是当代小说基本没看。两年前无意中读了本党史书《北上》，刚好茅盾文学奖公布，看到徐则臣的《北上》，同名书，机缘巧合。没有想到30多万字的《北上》，我几乎一气呵成地把它读完了。读的过程中我的手腕几乎要受伤了，因为每到精彩段落我都会拍照，很久没找到这样读书的感觉。《北上》后读了一连串的长篇小说，比如《人世间》《有生》，还有我们西善桥草根作家张大民的《家世》。把《北上》放在当代长篇小说里来理解，感触很深，我觉得过去十几年没有读小说对不住自己。所以非常感谢徐则臣老师把《北上》送到我的生活中，让我开启阅读长篇小说的生活。看完《北上》我又读了夏坚勇的《大运河传》，看了中央电视台的8集纪录片《大运河》，再回过头看《北上》，觉得我跟徐则臣老师的心靠得更近了。

这么多年读书，经常质疑的是，读那么多书读到哪了？它融入了我的血液，就像"病毒"进入你的血液，只有检测的时候发现阳性，但在哪里你不知道。书本的东西成了支撑人生的力量，这个力量你也看不见。正如《北上》就是人生一条大河，运河一路向北，呈现的是一种向上的精神，北上就是我们人生各种各样的风景和经历，这条河上你会接触各种各样的人，有的成为朋友、至交，有的发生各种各样矛盾。我们会面对自然、面对历史，也会面对灵魂深处的呼喊，甚至惊醒。所以，《北上》给我最大的收获，是让我看到一种人生常态，看到人生的力量。所以，我们读的书最后变成了什么，就是一种精神、一种力量、一种气质。今天在场年轻读者比较多，如果你想今后人生更精彩，如果你想今后人生无论经历怎样的艰难和挫折都不会被打倒，希望你们北上，从《北上》中寻找力量。

李徽昭：阅读给予人生一种精神、一种力量、一种气质，徐书记说得非常好。时间过得非常快，让我们记住这个美好的下午，也让我们期待《北上》电视剧的播出。

（本文为2022年8月14日南京市西善桥街道"在世界文学之都，与文学大家面对面"活动对话录音整理稿）

文学、世界与我们的未来
——徐则臣访谈

李徽昭：这么些年来，一直想与你坐下来好好聊一下，却原因种种，很少有这样的机会。即便有空，坐下来又说起其他的了。似乎是这样，在今天，与较为熟悉的朋友聊文学倒是很难堪的事，像是地下党，各自悄悄地关注着一些文学界共同的问题。实际上，今天的世界日益扁平，一个角落里的故事，会在全球各地成为新闻，这一点你应该有所感触，在美国、在欧洲，看到的新闻，除却意识形态上的差别，新闻的敏感点与国内大同小异，无非暴力、经济、战争、死亡，诸如此类。而一般朋友在一起，比较集中的话题也无非工资收入、花边新闻、插科打诨等。是不是在今天这样日益趋同或者是平面化的现代社会谈文学是不合时宜的？

徐则臣：聊什么说明什么在我们生活中更重要，起码它占据了我们更多的焦虑的空间。在今天的中国，对百分之九十九的人来说，文学肯定不是最重要的，所以大家都不会到对方那里寻求共识。我们的精神疑难更多的是来自物质、利益，还有百无聊赖的精神荒漠。你可能会说，既然有精神荒漠，那更应该谈文学了。理论上好像是，但是相对于影视、花边新闻和插科打诨，正儿八经的文学还是太高级了，大部分人谈不起，也谈不起来。我们希望谈那些轻而易举就能谈得像模像样还能保证我们装得像有点文化的东西。速成、便捷的东西最抢手。我也只和几个聊得来的朋友聊文学，否则人家会觉得你有毛病。当然，如果现在中国人凑一块儿就谈文学，那也很可怕，让我想到三十多年前，只有在那个时候才可能全民写诗、谈文学。

李徽昭：从乡村到城市读书，从淮安、南京，再到北京、上海，说起来你的生活轨迹和大多数同时代人一样，但你早期的文字有着不属于我们这一代人的历史与文化意识，能清晰地触摸到你向历史深处探寻的笔迹，或者也可以说有与沈从文、苏童相类似的，想营造出一种浓厚的带有历史感的湿淋淋的独特意象，比如花街、运河，以及一些具有历史意蕴的（如西夏等）小说人名。你的创作谈也谈及对历史与考古的兴趣，中国上古乃至中古时期，文学与历史是密不可分的，那么，你早期的创作是有意识的模仿，还是因对历史的浓厚兴趣积累起的一种人文意识？

徐则臣：我对历史一直很有兴趣，一度打算念考古专业。这个兴趣肯定被移植进写作里了。另一个原因，几乎所有人写作之初都唯美，历史在各类题材中大概是最具唯美特质的，悠远、飘逸、长袖善舞，有无数浪漫主义式的月光和黑夜，还可以让你享受淋漓尽致的天马行空的虚构快感。那时候你根本就看不上写现实和当下的，你觉得那一点诗意都没有。所以，很多刚开始写历史的小说家都觉得自己才华横溢无所不能。写历史还因为对现实理解得不够。等进入社会年深日久，经见得多了，你有切肤之痛有话要说了，你对诗意和文学性的理解会发生巨大的变化，你会觉得表达的"及物"比那些外在的光彩更重要。这也是为什么很多作家写着写着就现实了、当下了，就介入了，因为你把自己放进时代和现实里以后，发现文学焕发了前所未有的审美的力量。

李徽昭：你早期小说一直钟情于意境的营造，有独特的意象空间，与现实保持着距离，比如《鹅桥》《失声》《弃婴·奔马》等，再如实验意味颇浓的《养蜂场旅馆》。就个人阅读趣味，我喜欢你的故乡和谜团系列，当然，并不是排斥"京漂"系列，他们也都深深打动过我。我的意思是,故乡系列与我们内心深处的东西更切近。我似乎和你说过,你写的《鹅桥》与我2001年曾去过的苏州太湖中的西山极为相像,这是一种心灵上的遥远相遇。故乡和谜团系列小说,无论意境的营造、语言的趣味、还是爱情、人情、悲悯的主题,成长的经历,都对现实保持了一种克制。我似乎能感觉到,你也对故乡与谜团系列是比较偏爱的,是不是这样?他们大概能代表你对小说艺术的理解,既有故事,又弥漫一种类似于诗歌的意象,是这些意象使得小说的艺术空间得到拓展,应该说,无论在小说艺术技巧或者题材上,意象的运用都有更丰沛的解读空间。我这样理解对不对?

徐则臣:是这样。我的确很偏爱这一类的小说,它符合我对小说艺术的最无功利的理解,它也可以非常可观地告诉你,作为一个小说家,你对小说这门艺术的操练所到达的绝对值。这一类小说是我的保留节目,一旦我对某个技艺或者主题有了新的想法,就会把它实施到这类小说里,因为它的丰沛的艺术感和比较成熟的掌控规则,能让我最大限度地张扬那些想法,因此,它在任何时候都可以给我信心,让我把新东西再拿到别的类型小说里进一步试验。这一类小说是我的试验田,我希望所有属于我的东西都能在这里达到最大值。它在帮助我探究小说的无限可能性。

李徽昭:应该是到北京后,你的小说落笔到"假证制造者"等"漂"在北京的所谓底层人物上,这些小说形成了你的"京漂"系列,也使你在文学界引起了较大的关注,或者说,为你打开了小说被接受的新天空。这些小说中,你有属于自己的对世界和人的理解,也相应地超越了自己的年龄,能不能说说在这些小说中是如何表达你的理解的。

徐则臣:写这些小说,除了满足讲故事的爱好外,我想搞清楚"城与人"的关系,这是我近些年的兴趣所在。在我看来,北京大概是考察当代中国最合适的范本。先说"城"。北京在很多人看来,只是一个特殊的符号：首都、政治的大脑和文化的心脏、金灿灿的理想和梦幻之地，现代化、国际化的大都市，大亨、乞丐云集而来，是长衫客奢靡的大沙龙，也是短衣帮夜以继日的淘金地，拉斯蒂涅、陈白露和凡·高一起走在大街上。其实，北京并非像脸谱一样简单，可以被简化成一个个象征符号，它不仅仅是一场流动的盛宴，但究竟是什么，我又说不好。长久以来的想象和描述把它固化为一个强悍的符号，起码是一个强悍的超稳定的符号系统，其所指的力量如此之大，让你在探寻它的异质性时变得极其困难和缺乏自信，但同时也大大地激发了我的窥视欲望和长久的巨大疑惑。不断地写北京，原因也在于此，只有在不懈地追索北京的故事和细节中，我才能一点点看清这个巨无霸。再说"人"，这是所有文学里最大的主题。这些"人物"生活在北京，我想知道他们的心思。他们是闯入者、边缘人，也是某种意义上的局外人，当他们从故乡来到异乡，从乡村和小城镇来到大都市，从前现代来到后现代，从漫长的乡村文明猝不及防的来到城市文明，他们究竟会怎么想？这一串特定的修饰和限制，也已经使得他们无法再像过去那样，可以作为固定的符号和符号系统来被看待。一切都在变，都在路上，他们自身具备了前所未有的复杂性。所以，我从不相信闯入北京只是欲望在作祟，哪怕他仅为淘金而来；我也不相信铩羽而归仅是因为失败，哪怕他离开时破帽子已经遮不住半张脸。那么，到底他们和北京之间达成了什么样的契约？我想知道的，是人与城的秘密，也是人与城之间的张力，它推动小说沿着自己的道路往前走。由此可见，北京是整个中国的北京，把它弄清楚了，等于把当下中国弄清楚了。当然，我才刚刚开始；也许永远都不会整明白，但我还是愿意深入地往下钻，看见多少算多少。

李徽昭：我注意到，在现实感较强的"京漂"系列小说中，你几乎都会安排进一些男女情感，这些情感反映了京漂者生活的另外一面，也许会令人感到故事的重复，但或者也表明你对爱情有着某种执拗的独特的理解，能不能就此说说你对理想中的爱情的理解。

徐则臣：说实话，我从来没有在哪个小说里预设爱情这样的情节，完全是自然而然就出来了，我想这可能说明我还年轻，张嘴就忍不住谈爱情，哈。我倒是想过要写一个真正的爱情小说，不干别的，就彻彻底底地爱情一把。可惜至今没想好怎么写。你这么一说，我倒是得认真想一想。或许是世间就两种人，而且我写的大部分都是年轻人，一不小心就得发生爱情？或者是，在京城浮萍一般的生活中，我们都本能地需要温暖着相依为命？反正我没有刻意去经营这样的爱情，但如果它不期而至，我也绝不会赶它走。什么时候我尝试一下，看能不能写一个杜绝爱情的小说。我要说出我对爱情的理解，你肯定会说我很俗。的确，我的爱情一点儿都不别致，也不另类，我希望好的爱情中有真诚、平等、理解、自由和坦荡，从头至尾贯穿着理想主义。这个理想主义不是脑子里整天净想着虚无缥缈的东西，而是有所执、有所信，不被世俗的生活拽进尘埃里。

李徽昭：我的理解是，在现代中国文学中，较为疏远现实的小说，在当时的文学中似乎并不讨好，沈从文便是一例。大概中国文学的"载道"传统会潜意识地影响文学评论家、文学史家，当然也会影响作家。也可以说，大多数现代中国作家的文学观中，小说可以表达自我对世界的看法，可以阐释对某一社会、时代与事件的理解，这还是把小说当作了"工具"。也就是说，现代中国"小说"还很难成为一门纯粹的"艺术"，还或多或少带有某种与现实较为切近的利益关系。这在早期胡适等论述小说的文字中可以清晰地感受到，而现代西方小说多是将其作为"艺术"来经营的。你的一些文字表达了中西融合的看法，你一篇带有实验性质的《雪夜访戴》，重新叙述历史，有着鲁迅《故事新编》的意味，读来颇为会心。我感到这些小说是在与"京漂"这些所谓的"底层小说"保持距离，而是在寻找作为"艺术"的"小说"的新空间。这是不是你的一种自觉的文学方向调整？

徐则臣：为"社会/生活"而艺术还是为"人生"而艺术、为"艺术"而艺术，这几种分野从五四就开始争，甚至五四之前就已经开始了，梁启超已经把小说提高到建设新社会的高度了。前者始终处于绝对优势地位，文艺要为"工农兵"大众服务，"工具论"理直气壮。一个作家如果不能为"公共"发言，是有道德和世界观的双重问题的；一个作品不能参与社会生活建设，格局和品质是有问题的。这基本上已经成了上至精英下至劳苦大众的"审美"共识和标准。但是，现代主义勃兴之后，艺术家普遍"向内转"，为"人生"和"艺术"本身而艺术成为更加自觉的要务。文学和艺术首先要充分地自我表达，然后才谈其他。在真正的艺术家那里，这个冲动从来没有断绝过。所谓的"京漂"系列小说可能现实的意味更强一些，但我从来都是基于"自我表达"的冲动写了它们，我不认为是什么"底层小说"，我只写我想到的、感受到的、有话说的东西。我开始写北京的时候，"底层文学"的概念还不清晰，其壮大是后来的事。《雪夜访戴》其实写得很早，2001年或者2002年。假如你若认为"京漂"系列现实感更强一些，那我可以说，在写这个系列过程中，我一直在写"花街"系列小说，和类似《雪夜访戴》这类的小说，不存在从哪转到哪，或者大方向上的调整的问题。所有这些小说，对我来说它们首先是"艺术"，然后才是其他。

李徽昭：这两年，你的跨国文学活动不断增多，文学的空间在不断延伸，从韩国到美国、德国、瑞士、荷兰、挪威等。对于刚出版的散文集《把大师挂在嘴上》所解读的作家，欧洲基本上是重心所在。美国文学似乎不像欧洲那般景气，大概我们和美国人一样清楚，有着悠久历史的欧洲文学提供了与其经济、文化持续繁荣较为相应的文学市场，文学也为欧洲文明的繁衍传播提供了可持续的动力。我的理解是，不仅是因为有诺贝尔文学奖，世界文学史板块中的欧洲因为其独特的非"乐感文化"而具有与我们非常不一样的哲学价值，20世纪初以来的欧洲文学似乎可以说是中国乃至亚洲文学的标杆。这么说是不是有些极端？

徐则臣：《把大师挂在嘴上》涉及了很多国家的作家和作品，如果你拿欧洲的概念和美国比，那欧洲显然是重心，因为美国只是一个国家，欧洲有很多国家。我很喜欢欧洲文学，同时，我也很喜欢美国文学。欧洲文学的确有非常悠久、醇厚的艺术传统，举手投足之间你能感觉这里的文学有来头，与生俱来气度优雅。欧洲文学在艺术创造力上永远是中国文学的标杆。但我和你看法稍有些差别，我对美国文学同样抱有信心，尽管和欧洲相比，美国有种辽阔的肤浅和单薄，但你得承认，美国和美国文学有着胜过欧洲的躁动的活力。它不如欧洲文学幽深，但开阔、壮观，有种泥沙俱下的肺活量。而且，现在美国的确有一批极为优秀、放在经典的标准上考量也堪称大师的作家，比如菲利普·罗斯、唐·德里罗、托马斯·品钦、E.L. 多克特罗等，他们中谁拿到诺贝尔文学奖我都觉得实至名归，甚至是诺贝尔奖本身的荣耀。

李徽昭：不管"世界文学"这个概念能否成立，我们都能感觉得到近年来中国文学与"世界"越来越近。从20世纪初至今，中国文学中的"世界性因素"显然是不断增多的，尽管中国作家在面向世界的过程中，没有放弃对中国传统与历史的兴趣，但我觉得，"世界性因素"影响下的现代中国文学并没有拓展到应有的文化深度。就文学对"人"（自我与世界、个体与群体等）的发现与书写上，我们还远远没有欧洲文学那么深入痛彻，尽管一些海外华人写作在海外获得了极高荣誉，但总体而言，对人性的阐释还不能说太深刻。排除翻译因素，这是不是国内小说在世界上影响力不大的一个原因。就你这么些年与国外文学界的往来以及研读西方文学的感受来说，你怎么看。

徐则臣：中国文学在世界文学中的地位十分边缘，原因有很多：一是中国文学整体的质量不入别人法眼；二是必要的好的翻译欠缺，文化和文学输出才刚刚起步；三是西方对中国作为一个国家的意识形态、国民素质等持有定见或者偏见，内心里并未在文化的角度上认为可以与他们等量齐观（说通俗一点，可能很多人难以接受，那就是，人家根本没把你放在心上），中国文学的确很难给别人输送值得尊重的营养和价值观。中国文学在很大程度上是作为社会学、政治学和民俗学的猎奇读物进入西方人的视野的，现在依然是。海外华人写作所获取的荣誉的确不小，但也有被放大之嫌。我们有"外来的和尚会念经"的传统，也有"墙内开花墙外香"之后，就把脑袋扭一百八十度赶紧去认同的毛病。我个人觉得，中国文学还有很长的路要走，中国作家也有很长的路要走，哪一天别人真正能从艺术的角度去看待我们的文学了，中国文学才算在世界文学中立住脚了。

李徽昭：吃青菜的肠胃也许很难适应大鱼大肉，但显而易见，这些营养对我们肌体的重要性是不言而喻的。世界文学的相互交流应该延展深化我们自己的文学，但中国小说的传统技术以及美学、思想系统在与西方强势文化的抗衡中很容易落于下风，如果按照文学进化规律，也许处于弱势的某些文学技术、美学及思想会自生自灭，尤其对于我们这样在功利性文化环境中发展的小说门类而言，其境遇越来越难堪。你怎么看待这些现象。

徐则臣：如果就关起门来自说自话，即使我们的文学每况愈下、恶性循环，中国文学照样玩得起来，人多，总会有几个读者。什么样的文学就会有什么样的读者，什么样的读者也就会有什么样的文学，文学和读者的水平就这么相得益彰地一直往下掉，入鲍鱼之肆，久而不闻其臭，离自生自灭也远着呢。但是，这是个全球化的时代，文学也要加入世界流通，谁家的门都关不住，如果我们的文学和文化到了贫弱得连我们自己都看不下去的程度，我们会感到耻辱然后想办法改变的。就我的感觉，现在很多作家已经意识到了问题的严重性，不仅从艺术的角度，也从政治和文化的角度，要走的路真是很长。

李徽昭： 从文学史看，文体的兴衰更替是存在的，文学叙述方式也在悄悄改变，但文学的主题大体是共通的，无非爱情亲情、家国命运、民族个人等。"70后""80后"作家的生活与写作日益与世界接轨，世界和现实生活影响了他们对永恒的文学主题的叙述。你觉得"70后""80后"作家的文学叙述能否深度地抵达这些主题？或者说他们能不能衍化出属于21世纪中国的文学叙述。

徐则臣： 理论上讲，这两代人的写作应该会更有效，因为他们的确看上去和世界更接轨，眼界、思想和艺术可能更开阔，更容易与整个世界的文学潮流会合，但是写作不仅靠环境，更重要的是靠作家自己，有些人整天在全世界飞，依然长着一颗20世纪五六十年代的中国式脑袋，你有什么办法？我希望他们能，对此比较乐观。

李徽昭： 以前听你聊过"学院化"的问题，你的意思是，这一代作家要写出有深度的作品应该类似一个学者，多读书、多思考，像个学院里的学者。是这样吗？

徐则臣： 对，这只是个简洁的称谓而已，并非一定要有多高的学历、要在学院里修炼多少年，而是说，有系统的教育，能够通过充分的阅读、思考和训练，逐渐形成自己独特的感受、理解和分析世界的能力。你要找到你一个人进入和表达世界的文学路径。前些天我在中国青年政治学院作了一个讲座，题为"故事的黄昏"。我以为，随着世界瞬息万变，越来越复杂，同时也越来越透明和平面化，要想在信息爆炸的现实中获取真正有价值的素材，并且能够透过纷繁复杂的现实表象发现真相和本质，没有学者式的眼光是不行的。过去，似乎能够讲述一个好故事即可获得作家的荣誉，但现在，所有的生活都大差不离，大家的写作动用的其实都是公共资源，你很难提供陌生化的经验，而陌生化是好故事的最重要的指标之一。传奇性将会逐渐从这个世界上消失，因为不再有传奇。传奇同样是好故事的指标。所以，在今天，传统意义上的故事已经面临黄昏，作家得想别的招儿了。你得有能力化腐朽为神奇，要在平中见奇、化常为异；这仅靠过去作家通用的直觉是不可靠的，你得有实打实地分析研究和发现问题的能力，还得有别致的、独特的表达方式。和别人区别开来，然后确立自己，都需要你具有充分的思考和发现的能力，"学院化"势在必行。你看现在国际上的大作家，几乎都可以在大学里做教授。这个教授不是每学期就开三两次关于写作的经验化的讲座，而是做正儿八经的学科研究，能带着丰厚的理论上讲台的。

李徽昭：我写过一篇文章，谈到了当下文学的"学院化"问题，作家、评论家日益被学院收编，进入学院体制，文学评奖、文学期刊、文学会议多与学院有着牵扯不断的关系，尽管在中外文学史上，文学多与学院有着复杂的关系，有许多文学大师供职于大学，但人所共知的是，那是另一种具有强烈独立性、批判性、受尊重的大学文化。而中国当下大学文化日益世俗化、体制化、官僚化，没有类似民国时期或西方大学的独立地位。我觉得，这或许会使得当下中国文学丧失活力，缺少了生活的野性。我对当下文学的学院化表示了悲观，而对能够独立行走天下或独守天地、啸傲山林的文学姿态表示了敬意。今天在诗歌界已经有不少朋友依照自己的文学理想去生活了。你对此怎么看？小说家如何保持文学与现实生活的活力以及批判性、独立性？

徐则臣：这是我们共同的悲观。离开学校后，我跟学院越来越远了，不是特别清楚学院"堕落"到什么程度，但名声的确越发堪忧。关于独立性和批判性的丧失，这个罪名好像所有知识分子都有份。关于这个问题的阐释和解救方案，无数人给了无数的答案，但现实是，最后大家都一声长叹。有很多积重难返的东西，给我的感觉是，整个社会就是一个混沌、混浊的大旋涡，都裹了进去，批判也批判，自省也自省，但冒个头说两句人话后，又无奈和心安理得地跟着旋涡转。所有人好像都有种无奈感、无力感、无辜感，还有一种法不责众的侥幸感以及举世皆浊我独清的理直气壮。大家都在心平气和地侃侃而谈现实与理想的距离。显然是出了问题。说到这个问题，我觉得自己面目可憎，因为所有的感觉我自己也有。作为一个写作者，我常常觉得生活纠缠不清，好像我们的当下生活比国外、比民国时期要黏稠，我们在腾挪、在折腾、在思索和在行动，看上去忙活得一身汗，但位移就是很小。作品也不清爽，表面的热度太高，缺少清冷的、骨骼清奇的质地。我对诗人们抱有比小说更多的敬意，与小说家相比，他们为这个时代的文学守住了更多的尊严。如果真要我给小说家（包括我自己），开一个方子，我会说：用自己的眼睛看世界。坚守好这一点，活力、批判性、独立性和创造力，可能就会源源而来。

李徽昭：在大概的印象中，世界似乎就等于美国、欧洲，也等于英语，"90后"的这一代孩子将失去自己的方言，今后他们也许会越来越精通英语和普通话，可以说，他们将是没有方言的一代。当下小说中，方言也正逐渐消失，不要说"80后"作家，即便是"70后""60后"作家，他们小说中的方言也不成为叙事的着眼点。在我看来，小说的语言是较为典型的书面语，其中饱含着智慧的修辞，读来趣味横生，是实在的语言艺术，有些像钱钟书《围城》所蕴藉着的细微而又宏大的语言触角。细微是你对一些事物感触的着眼点，宏大是由微小包蕴的对世界的认识，但是，你小说中的方言正逐渐消失，无论是你早期的"花街"系列还是后来的"京漂"系列，方言都不是你语言运用的着力点，这一点，你应该有所感触，可否就此谈谈。

徐则臣：方言的消亡是大势所趋，挡不住，有些即使想办法留下来，也只能是在博物馆的意义上留下来。世界这么大，大家都到处乱串，你出门带着方言跑，根本不可能，除非你把故乡也一块儿带着。方言只有在方言区才能存活、发展和壮大，再完美的方言（包括沾了普通话的光、最能被大家接受的北方方言）也没法易地而活，你不可能把鲸鱼放到淡水里养着。冯小刚的贺岁片、赵本山的小品，过了长江就不行，没办法。很多作家都在脱离方言的语境里生活写作，没有一个方言的语境，他的写作很难贯穿好一种纯正的方言，而且，你面对的是全中国的读者，过了淮河橘子变枳，方言往往成了障碍，你不可能对着大多数读者写一本"天书"。我很清楚方言的意义和重要性，但是惭愧，我的确没有在写作中有意识地关注过对方言的处理。当然，我的小说中显然有不少方言，有些是经过"普通话化"的方言。如果觉得某个方言词汇非常合适，我也会用，但这样的概率不是特别高。因为离开故乡很多年，想到一个合适的方言词汇时，常常不太自信，担心时过境迁理解有误，就要给父母打电话再仔细询问一下。有时候我父母很奇怪，你整天都在忙什么，净莫名其妙地问这些词。在他们看来这些词张嘴就来，是日常生活的一部分，你竟然还要问。我都不敢跟他们解释，免得他们觉得我忘本。其实哪是忘本，是遗忘的规律我阻止不了。

李徽昭：前不久，我访问美国，回国前，孩子在电话中跟我要的礼物是英文版的《哈利·波特7》，这是她拥有选择能力之后的自觉选择。我不是反对孩子的这种阅读趣味，他们有自己时代的青春文学，我关心的是，文学成为国家形象传播的重要工具，青少年时代的孩子，文学阅读内容是个人文化认同的重要起点。我曾和孩子一起阅读了笛安、郭敬明等的小说，里面的生活场景日益和牛奶、咖啡、汽车联系在一起，这一代孩子的未来是不是就这样与我们所记忆的乡土割裂开来，他们的世界将充满消费、欲望、享乐，他们的文学世界将会怎么样？你保持乐观还是悲观？

徐则臣：我不乐观也不悲观，一代人有一代人的文学，一代人有一代人的可能性，你操不了这个心。我们替他们设计的生活未必合适，或者说，肯定不合适。我们的成长里有巨大的乡土背景，甩都甩不掉，如果我们强说我们没这个背景，那是虚伪的，对自己都不真诚；这一代孩子里更多的人没有，你硬要把乡土塑造成他们的背景，那么他们的背景就是虚伪的，如果他们也遂了我们的愿，认同那个背景,我觉得他们就是对自己不真诚。该是什么样就是什么样。我不是说就放任自流,否认引导和教化的努力,而是说,他们会在各种信息、习惯、理想、背景等的共同作用下,逐渐形成他们一代人的生活方式、价值取向和审美趣味。牛奶、咖啡和汽车未必就比豆浆、龙井和拖拉机轻浮,消费、欲望和享乐也未必就比奋斗、信仰和苦行庸俗,每一样东西你看清楚了都可以看出高深和切肤之痛来。欧美比我们充斥了更多的牛奶、咖啡、汽车和消费、欲望、享乐,他们的世界和文学好像就比我们好得多。不在于过什么样的日子,而在于,能否将这些纳入健康和理性的范畴。乡土如果给我们的只是畸形、苦难和癫狂的非理性,那乡土也只能是我们的耻辱,我们同样也会为我们在过这样一种"乡土"感到耻辱。如果他们获得了思想和想象力上的自由,我对他们的文学世界充满信心。

李徽昭:听说你正在着手一部长篇小说,可否透露一些消息。

徐则臣:已经着手五六年了,现在继续着手。还在乱看书阶段,因为涉及的东西比较多,我尽量把它们都理清楚。关于"70后"的;我越来越倾向于写跟自己年龄有关的小说,这样对人物和背景的理解更及物一些,我相信有基础的想象力。主体工程今年会动笔,希望写得顺利。

李徽昭:期待你的新长篇。

(本文为笔谈稿,曾刊于《创作与评论》2012年第1期)

运河、花街与地方文学
——访谈徐则臣

李徽昭：2014年是你的文学大年，或者也可以说是十多年写小说的新节点，先是获得老舍文学奖的长篇小说奖，接着又获得了鲁迅文学奖，在社会文化认知层面上，这些都是所谓的国家大奖，是层级意义上中国当代文学的最高水准，尽管鲁迅文学奖引起的争鸣依然不少，但也在另一角度毫无疑问地说明该奖项的重要性。当代文学创作四大奖中两个你已收入囊，祝贺哈。从六年厚积而发的长篇小说《耶路撒冷》，到精致短篇《如果大雪封门》，视角不断旋转，对社会与个体有着深切关怀与追问，好评甚多，可以说是对你多年来文学道路的肯定与期许。

徐则臣：没人规定谁必须拿什么奖，所以，我把获奖归入偶然事件，得之，碰巧撞上了而已，可喜；不得，也正常，还得继续写。对一个写了十七年的作家来说，写作已经变成了本能，是我的日常生活，本能和日常生活只跟自己有关系。当然，希望以后能写得更好。

李徽昭：成为本能的写作行为对作家有着独特意义，或许也要引起一定的警惕，这个你懂的，无论如何，作品会说话，作品会和社会与读者形成对话，长篇小说《耶路撒冷》2014年大卖，印刷9次，反响甚烈，上了不少图书榜单，被文学界视为"70后"作家文学成熟的标志，不管怎么说，这样一部作品和我们置身的当下社会在进行了一次独特的对话，某种意义上，也可以说是我们目前城市与乡村之间不断摇摆的社会、不断穿越中国城乡的国人、我们一样年纪的同龄人需要你这样一部作品。

  这部长篇45万字，篇幅相当宏大，散文穿插其中，直接切入当下，文化、道德、伦理、宗教、爱情等各种现实、思想、文化问题穿插其中，读得很辛苦。我以为，这部长篇突出的两点是形式创新与庞大的思想容量，形式上散文与小说穿插交替进行，以人物和当下社会问题分别为奇偶数章节，将社会文化思想等渗透进去，对"70后"这一代以及其所经历的国家与社会变迁进行了细致精到的描绘，读来每每有感同身受。这部长篇依然将故事落脚点放在了你曾经生活过的运河、花街等故乡系列小说标志性的地方文化背景上来书写，并由花街牵连北京、耶路撒冷，使江苏淮安这条小小的花街成了一个文学原乡，这一文学故乡、这一小块地方具有了宽广的世界坐标，由此我也在想，我们是否应该重新审视这座小城市中的花街，审视由花街延伸出来的这座小城市的生活，如同这座小地方一样的人与城市、人与遥远世界的关系。运河申遗成功之后，运河、花街这个地方文化与生活、世界的关系是否也有更多意义。

  徐则臣：这个小说因为篇幅比较长，读来辛苦，但卖得还不错，已经第九次印刷了，可见还在可忍受的范围内。我也接到很多读者的反馈，他们对小说中的运河、花街满怀好奇，问它们在哪，是否真有其地其名。我如实相告。写了不少与运河、花街有关的小说，但从未局限地就事论事。在这样一个全球化的时代，你是你，你也不是你，自我确证需要他者的参与，一条偏安一隅的花街也不可能脱离北京、纽约、耶路撒冷单独存在。文学是人学，处理人与世界的关系、地域与世界的关系是题中应有之义，文化也如此，因为人在文化中，文化在更大的文化中。运河申遗成功肯定是件开心事，对运河也好，她是淮安的运河，也是中国的运河，还是世界的运河，你会把她放在一个更精确、更复杂的背景下来研究和考察她的来龙去脉，运河文化也当如是观。

李徽昭：我一直以为地方应以其地方文化凸显其特色，张扬其地方性，进而在国际视野、全球格局中寻找地方文化坐标，而不是照搬大城市与西方。运河及运河沿岸的江苏淮安这个地方的生活、文化亦然。以我的理解，你的运河及花街书写起点于运河边这座城市学习、工作的四五年，这段时间对于一个人的一生而言不长，但应该是你重要的文学生命成长期。可以想象，高中毕业，十七八岁，未来世界一切茫然，也都未可知，和同龄多数人一样，从乡村来到小城市，人生世界第一次呈现异质性的元素，恰际此时，在淮安，与运河、运河边的街巷、人流相遇，这些生活成为你18岁出门远行的第一站，也由此成为你文学创作的重要基点。

徐则臣：这是我精神的第二个落脚点和长成期。就一个人的生命历程看，这个时段可能更重要，世界观、人生观和价值观的塑造成形主要在这几年，哪些来到了，哪些缺失了，多年后的反思、权衡都以这时段为参照。现在我依然这么认为，从这里我开始独立地走向世界。

李徽昭：你精神第二个落脚点其实就是你文学生命的拔节期，20世纪90年代中后期，运河边的这座小城其实有些乏善可陈，尽管位于苏北腹地中心，但显然还没有完全在城市化的高速路上奔向世界。记得那时，小城往南京的高速公路开通不久，大街上奔跑的黄面的，小吃满布、街面喧嚣、烟火浓郁的小街巷，城市中低矮、陈旧的房屋建筑，似乎吴承恩、刘鹗、周恩来所生活的人文气候，甚至韩信、枚乘等大汉遗风还略略可见，花街、运河、淮海路等都是彼时小城的重要文化地标，这些大规模城市化之前的古旧气息相信对你有独特意义，在你的小说中也有隐在的背景呈现，我认为，这些地方触动了你此前故乡生活的痛点以及历史意识。

徐则臣：这座城市给我的影响和营养更多的是一个氛围，倒不在具体的一些地标性建筑的细节，比如运河和花街，它们在就可以了，仅名字两个字就可以成为我写作的契机和根据地。对运河和花街的了解我不可能比专家更多，但我要做的是，把它们放在这座城市以及我内心中合适的氛围里来理解和生发，它们就活了、丰富了。然后，我的记忆、想象、想法和判断纷至沓来，源源不断地向我理想的文学场景中奔凑。当然，我肯定也尽力在现实主义的层面上去观察和理解这座城市的每一个细节，它有助于氛围的生成和完满。

李徽昭：当然不能以考据学来审视小说，但可见，花街和运河是你文学的燃爆点，文学中的花街、运河背后显然有你早前在家乡少年、童年生活的影响。昆仑出版社出版的《通往乌托邦的旅程》一书是你前些年文学生涯图影文字的集中呈现，这部书较为清晰地看出你如许多同龄人一样的乡村少年进入城市逐步成长的人生历程。我比较关心的是，在淮安的四五年，除了埋在各种书籍中，阅读大量作品外，这座城市以及运河给你提供了哪些有效的文学营养，为什么你将故乡系列全安放在运河边的这座城市，或者也可以说，淮安、运河等，于你走上文学之路有哪些深厚的渊源关系。

徐则臣：我故乡也有一条运河，就在我念初中的学校的门口，到冬天学校宿舍里的自来水管冻住了，我们起床就端着脸盆牙缸往河边跑；夏天中午都要游会儿泳再去上课。从彼运河到此运河，故乡的、天然的感觉一下子就接续上了，仿佛不曾断开过。这一点很重要。我把故乡的人事和念想移植到此运河边，没有南橘北枳的唐突和龃龉，一切顺其自然、水到渠成。此外，这地方人文物理之氤氲繁盛，实在是适合文人和文学的生长。碰巧已经来了，为什么不写呢。

李徽昭：花街、运河、石码头等是你文学中邮票大的一块地方，如同福克纳的约克纳帕塔法县、莫言的高密东北乡一样，是你的文学原乡，你故乡系列的许多人物在这里游走，展现着人、地方、生活与人情人性、文化与现实等宽广视野，《花街》《石码头》甚至是你小说直接的名称，其他如《水边书》《梅雨》《苍声》《人间烟火》等都有花街的背影。可以具体说说花街，在什么样的意义上选择花街、石码头、运河等作为故乡系列小说的文学意象吗？

徐则臣：没有特意要在作品中加入某种元素，顺其自然而已。我喜欢花街这个名字，很多年前读书时，曾去过那条老街做家教，印象和感觉都在，写起来心里有底。小说中的花街，就是根据那条街展开想象的。最开始石码头源于朋友的讲述。在写第一次写到石码头之前，我对它已经有了比较丰富的想象。写小说不是作纪实，我可以动用虚构的权力，让花街和石码头按照我的想象生长、演变，现在小说里出现的花街，只要合理，你想要什么就可以出现什么。快二十年了，我无数次拜访过真正的花街，现在它短得只剩下了一截子，熟得不能再熟，但每次回淮安还是去看，像见一个老朋友。运河沿岸的大小码头我见过很多，它们最后成为一个石码头。有花街，有石码头，当然要有运河。我一直想找个合适的时间看足资料，深入地考察一下运河，顺水走一遍，然后大规模地写一写运河。让它不再是小说中的背景和道具，而是小说的主体。

李徽昭：我理解你的意思。我知道，你想做文学写作上的田野考察，你说过很多次了，想走走运河。深究起来，中国运河文化历史可谓悠远悠长，对中国政治经济社会的发展有着现在仍未引起反思的影响，就淮安而言，运河及其附属的石码头、花街其实与我们这个国家的文化有着隐秘的关联。这些年因为高速公路、高速铁路如魔线般植入城乡大地，京杭大运河以及其他小运河的实用性、文化资源性被忽略了，而你以文学想象重新赋予其多元的文化意义，这显然极有意义。再来说说花街所在的这座城市，淮安、扬州等江苏北部城市有独特的气质，历史文化有深厚积淀，临近上海，经济发展较快，但东西部、资源型城市与非资源型城市等都还有区别，西部三线城市有的生活节奏明显较慢，不像今日我们所看到的淮安、扬州，建筑基本上与那些所谓的国际性大城市等量齐观了，超市广场、高楼大厦、车流不息，以及逐步向乡村攻城略地，以往你生活过以及记忆中的传统街巷、文化以及生活已经被较大地改变，随着机场、高铁等的开通，可以想象江苏淮安这座小城走向世界的冲动与劲头。因为工作关系，这些年你跑过国内外大大小小不少城市，世界大都会与欧洲小城，你都见识过，眼界定然宽阔，你怎么看淮安，以及像淮安一样的其他小地方、小城市（处于北上广一线城市和乡镇县城之间的）。

徐则臣：从文学的角度看城市，用的肯定不是GDP的标准，高楼大厦对我没有意义。历史和文化很重要，历史和文化的再生和增殖能力更重要，否则祖上再有钱，那也迟早坐吃山空；我看重一个城市对她独特的历史和文化的保存、唤醒与活学活用的能力，看重这个城市如何有效地将她的历史转化成为当代史。淮安的历史和文化底蕴毋庸置疑，但这些年浪费的也不算少，在"务虚"时有意无意用的大多也是"务实"的标准。所以，比较这些城市，我倒希望用反方向的标准，看谁慢。其实放远了看，最后比的不是谁快，而是谁慢。当大家都急着往前跑，一路丢掉都是将来最重要的，历史、文化、底蕴、自然、环境、素质，跑到头了，无路可走了，掉过头回去一样样捡起来，你会看到，最慢的那个一转身，走在了最前面。当然，在今天单一的GDP指挥棒下，能沉住气的确不容易。可哪里又有两全其美的容易事呢？

李徽昭：目前城市建设及城市能慢下来吗？希望文化能予以制动吧。现在人都说要慢下来，也都说喜欢所谓的慢的城市生活，这要向城市建设与经营者呼吁，也要文学对此反思。作为文学编辑，经常看各种稿件，对于不同地域作家的小说题材、写作手法应该有大致印象，比如西部作家与东部沿海作家的小说、散文题材、创作手法等应该有文学地理学意义上的区别，对类似淮安以及类似的其他小地方的文学创作有什么印象。

徐则臣：创作上相对比较平，中庸、老实，有点儿像淮扬菜，但缺少淮扬菜的深入、醇厚和雍容。

李徽昭：地方文学创作的视野与文化格局显然与此影响有关，

也是其所受的种种局限吧，文学视野的世界性其实更多需要内心沉淀与阅读，地方文学创作的地方性、切身感其实值得审慎思考，我这几年也在想地方文化与世界文化的关系，地方因其地方文化才成其为地方，才可以在世界上受到关注，淮安这样的小地方，定然应该以深入、醇厚、雍容的地方文化来凸显风姿，才能在中国乃至世界那么多城市中葆有其独特面目。但回过头来看，千城一面还是很难治愈。文学境遇与此也大致相仿，目前中国文学的发展趋势也很难乐观，我有过文学"学院化"发展趋向的思考，文学越来越通俗化、圈子化、学院化、类型化，同时，经过几十年文学的创新发展以及与西方文学的不断靠近，文学创作的技法、题材创新的局限越来越多，阅读的亮点也越来越少，故事性也很难再吸引眼球。与此同时，社会关注文学也因其附属的作家以及题材等问题，而不是作品本身的思想文化辐射，直接的影响是，被消费的文学其思想能力越来越弱，我总觉得这里面有着值得深思的问题。如同淮安这座小城市，也有不少人热爱文学，但我也感觉到，他们的文学依然缺少坚守，缺乏格局。

徐则臣：文学的问题是个永恒的话题，在任何时代都有人对文学忧心忡忡，因为每个时代看到的都是该时代需要但文学没有充分呈现出来的东西，都是该时代需要反省和规避但文学尚未来得及转身和做出反应的东西，比如你说的通俗化、圈子化、学院化、类型化。其实在任何一个时代都新鲜，问题年年有，只是今年特别多、特别显眼而已。我相信文学的发展自身有一定的"纠偏"能力，风物长宜放眼量，拭目以待吧。当然，每一个置身其中的文学人都负有一份不能推卸的责任，有问题意识、反思和解决问题的能力的人必定是我们的文学最需要的人。文学史有长远的、宏观的文学史，也有短期的、微观的文学史，寄身当下，的确需要对文学存在的任何一种可能的问题及时发声。我的主业是编辑，当下的东西看的不算少，热闹中也多少琢磨出了点儿味儿来。要说文学之要义，就一条:文学即人学。再通俗点:修辞立其诚。说自己想说、能说的话,说自己想把它说好的那些话,谁也别跟着,时代的、政治的、大师的、经典的,可以参考,也可以模仿,但要记着齐白石的话:学我者生,似我者死。当下文学看着似乎处处楷模、导向和风向标,城头变幻大王旗,很容易把写作者的内心搞乱,跟风乱跑。《黄金时代》里说在那个时代都去写政治和国难,写"与时俱进"的文学,萧红一个人躲起来写她老家和她家的后花园,多少年过去了,那些火热的激扬文字存下来的没几个,萧红成了世代传诵的经典。所以,得像莫言说的:心如磐石,风吹不动。有自己相对独特、坚定和深入的文学眼光和看世界的方式。和别人区别开来,才可能确立自己。这不是说要大家都躲进小楼成一统吟风弄月,而是要知道自己到底想要什么、想干什么,别在别人的惯性里写作,也别在自己的惯性里写作。苏北平原上的人性情平和,但宽阔包容,所以有淮扬菜;淮扬菜没川菜、湘菜、粤菜之尖锐的特点,但它胜就胜在平和、醇厚、深入和包容。这一点比其他菜系的难度更大,你要无声胜有声。所以,淮扬菜做好了,南北通吃、少长咸宜。文学也如此,不必总想着剑走偏锋、得一时之华彩,要沉下来,深入自己和世事,静水深流才是大力量和大境界。

李徽昭:苏童、叶兆言、格非、韩东、毕飞宇等出生成长于江苏的作家是领先当时文学潮流的,他们的小说均有独特的精神气质,有一种可以辨识的丰沛的江南文化气息,比如小说经常出现的河流、南方意象等,以及叙事语言的精准拿捏。这些与北方、西部小说作家有着较明显的差异,也可以说是小说叙事的南方特质,是文学中的地方性,是文学地理学的重要考察点,很多人认为,你的故乡系列小说也有这样的倾向,有着独特的地方性。这是你无意而为的文学取向还是学艺期对苏童等先锋小说不自觉的亲近呢,或者你对文学中的南方气质有莫名的亲近,还是其他特殊的言说呢?

徐则臣:一方水土养一方人。我家在江苏的最北部,那地方原来有很多水，童年的成长基本上都是在跟水打交道，我理解世界的重要路径之一就是水。最能塑形的不是钢铁和岩石，而是水。小说中那些所谓的南方意象，我更倾向于认为是水生发出来的，是与水有关的某种激情，包括它的一些逆流而上的新历史主义的冲动。我很少把江苏作为一个艺术单位来单独思考文学，江苏的作家间肯定有很多共同的东西，我更看重作家之间的差异性，看重他们身上我心仪但又有所差距的东西。如果非得在地域的意义上谈论江苏的文学，我想说的是，江苏地处中国的中间地带，是南北的过渡，在文学上，也当兼容并蓄，取南北之所长，成就出最绚烂的艺术景观。

李徽昭：差异性当然存在，上述作家在叙事手法、题材选择、语言运用等方面都有一定差异，而且，江苏地域内的文化本身就有较大差异，长江、淮河南北等，都有不小的差异，也有文化与语言上的飞地。我觉得，无论差异何在，我们都应该注意如何自觉认知自己的小地方，这需要跳出局促的视野来看这个地方的文化与文学，这样格局才能够大，这也是你小说中的边红旗、初平阳他们为什么要走向北京、耶路撒冷的一个原因，也是你小说中许多人物走出故乡，走向大城市的原因。今日中国，许多人都在走向世界，随着高铁横贯东西南北，可以想见，以后穿过中国、游走城乡的人会越来越多吧，但我们身后曾经成长、栖身的世界对于我们走向世界而言还有什么样的意义，或许永远值得我们思考。今天你聊的关于花街、石码头、运河，以及长篇小说《耶路撒冷》，都在这样的意义上为我们提供了一个思考的原点，也可以说是一次文学返乡吧。

（本文为笔谈稿，曾刊于《创作与评论》2015年第8期）

文学之都:从文本出发的世界漫游

前 言

看起来，文学好像是书房里的事，应该是一个人孤勇遨游于个体的内心世界。但细说起来，古典时期就有不少文学社团的群体活动，诗人往还、彼此唱和、群体啸聚，都见出互动交流中的活动印记。自现代文学发端起，形式不同、层级各异的文学活动更是接连不断，如《新青年》以刊物为中心的聚集聚会，文学研究会、创造社、京派文人等不同活动，北师大等校园内外的讲演讲座。当代文学更是以会议、座谈等方式将文学活动发展到高点。近年来，从电视、报刊中的文学访谈，到各地图书馆、书店乃至视频直播间蜂拥而起的大大小小文学推广活动，显示出以活动为核心的文学繁荣新景象。不管怎样，这些公共空间里的文学活动确实在不同程度上打开了市民社会的文学窗口，为文学发展提供了公共文化构建的新可能。文学可以公共化，也应该公共化，这将使公共空间能充盈更为丰润的精神与审美意义。

2021年秋，接到朋友徐晓亮先生邀约，请我参与"在世界文学之都，与文学大家面对面"活动。活动主办方是南京雨花台区西善桥街道，这个街道是南京市最大的市民保障房所在地，常年居住人口近20万人。街道本来予人印象是街巷市井、家长里短、烟火十足的，应该与文学、与我这样厕身高校的教研人员毫无瓜葛，但主事者徐立先生一直热爱阅读与文学，力图以文学文化艺术入街道，以"理想教育小镇"为导引，开展了藏书票展、书画展等许多极有成效的活动。徐立书记与徐晓亮先生都是热爱文学与阅读之人，二人惺惺相惜，联手促成了这一活动。活动要求嘉宾应是获得鲁迅文学奖以上的前沿作家，每期以文学作品为中心，由笔者作为学术主持，与之进行对话。

主持近十期，活动前必细读文本，胡学文《有生》、弋舟《刘晓东》、黄咏梅《小姐妹》、朱辉《交叉的彩虹》、陆春祥《云中锦》、陈应松《天露湾》、沈念《大湖消息》等诸多作品相继成为交流核心。此活动有具体要求，每期作品都在近200人集合的微信群中推介，市民须象征性交费10元方可参与。从秋到冬，由春而夏，中间还有新冠肺炎疫情时常阻隔，但十期下来，每期少则四五十人，多则七八十人，大家来自学校单位，或厂矿企业，或退休老者，热心聚集于街道初见书房楼上大厅，聆听全国各地大家坐而论文学。与胡学文对话《有生》后，我建议将对话录音存档，此后对话均被整理出来，就是本辑文字，它们是当下文学活动的最好记录，也可说是我们这个时代的文学印记。

摆荡中,找出文学的平衡
——对话弋舟《刘晓东》

一 刘晓东是对琼瑶式名字的反动

李徽昭:今天是"在世界文学之都,与文学大家面对面"活动第五期,嘉宾是弋舟先生,主要谈其小说名作《刘晓东》。小说是个体与时代的综合印记,《刘晓东》以三个中篇小说汇集成一本小说集,对时代精神、个体意识、城市与人的关系,都有不同视角深切透彻的追问和质疑,可以看到作家内心经验的一种投射,特别是当下时代的城市经验与文化精神的投射。

弋舟老师祖籍无锡,但出生成长在西安,这种从东到西、从沿海到内地的心理与实在空间的转换,对其文学是一种内在塑造。弋舟曾经生活的城市也非常多,兰州、西安等,包括遥远的故乡无锡,近几年也常跑各地参加活动,这种不同城市空间、文化的经验与感受,是我们谈论弋舟时应该注意的。先谈谈与《刘晓东》相关的城市文学问题,首先要问,什么是城市文学?是写城市就是城市文学,还是要写出一种城市精神,写出不同人对不同城市空间的体验与经历。我觉得,谈弋舟《刘晓东》中的城市,这种城市体验、经验与感受与其城市书写关系很深。今天主题是弋舟定的,叫"祖国的金陵"。先请弋舟谈一下为什么选这个题目?

弋舟:"在世界文学之都,与文学大家面对面"这个活动影响很大,早有耳闻,也心向往之。前面来了好几位非常优秀的作家朋友,西善桥作为一个街道,举办这样层次的文学活动,在全国也不多见。刚才徽昭老师介绍,我近些年去了很多地方,参加的活动都与文化相关,就我的认识而言,像西善桥这样的活动,已经具有了全国性的高度。

今天的主题,是我临时拍脑袋想出来的——祖国的金陵。人有时候脱口而出的东西,可能反倒潜在地表达出了他的直觉。刚才徽昭介绍《刘晓东》,他提到了一个词叫"时代性"。我想"时代"这样的词,堪比"祖国""世界"这样的大词。我们这个活动的基点是"在世界文学之都",那么,当我们在这样的历史时期,开始热烈地谈论"时代""祖国"这样的议题,就包含着一种对于"整体性"的愿望。南京本身它就足以同"祖国"这个词来匹配,而且,在这个时代,即便我们生活在一个小镇、一个名不见经传的地方,作为一个中国人,国族的意识也是空前高涨,就是说,每一个"我",都有自己"作为一个中国人"的崭新体认,这正是当下历史的一个特征。今天我们关注世界、关注中国,关注祖国和世界的关系,尽管我们只是微不足道的个体,但也知道个体命运的变迁是嵌套在祖国与时代的大进程之中的。所以,我就想了这么一个题目——"祖国的金陵"。

这几本小说与时代紧密关联,让个体命运来映照时代,也是我在那个阶段的写作自觉。文学之事,过度强调一己之感受,有它的正确性,但是无限放大,也难免鸡零狗碎,我想,就像钟表的钟摆左右摆荡,文学之事也会是今天这边摆摆(摆得过度就回调一下)那边再摆摆,在这个摆荡中找出属于文学的平衡。当我们过度在意个体的细碎了,就需要张望一些大的东西。当然,那个大的东西张望过度了,我们也有必要重新回到对于个体观照。

李徽昭:弋舟老师从国族空间与个体精神的结构维度进行了主题阐释,很有哲学深意。"祖国的金陵",祖国包含着强烈的国族意识,有一种无以复加的民族认同感,特别是现在,世界性、全球化正面临着被质疑的时候，怎么再面对曾经的世界意识与生活。我们很难从世界中完全剥离，手机网络、电视新闻、购物消费，都与那个似乎遥远却又近在手边的世界密切相关。所以，你谈到在大时空格局当中来看个体的命运，其实很有深意。

如果从个体视角来谈你的《刘晓东》，可以看到，三个小说主人公名字都叫刘晓东。命名其实是一个非常有深意的事情，给孩子取名常有不同期待，名字也由此定格一个人及其一生。作家其实有很多的孩子，很多的小说形象塑造首先是从命名开始的。看《刘晓东》这部小说的时候，我首先想到了著名画家刘小东。早前看过一些当代美术资料，知道刘小东的画对时代有一种深刻的映照与呼应。印象非常深的，是一幅题名《烧耗子的人》的画，他把城市中年轻人的那种无聊感以视觉画面直觉、直观的现实主义方式呈现出来了。而且，刘小东名字普通甚至俗常，我们身边差不多都有几个小东、小强。你写作时怎么想到主人公叫刘晓东，或者命名时有没有更多的考量？

弋舟：今天身为一个作家、一个艺术家，如果非要给他一个责任，那么这个责任实际上就是去"命名"。刘小东可能是当代中国最好的油画家之一了，我个人极其喜爱他的艺术表达。写的时候的确想到了刘小东，但他那个小是大小的小，我没有完全套用，就是怕引起过多的联想。这三部作品主人公，虽然身份稍有差别，但大致也是一类人，我在这本书的前言和后记里交代过，他是中年男人、知识分子、教授、画家、自我诊断的抑郁症患者等。把这样一个中年男性、知识分子的不同面相结合成一个文学人物，然后给他取这么一个在中国男性中司空见惯的名字，的确是一个非常自觉的选择，至少，刘晓东这个名字是对那种琼瑶式的名字的反动。

在座的可能有一部分年轻朋友不太知道琼瑶，琼瑶是我们这一代人在青春期的时候非常热衷的一个文化符号。我们在青春期的时候，男的读金庸，女的读琼瑶。现在中国孩子取名都有琼瑶化的倾向，用典要么是在《诗经》里，要么是在唐诗里，有的是非常生僻的字，但读起来确实有着某种中国之美。"刘晓东"是对这样一个倾向的有意反拨。我相信，在座的朋友们一生总会遇到一两个人，要么是亲戚朋友，要么是同事同学，名叫刘晓东。这也可能隐含着我的野心，给主人公取这么一个最为司空见惯的名字，意在唤起更多的读者朴素的共鸣。当时有很多人反对，说这哪儿像个小说集的名字啊？但我现在庆幸自己当时的坚持。这三部中篇分别叫《而黑夜已至》《所有路的尽头》《等深》，已经够矫情了，将它们统摄在《刘晓东》的名下，才有了相应的平衡。事实也证明，我的选择是正确的，今天《刘晓东》的接受程度远远高于三部小说分别的名字。这可能在传播学上也有它的特殊规律。

与弋舟对话场景

李徽昭：就《刘晓东》而言，命名成功是小说传播成功的一半，我同意你刚才说的，就是《等深》《而黑夜已至》《所有路的尽头》的命名有过分的文学性，一定意义上局限了小说的通俗化传播。刘晓东这么一个习见的名字，会无端想起擦身而过却又呼吸相应的身边人，亲切感油然而生。我们都知道上帝说有光才有光，可以说是上帝命了光，世界与万物从此开启。命名其实是作家的一个艺术特权，你的命名及其相关形象塑造可能与经典性存在微妙而深切的关联，我觉得文学史上应该会有刘晓东这样一个文学经典形象，这里面体现出来的就是作家创造力、审美性的综合考量。比如现代小说发端时，《阿Q正传》里的"阿Q"，鲁迅为什么给他命名"阿Q"，而非"阿贵"？显然是鲁迅基于特定时代与文化格局中的综合认知。这个"Q"显示了鲁迅小说是面向精英知识分子的现代小说，跟明清小说完全不同。明清小说大多数人物名字都带有当时的文化印记，无论《西游记》《水浒传》还是《金瓶梅》《三国演义》，里面人物名字都显出民间老百姓视角的特定认知，它要面向下里巴人。

二 城市书写远没有达到心目中的那种状态

李徽昭：我觉得你命名刘晓东的时候，在精英知识分子跟底层民众间有一个非常好的平衡。如你所言，你的小说书写大多是城市人的心理与精神状况，那种空虚、孤独、无聊。像刘晓东深夜睡不着觉，刷微博、刷视频啊，其实这是一个经历20世纪80年代、带有精英知识分子色彩的理想主义者。而曾经的知识分子精英遮掩在庸常通俗的刘晓东名字后，呈现的却是已经大众化、庸常化的知识精英，几十年的发展浪潮似已冲刷了知识分子曾有的精英光芒，和平民大众一样，也陷入无聊、孤独、空虚。所以，我觉得"刘晓东"命名，与你的叙述和主题表达构成了很好的平衡与张力。

还有个问题，就是这个抑郁症、无聊感，现代人体验是非常多的，每个人几乎都会经历。而你想想看，那些街边扫马路、卖大饼的人，他们可能很少会有这样的无聊感，贴地生活的负累，可能充实感会更多。从这个视角来说，你怎么看现代城市人这样一种精神状态，以及当下城市状态？城市化背后显示更多的是均质化，全球城市的模式、格局基本上差不多，中国上海跟巴黎、纽约，时尚生活方式可能是同时的，它面临的就是均质化，也就是无聊感也大概相似。所以你小说的城市"无聊感"非常深、非常透，常让我们反观自身，你写的时候考量过城市精神或城市人精神问题吗？

弋舟：多少年来，城市都是现代中国需要面对的重要命题，文学现场也在不断呼唤能够满足我们阅读期待的城市文学的出现。古典文学不必探讨了，中国现当代文学的最高成就，基本上还是对乡村的书写。就我个人而言，我是一个没有一天乡村生活经验的人，我成长生活在"所谓"的城市。为什么说是"所谓"呢？因为在我们的童年、少年时期，经验中的"城市"，恐怕也和今天的这个"城市"不能画上等号。我们多多少少都有过物质匮乏的记忆，我自己在学龄前吧，即五六岁时，最美妙的享受是一碗岐山臊子面，一毛钱一碗，你说这是城市经验还是乡村经验？今天，我貌似穿梭在中国的一二线城市，但如实说，我依然还没有感觉到自己是一个具有城市经验的人。城市究竟是什么呢？也许更多的是我们每个人自己内心的一种想象，它绝不仅仅是形式上、物质上的一些表征，高楼大厦、商场橱窗等，它必定还内含着某种精神层面的认定。这个精神的指向，我们今天即便生活在城市中，也没有得到全部的兑现。我们的灵魂是不是已经具有了现代性？我们住在高楼大厦里是不是却依然还有着一颗前现代的心？

当我们有了无聊感、空虚感，有了无意义感的时候，可能我们稍稍就走近了那个我们当初所憧憬和向往的"现代"。经过这般的现代塑造后，人类精神的边界可能反而有了一些扩张。比如当下的战争，放在60年代可能就打不起来，全球的青年人不答应，他们"要做爱，不要作战"。当我们终于又把一些很大的东西强调出来，视人的无聊与空虚为原罪，某些崇高的意义竟也会导致战争的风险。这么多年的城市书写，远远没有达到我心目中的那种状态，即便像我这样毫无乡村经验的作家，书写的那个现代性意义上的城市也还不是那么充分。在这方面，我们作家的准备是不够的，我们读者的准备也是不够的。在座的多多少少都是对中国文学有兴趣的一些朋友，我们所受的文学训练、所受的文学暗示，大多还是来自那些优秀的乡土题材作品，于是，我们形成的审美惯性、文学想象的惯性，乃至惰性，都会裹挟着我们，在文学标准、文学价值上会不由自主地原地踏步——这小说怎么样？嗯，写得不如《白鹿原》，等等吧。

李徽昭：类似《白鹿原》这样文学经典的审美惯性，确实是我们乡土经验的大成之作，但其实艺术最重要的意义是对个体与多样性的尊重，是自我表达的凸显，而非惯性中的审美模式化。

弋舟：做学术、做理论，只能在这么一个限定当中去谈问题。比如"70后"这个打包的命名，我们其实是接受了，否则一来学界无法展开研究，二来这个命名也算准确，至少没有扭曲。说你是一个"70后"作家，你不接受——不，我就是一个别的作家。这也有点儿矫情。说你是个中国作家——不，我是世界的作家。就有点儿过分，对吧？所以这个我觉得不需要过多的讨论。就像糖葫芦一样串下来的习惯，至少我们这个串糖葫芦的杆儿，是在《白鹿原》这样的标准上，卡夫卡那类的小说，可能在我们的标准里都未必能串到串儿上去，对吗？

三　文学一定深刻打着时代的烙印

李徽昭：对于"70后作家"这个概念，我一直是持批判态度的。文学是审美性的，作家代际应该显示审美代际。批评研究界缺少审美上的观照，缺乏审美视域中的有效感应。这种命名其实是批评家的偷懒——"60后作家""70后作家""80后作家"。"80后作家"倒是有一定命名的意义的。"80后"是新概念作文大赛而起的，跟消费是有关系的。但像"60后""70后"这样的提法，我觉得是包括我这样的批评家在偷懒。

弋舟：当初我也很反对老提"70后"，但你刚才又说，"80后作家"好像有一些命名的合理性，对应着新概念大赛、消费主义的兴起等,这样说来,"70后"的命名,也有它的合理性了。这一代人真的是完整地经历了改革开放40年的历史,相对的物质匮乏的记忆,这在"80后"身上已经很少了,所以"70后"这一代人的确有其特殊性。文坛以代际命名,首先是从"70后"开始的,然后向前回溯,这才有了"60后",再向后递推,就顺其自然地产生了"80后""90后"这么一系列的命名。这一代作家的确有其共通性,他们不但共同经历了改革开放的40年,也经历了文学上重要的变革时期,经历了当年那样一个先锋的文学运动。

李徽昭:你这样一说,我倒觉得是把个体与社会的年代时间转换为文学上的代际了。

弋舟:文学何时跟时代不挂钩呢?它一定深刻地打着时代的烙印。

李徽昭:理想取向还是从审美风格角度去看这个问题,因为审美风格是可以穿越时间代际的。像先锋小说,它在审美上跟西方的,甚至跟20世纪30年代的新感觉派都能形成一种呼应。这种审美代际,可能要比时间性的年代代际更有效,因为它有一种时间穿越性。

弋舟:当年先锋文学这场运动的命名,相较而言,可能会更接近于审美层面,但是你也知道,命名本身就是一种权宜之计,不能求全。你会发现,对于"70后"作家,如果你有意去找他们身上的不同点,当然也能找到很多;可是公允地说,他们确实也有着相同的时代共通性。你回过头去看,"70后"这批作家,最初的写作样貌都写得都跟博尔赫斯差不多。

李徽昭:有关城市文学的研究方兴未艾,但如果去读很多小说,总觉得里面还摇晃着乡土的影子(特别是那些"60后"之前的作家)。从根本上讲,我们的乡土性,可能根深蒂固,一些语言及观念大多还建立在乡土文化之上。而城市化其实与现代想象密切相关,在我们想象中,现代化就是高楼大厦、就是高铁、飞机,这套东西,是20世纪以来,甚至是奥斯曼大规模改造巴黎以后的现代构想。在这样的想象与空间的结构性转换中，人的精神问题可能是值得追问的问题。

这样来看，你的《所有路的尽头》中，邢志平那种理想主义的毁灭，可能也正是乡土生活基础的坍塌，随后是现代生活的无力。邢志平理想主义的起点对诗歌的炽热爱好，这可能也是乡土社会的精神遗存，而邢志平出版业成功商人对应的恰是现代逻辑。这么来看，邢志平偶像坍塌背后正是80年代乡土逻辑、古典浪漫理想的覆灭。所以，小说中隐含了更深层次的思考：现在不同代际的我们和80年代，到底是一种怎样的关系？我们现在还有那种乡土逻辑与诗歌中的浪漫理想主义吗？今天大家都在谈"躺平"，大家（特别是年轻人）都热衷于躺平。所以，理想主义的毁灭，可能是一个值得追问的问题。

另外，你的小说对各种现代"技术"的书写与考量非常之多，比如大家离不开手机，每天要刷微博刷到深夜，这差不多是当下每一个人的映照。与之相伴的还有"艺术"问题。小说主人公不少是从事"艺术"相关的工作，从而跟"技术"形成了一种相互辩难的关系。毋庸置疑，现在是一个技术时代，"艺术热"也正在兴起。我们活动大厅旁边就有艺术展，艺术已经走进街道，走进老百姓当中，成为我们日常生活可能非常有效的缓解压力的方式。所以，在技术与艺术之间，你在创作的时候如何进行咬合与平衡？

四　乡土和城市本身就是两种系统

弋舟：这三部作品大致都写于十年前。刚才徽昭所说的技术的"横行性"（横行霸道），可能今天比起十年前更甚。当初我在写的时候，已经留意到那些最主要的社交现象。那时微信还没有大行其道，而今天微信已经绑架我们到了一种怎样的程度？

徽昭讲到了理想主义的破灭，人类几千年文明下来，可不就是一个主义接着一个主义的破灭吗？我们最多只能做一些事后的清算，对既往倒塌了的东西追忆凭吊。当我们身处其中的时候，并没有觉得它有多好。我想，再过二三十年，当我们回忆起今天，也会觉得这是一个美好的时代。人类似乎有种普遍倾向，从来都是厚古薄今、厚远薄近——过去的比现在的好，远处的比近处的好。

当然，我们要不要对这种精神上的共性发出叩问，就看你往哪个方向去思考了。乐观也可以，悲观也可以，但我倾向于认为，人类处在这样的进程中，乐观和悲观都是没有必要的。我也不相信今天大家都"躺平"了。所以，这正是命名的重要性。当"躺平"突然成了这两年的流行词，我们普遍的感受就是"躺平"了，如果没有这个命名，我们事实上不知道自己是在"躺平"的。但是，等另外一个热词出来，重新给我们命名，我们也就忘记曾经的"躺平"了。所以不必过度担忧。

至于技术和艺术的关系，他们两者的分野，近些年越来越没有那么清晰了。至少，就我们人类现有的认知而言，我认为这是人类进步的一种表征。我们身边的这个小环境，从下面的书店到上面的艺术展布置，其实已经有审美、有艺术的参与了；我们待在这样的环境里，会觉得舒适，觉得自己具有了某种文明感和体面感，至少这是一件好事情。

当然，这背后的支撑可能还是技术的进步。从来都说技术是把双刃剑，它给我们内心带来的痛苦，可能也比以往更为尖锐。要说怎么办？其实，我也不知道。恐怕文学也是这样——它能提出问题，但不一定就能给出答案。我们每个人内心的感受，文学能够准确地把它们捕捉下来——它能做的就只有这么多了。

这本集子里的三篇小说，更多的是一种属于时代的记忆，也不强求大家一定都要看懂。在座的年龄和我相仿的，可能感触会更深一些。

李徽昭：我想即使年轻朋友也会生发同感，因为你的小说容易进去。你在叙事上有一种像侦探一样的想要追究某一个问题（的意识），像侦探剧一样，情节一环扣一环，不断推动读者去追问究竟。我相信，年轻朋友会在这部小说中发现一个独特世界。另外一点，弋舟老师是西安美院油画专业毕业的专业人士，现在是声誉日隆的小说家，这种身份跨界之间，你是怎么平衡、转换的？你现在也搞封面设计，画也非常有个性的，特别有那种现代主义的这种感觉。你是如何平衡这种身份转换的？如果以后有可能，是不是还想做其他的呢？比如说电影导演。

弋舟：的确，这三本小说我在写作的时候是借用了侦探小说的笔法。我是那种所谓的"严肃文学作家"，但众所周知，我们的"严肃文学"越写越不好看了，但是"不好看"一定不是好小说的标准。把小说写好看并不可耻啊，写得更富有吸引力，我觉得可能反而是对小说家的重要考验。一些编剧、网络文学作者，其实是具备这种能力的，我们就得把这个短板补起来。

乡土和城市本身就是两种系统。我们比喻的时候，经常还是借用一种农耕文明的比喻方式——这个女孩儿漂亮得像花儿一样，或者把作家比喻成一个种地的，在耕地。这些其实都是农耕文明的经验表达。当你写城市的时候，这些经验就好像变得有些乏力，你重新要给世界一种比赋的逻辑，比如，我们把城市比喻成一个魔方。同样的，身份的划定和跨界，我觉得也是一种前现代的认知。我们刚才讲了，今天科技、艺术都在渐渐拉平。前两天一个朋友跟我说，他的一个朋友失业了，那个孩子还受过良好的教育，读的是国外的名校等。我说失业了也没关系，今天最大的特点是：一个受过高等教育的人和一个小学五年级的人没有多大差别，知识调用的权利，现在手机和网络能迅速让五岁的孩子扮演成历史学家。当然，你作为大学教授可能不太接受这个观点。同样，一个有着世界一流大学学历的孩子，今天他和一个中学生毕业之后送快递的同龄人所感受的物质世界也没太大差别。那种一个小目标就几个亿的人，终究是少数派。你现在是个教授，我觉得你明天去送外卖也没什么不可以，对吗？

李徽昭：好吧，我想我可以在业余时间去开出租车、顺风车。但是你要知道，什么是现代性？现代性其实就是细分，就是职业、学科越来越精细。中国古代文人诗书画精通其实是乡土传统的产物，现在高等教育的专业体系是西方的，就要求职业细分，要求专业性。

五　每个人都会活成审美意义上的人

弋舟：刚才我讲到了钟摆，现在又回到螺旋式上升。它今天是这样，明天就可能全变了，包括专业的细分等。现在元宇宙都蹦出来了，我们的很多观念一定会渐渐变得无效。我是个写小说的，但我不可能穷尽人类的经验，但是现在，关键词一搜，迅速就可以让你像专家一样。知识的垄断已经破壁了。以前人是靠记，你脑子里记得多，你就厉害了，现在你不用脑子记，一个手机全给你记下来，电脑全记住了，你只要捕捉两个词，知识和经验就都来了。所以博闻强识现在已经不是很重要的能力了。

李徽昭：作家弋舟化身为世界的预言者和判断者，我觉得这种判断特别有意思，也包含着时代转换中的隐忧。我们原来讲的这个现代性，现代性螺旋式上升，就是这个钟摆一样，摆动中打破了原来的那个系统。

弋舟：边界变模糊。

李徽昭：这点我部分同意，比如说现在很多的小说家，像上次来的嘉宾李浩，我们经常会说他，画画、写诗、写评论、写字，跨界特别明显，就像我做的文学与美术跨学科研究，可以看到不少作家对美术都有独到的看法，莫言、贾平凹都是跨界者，这种跨界身份带来的收益可能超越文学本身的收益，比如贾平凹书画的市场行情就很高，一幅字几万几万（元）的。这其实就是对生活的挑战，对现代性的挑战，又重新回到了这个钟摆的另外一端，回到了就是古人说的那个文人诗书画汇通中。

弋舟：徽昭说的还有一个基本的分界，我姑且称之为脑力劳动和体力劳动的分别，我想要强调的是，这两类劳动者的边界也会渐渐模糊，因为我们所干之事已经不仅仅是在谋生了。大家即便没有从事跟文化艺术相关的工作，但你们今天每个人都是审美者，甚至是美的创造者。你们到了一个空间也都有你们的审美判断——为什么这家装修就会更舒服一些。尽管你可能从事的不是这方面的劳动。这当然也只是一个前景，未必现在已经实现，但我想共产主义的终极目标是审美——在那里，每个人的自由发展是一切人自由发展的前提，包括分工的模糊，包括对劳动成果的平均拥有。这是何其美妙的一个事情。所以，你不必再强调人和人的差别，你会发现一个高学历者和一个普通学历者，他所获得的权利至少说是在拉近。

李徽昭：你相信吗？会拉近吗？

弋舟：我愿意相信。现在我们觉得劳动是一件头疼的事情，但我在小说里写过，有朝一日，劳动会成为一个特权，你没那个特权都不配劳动，就是一天混吃等死。

李徽昭：这个小说有科幻嫌疑。

弋舟：会成为一个事实的。

李徽昭：劳动的特权就是磨钢针吗？

弋舟：没事儿拿个螺纹钢磨成针，是他赋予了劳动的意义，已经不需要创造聊以谋生的物质财富，极少的人就会把必须完成的工作完成，每个人都会活成审美意义上的人。

李徽昭：你是在畅享元宇宙时代。

弋舟：我们小时候看过《小灵通漫游未来》，现在的世界远远比书中的科幻世界过分得多。十年前，我们大概都不会相信今天的某些生活事实。

李徽昭：元宇宙早日到来，还是迟一点来，我们都不知道，希望在以后的小说里面看到更多类似的探讨和发现。

（本文为 2022 年 2 月 25 日南京市西善桥街道"在世界文学之都，与文学大家面对面"活动对话录音整理稿，刊于《朔方》2023 年第 2 期）

越少介入性别意识可能越安全
——对话黄咏梅《小姐妹》

一　一个人和城市的关系

李徽昭： 文学跟日常生活、跟我们每个人的关系究竟该是什么样，我一直在想，像街道、社区、居委会，这些烟火气、生活味十足的地方，与文学大家进行对话，可能赋予文学另一种意义，如同油盐酱醋一样，文学和我们如此切近。平时游走忙碌、走街过巷的市民朋友，能跟享誉全国的文学大家在这个空间呼吸相应、面对面对话交流，多美好。这次我们请到年少即富文名的黄咏梅老师，其新近小说集《小姐妹》正是书写日常生活、烟火气十足的作品，其以女性视角对日常的精准描摹，会让这次对话更有意义。

我们先进行一个快问快答，首先请简单谈谈最喜欢的城市。

黄咏梅： 一个人和城市的关系，或者说产生的情感比较复杂。我出生在广西梧州，一个小城市，这是命运不可改变、与生俱来的，对这个故乡意义上的城市，我会热爱、会喜欢，这是第一。

一个人和一座城市，还会有生活居住的情感关系。比如说，我以前生活在广州，现在杭州，也可能我旅行去丽江或者成都，又来南京，忽然某个点上，你会觉得那种情感上的认同，会有变化。所以我想说，就本身文学情感的认同，我真的很喜欢南京。不是因为我现在坐在南京讲这个话，而是因为我跟南京在文学上的渊源很深，我的好些重要小说都发表在南京的杂志上，我获鲁迅文学奖的小说就发表在《钟山》上,我的第一个长篇小说《一本正经》也是发表在《钟山》上。这不仅是一种缘分,也是跟这个城市的作家朋友们投契,对文学刊物编辑的相互信任,总之,我觉得跟南京确实很有缘分。

李徽昭:谢谢咏梅老师,对南京厚爱有佳!您来南京的次数比较多吧,谈谈印象最深的南京记忆,或者最喜欢的小吃?

黄咏梅:鸭血粉丝,我每次来南京都要吃鸭血粉丝,不拘是否正宗,对我来说都喜欢。

李徽昭:印象最深或影响最大的作家?不拘泥于古今中外。

黄咏梅:比较远一点的是像鲁迅先生这样的大家,不仅对我,对中国的每一个写作者或者文化人都有很深的影响,这就不多说了。对个人写作有一些触动,或者说有一些影响的,是余华和苏童。对我这样的"70后",在写小说的过程中,启蒙阶段读到他们的作品,发现小说不完全像课堂里读到的那些,还有另外的写法。

李徽昭:分别是江苏和浙江的两个作家,见出地域审美要素的潜在作用。还有没有其他觉得有影响的作家或作品?

黄咏梅:阶段性的,某一阶段可能会很狂热喜欢某个作家,甚至去他的作品里寻找一些可以借鉴的东西。目前阶段喜欢门罗,前几年获诺贝尔文学奖的,她以写短篇小说为主。我从她的作品中学习到以轻写重的表现手法,这尤其对短篇小说写作很有借鉴作用。

李徽昭:记忆最深的文学形象?脑海里第一个浮现的。

黄咏梅:肯定是孔乙己。

李徽昭:文人的自画像吗?

黄咏梅:真的是潜意识里冒出来的。

二 孤独、忧郁,大多是日常生活常态

李徽昭:也是文人或当代文化的一种自我映照。您的写作习惯是白天上班式的写作,还是夜猫子熬夜型的?

黄咏梅:我不熬夜,以前是因为上班没有条件,现在稍稍有条

件，但已养成习惯了。我喜欢午饭过后，小憩一会开始写作，一直写到黄昏，夕阳从窗外照进来的时候，或者日暮昏沉时分，我会有一种充实感。

李徽昭：写作时有没有什么特别的习惯？

黄咏梅：没什么特别的。但是，写长一点的作品时，我会放一些音乐。

李徽昭：哪一类的？

黄咏梅：不固定。有时是像柴可夫斯基之类的古典音乐，里面的节奏感、叙事性，作为一种背景，可能会影响我写作的节奏。有时也会放一些流行歌，那种安静的抒情歌曲。

李徽昭：最近读过的一本书？

黄咏梅：最近读的是黎紫书的《流俗地》，很对我的胃口。

李徽昭：黎紫书是马来西亚华人作家，这本书最近反响比较大，特别是跨文化语境呈现，以及写实写法，都富有意义。

黄咏梅：某些欲言又止的地方以及日常生活细部的描写偶尔会让我想起《繁花》，有的地方又会让我感到很"张爱玲"，但肯定是不一样的。我觉得她在描摹日常场景和人物特征方面很厉害，三两句话就让我心领神会，特别对于我一个从小生活在粤语区的人读来，里边很多日常、风俗我都感到很亲切。

李徽昭：日常细节书写手法是有相似处。下面这个问题很有意思，养猫和狗吗？

黄咏梅：我确实是一个猫奴，没养狗。

李徽昭：作为一个资深猫奴，养猫给你哪些日常快乐？

黄咏梅：我觉得猫很安静，很高冷、很孤傲的感觉，跟写作的人气息上很相似，我觉得每个写作的人都是很孤独、沉默的，有的人可能表面上看起来礼貌，其实内心清高，有的人在饭局上很活跃，但宴席散尽就会变得沉郁。

李徽昭：养猫时有没有一些烦恼？

黄咏梅：就是早起，猫会把你叫起来，没办法睡懒觉。

李徽昭：下面一个问题，不知道能不能说，您小说人物或情境有时会呈现一种孤独、忧郁、幻想，实际上，每个人日常都会有情绪起伏，快乐、悲伤、孤独、忧郁，您如何处理这种情绪起伏，有没有好的疏解方式可以分享。

黄咏梅：孤独、忧郁，你刚刚提到的这些关键词，是我的性格中被我无限放任的常态，在这部分我没法做到"自律"。按道理来说，我生活在一个很幸福的家庭，而且很顺利，回看我的履历，没有经历过太多波折，一直念书，然后出来工作，一路到现在。但为什么会有忧郁、孤独，我觉得应该说是敏感、感性吧。很容易被一件小事情触动到，然后生发感想。我觉得大多数作家都会这样，如果没有这种情绪，可能我们就不一定会坚持那么多年写下来。这些孤独和忧郁的情绪或者说性格，一方面成就了一个作家，能够让他沉下来想想内心的东西，追问一些人应该终极追问的东西。另一方面，如果缺少这些特质，整天都很乐观的，甚至神经很大条的话，可能他对文学的需求就不会那么旺盛。现在回头来回答你这个问题，就是有时觉得情绪不好时，我会去阅读，阅读如同处理人的精神事务的一个"机构"，当然我更会去写作，在写作过程中，我不一定能治愈自己的孤独和忧郁，但一定会让我明白这种东西来自哪里？这样我就不会焦虑，我会很安然地去接受这样的一个状态。

李徽昭：谢谢咏梅老师真诚坦率的回答。其实，每个人都是一副肉身，都有七情六欲，日常或多或少会有这样那样的烦心事，读书写作的精神镜像、感性他者的方式，多少会疏解这种日常纷扰。

现在谈谈新出的小说集《小姐妹》，这本文集以其中一篇小说《小姐妹》为题，首先引人注意的就是这篇小说中的左丽娟，让人生发不少感喟。这个老年女性一直以幻想虚构的方式在生活，她幻想儿女超级成功，这种幻想介入并构建了她老年生活的现实面，同时又在幻想中让其似乎超拔于现实不堪窘迫的处境。左丽娟执拗地活在她孱弱、虚构的幻想中，小姐妹其实推动或辅助着左丽娟的幻想。塑造这一形象时，您的写作是不是有一个女性视点。

三　希望所有父亲都能多为自己活一点

黄咏梅：我觉得，作为一个女作家，你会觉得好像女性写的东西，读者在看的时候，无论你是第一人称、第二人称还是第三人称，写的都带着女性自己的经历或身边人的经历。比方《小姐妹》这个小说里的左丽娟，她就是一个孤寡老人——女儿已经不在了，儿子又到处逃亡。她在小城市里面很孤单，挣扎在自己幻想和现实之间的一个人，大家生活中可能都会遇到过这样的人。《睡莲失眠》里我写一个离异的女人，稍稍有一些不健康的心理。读者看完可能会第一感觉认为那个是我，可能觉得你写的都是发生在你身上的经历。我们回过头来想，一个男作家上天入地拿刀杀人，读者可能不会觉得这就是男作家去做的事，他肯定是没有拿刀去杀人，这就是所谓的女性身份的写作。怎么说呢，我不知道其他女性写作者，我会觉得，小说中越少介入我自己的女性意识可能会越安全，渐渐的，读者就会觉得，你笔下的第一人称可以是个名字，而不是那个"我"的人称。回到你刚刚说到的《小姐妹》中的左丽娟，这个人物有部分原型，就是我老家有这样的一个疯疯癫癫的女人，大家都觉得她有点儿神经不对，她在我们小城市非常有名气，大家都称她为富姐，她喜欢炫耀自己有钱，儿子女儿都很有才华，但她的生活跟她描述的却截然相反。不了解的人会相信她，会觉得，我们小城市还有这一号人，但了解她的人（比方说像我妈妈），因为认识她，就会觉得这很悲哀，老是活在幻想中。其实她就活在她的幻想、幻觉里，但她很开心，每天在小城里转悠，菜市、茶楼，她不管不顾别人是否了解她所说的真还是假，她自己先就讲得很开心。其实我接触她的时候，我跟我爸妈想法是一样的，觉得她活在幻觉里面，是很悲哀的。但回过头来我想，既然没有办法改变现实，她有这样的幻觉，我觉得她可能是高人一等的，很多人可能就生活在低谷里，活在很多负面情绪里，过得黯淡无色，她起码可以编织幻觉，所以，在小说里，我反倒觉得她是勇敢的，能在厄运中安顿好自己。

"在世界文学之都，与文学大家面对面"黄咏梅对话现场

李徽昭：说得好，日常生活在这样意义上进入了文学。这个小说呈现出来的是两个"我"，作为小说角色的"我"，以及介入的作者之"我"。回到女性视角，您在写作中呈现出的主体认知非常重要。就《小姐妹》来说，我认为，女性之间和男性之间的关系是不一样，女性之间亲密关系显然大于男性之间。所以《小姐妹》的题目，直接映照出微妙的女性关系，类似于现在说得很多的闺密，两个男性之间最多是兄弟、哥们儿，难以达到"密"的程度，是吧？所以，是不是在性别意义上，男女各自的关系形成一种错位。所以，我注意到《小姐妹》，在虚幻想象之外，可能还有浅层次的女性性别意识问题，是不是也隐含有你对女性间关系的认知，这种女性与男性各自间关系的审视把握显然是不一样的。

黄咏梅：左丽娟小心翼翼维护她内心的幻想，不想被击破。顾智慧跟她相处虽然多有不适应，但是作为一个同龄的女性，她理解她的感受，所以，她总是在关键时刻"挺"她。从两个女人之间的友谊，先是呈现那个年龄段女性的"晚景"，以及面对现实生活所展示的情绪状态，或者说是她们对付现实的手段。然后，她们两人之间的友谊，是给这种现实落差披上了一层温暖的外衣。我觉得女性之间的友谊到了人生的后部阶段，除了精神上的理解给力，还能在具体生活上相帮，这是跟男性之间的友谊不同的地方。

李徽昭：可能男性作家写不出这种女性关系。女性对于女性之间情感的把握，需要特定性别的敏锐和同理心，这跟性别存在天然的关系。

黄咏梅：这是必然的，女性天生就是感性多于理性，书写感情的微妙之处，乃至对人与人之间关系的书写都会比男作家细腻。

李徽昭：紧接着问题是，您在塑造男性形象的时候，比如说《父亲的后视镜》，父亲的视角，您写的时候怎么代入。一般来说，写作者可能会去换位，但这种换位合不合情理、是否正确、可不可能，您写的时候有没有这样一种顾虑，怎么样来代入父亲的男性视角？

黄咏梅：《父亲的后视镜》这个小说主要视角是"我"，一个女孩子。女性视角看父亲，父亲纯粹只是一个男性的形象，其实已经夹杂着女儿、女性的视点，就是这种伦理当中的父亲形象。所以，我觉得我在写他的时候，并不是很困难，我在写这个小说时，会经常在情感深处去打量我父亲。当小说转到父亲视角的时候，其实叙述者就是"我"本人，同样还是一个女性角度。所以，本质上来看，小说里的父亲没有真正走到页面上来，他只是在"我"的后视镜里呈现，他并不是小说塑造出来的男性形象，而是一个女儿眼中的父亲（男性）。这么多年写小说，这个小说是我写得比较轻松的，时间也比较短。我有一些小说，譬如《档案》《鲍鱼师傅》《达人》等，那些就是纯粹写男性的，没有从女性的视角去打量一个男性，没有视角转换，纯粹就是男性视角、男性口吻。记得上次有一个高校的教授谈我的这些小说，觉得这些小说没有露出女性的马脚。有时候，写异性就等同于重新创造一种生活，女性写男性，男性写女性，其实不太好把握。很多时候，我看到男性作家写女性时也很生硬，比如说有些称呼和动作，很明显不是出自女性。

李徽昭：可能是性别差异阻碍了一些细节性、潜意识或深层次的表达。

黄咏梅：这个问题我其实不是很纠结。女性就多写女性，男性就多写男性呗。遇到非要写异性的时候，就将她（他）当作一个人来写，只要找准了她（他）的性格特征，用细节来呈现，人物同样也会活灵活现。

李徽昭：《父亲的后视镜》篇幅不大，但里面的历史容量、情感容量还有性别关系的容量都非常大，小说文字舒畅而平易，确实很难得。这可能也牵扯到一个问题，是不是隐含着你对父亲新的认知与想象。当下男权社会局面很难完全改观，父亲往往意味着权威、秩序等想象。你的父亲书写，可能颠覆了对父亲的传统认知。

黄咏梅：这个小说，梁鸿（学者、作家）在写我的一篇印象记里谈到，很喜欢《父亲的后视镜》里面的老头子，她说如果现实生活中遇到这样的老头子，她会爱上的。我理解她的意思，这是个乐观洒脱的男人。我们对于父亲形象的认知，无论是文学作品里还是我们现实家庭里很固执的一种观念，父亲就是一家之主，就得要有责任感，比较粗线条，会因为家庭去外边奋斗而放弃自己的喜好。《父亲的后视镜》里这个父亲确实活得很潇洒。晚年妻子不在了，他也没有放弃自己的人生，还是追求情感生活的丰富。这个小说其实的的确确是我理想中的父亲形象，我更愿意天下所有父亲都能有他那一面，不要活得太沉重，能够多为自己活一点，或者说能在传统的家庭伦理责任义务里稍微解脱一点。

李徽昭：说到梁鸿，她的一个长篇，也以父亲形象塑造为主，那是一个乡村父亲形象，您的则是一个城市父亲形象，这里面有着城乡文化的差异，但都是女性视角对日常生活中父亲刻板形象的超越。其实，像余华他们笔下的父亲都是比较霸道的，但你们小说中的父亲，让我们看到温暖、勇于活出自我，出轨后家庭也能再接纳，这种父亲形象是一种超越。其实中国现代小说（像巴金、茅盾小说）中的父亲形象，大多是比较刻板的，毕竟男权、父权在社会中还是随处可见的。

黄咏梅：这个小说如果说有一点野心的话，就是想通过父亲的年龄跨度来呈现他背后的时代。那个时代跟父亲是一起成长的，他的一些改变，也是跟你所说中国人对父亲形象的一些认知的观念一些变化。我觉得时代跟他形成了一种共振，所以，父亲在小说里会把"新时代"挂在嘴边。当然，一个短篇小说里面，做得太多了就会显得理念过重，所以，我也希望这个父亲的形象跟时代的样子能够恰如其分地融合得好一点。

四　日常细物拉近了我们与小说的关系

李徽昭：这又说到一个问题，这个父亲生活于城市中，但乡村跟城市是不一样的，这本小说集中，《跑风》对乡村生活的呈现很特别。小说主人公玛丽是乡村出身，工作在上海，她经历了一种反差很大的生活冲击，小说由此以玛丽春节返乡构建了一种城乡反差的戏剧性。当然，这个乡村已经不是农耕的传统意义上的乡村，但很多熟人关系、亲缘思维依旧存在。洋味十足的玛丽带着名贵的猫回乡，遭遇了特殊的情境，这很有意思，您在写的时候有没有考虑过城乡问题。

黄咏梅：李老师读出了我内心的初衷。对于这个小说，我养猫之后，就蓄谋已久，不知道在座的朋友们有没有养猫的。对于一个生活在异乡的人来说，养猫最大的困惑就是过年。如果要回老家，那猫怎么办？这是我养猫那么多年一直纠结的事情。放在寄养的地方又觉得不安全，放在家里那么多天也不可能，但家又是不可能不回的。这里边其实就存在一种冲突，是由猫引起的一种伦理的冲突。

如果你跟农村家里面讲，我因为养了一只猫，不回去过年了，这是不可能被理解的，也是不可能被谅解的。养了一两年的猫之后，就纠结想写一个这样的东西。有一个契机，我在网上看了一个段子，很多上海的外企白领，她们在公司里叫玛丽、杰西卡什么的，过年回村之后就回归了小红、小丽这样的一个个名字。看了这个段子后，我觉得我找到了一个点，就写这个城市的外来工返回家乡面临的错位感，城市也不是你的根，你回去，觉得故乡是你的根，但已经完全不一样了，你的很多伦理、价值观念、情绪等，都已经没有办法再得到理解，故乡在精神上跟自己已经渐行渐远。

李徽昭：《跑风》对于城乡二元结构的呈现很有意思，入城后的小姑娘带着名贵的猫回乡，对乡村其实是一种侵犯，这个城市之猫侵入乡村，它跑了以后，全村人去找，故事设定很有意味。

黄咏梅：从逻辑上看，是他们知道这个猫花一万多块钱买来的，但其实更多的是高茉莉跟家人的亲情在促动。这个小说，我自己还是比较喜欢的。中国不缺乏乡村题材的小说，但很多乡土题材小说，写得多的都还是记忆中的乡土，就是乡村之苦、乡土生活的风情、风俗这一类，其实，当下乡村跟文学乡村是有很大距离的，我希望能够写出更像今天的乡村。当然现在的乡村会有一个城市参照在里面，因为这样的参照，问题更突出，很多作家都会写到，城乡之差，阶层之差，但大多数是那种很物质、很紧张的。我想从一个很小的切口去呈现城与乡的困境。城市新客家人在乡村与城市之间的身份、角色的切换。这种切换，常常会带来"水土不服"。他们已经不习惯乡村的生活，即使城市生活压得他们透不过气，他们乡愁不断，但这些乡愁无比脆弱，待真正回归土地，他们会觉得难以立足，另外，他们融入城市的脚步，又是举步维艰。身处哪一边，都觉得归属感欠缺。这种无归属感给他们带来一系列的人生失调乃至精神的"内分泌"失调。

李徽昭：以猫的视角切入小说文本，角度就很独特。猫之外，我注意到，您小说中还有金鱼、狗等其他动物。城市养猫、养狗都较常见，有些地方还有猫狗协会。这是不是城市文化的特定状况，与乡村中的猫狗待遇明显不同。所以您小说中，猫、狗还有金鱼等，是一个特别的观照视角。记得《证据》设定了主人公跟鱼对话的场景，把它当成一个女性进行对话。小说主题是对情感的质疑和追问，但用不同动物介入小说情境，别有意味。

黄咏梅： 猫狗都是我们日常家庭里面的一员。我写不了马、鹿，写不了狮子，但是我写猫、狗、鱼，与其说是动物视角，不如说是设置在我们家庭生活里面类似摄像头一样的东西。因为这些动物已经是家庭一员了。你这个问题让我意识到，我为什么这么喜欢写这些家庭小动物？我觉得日常家居的东西会影响人物关系、人物设置，包括视角等。这些猫、狗和金鱼，在我的理解来说就是一个视角，跟小说人物构成一种关系的视角。帕慕克讲过一句话，现代人需要从文学里面体验出家居感。读者阅读时能够建立的家居感就是日常感，读者在作品里很熟悉地感觉到，好像我身边也有这样的东西，也会有这样的一个人，也会有发生过类似的事情，等等。我记得很久以前看伊朗一部电影时，具体情节不太记得了，但有一个细节我记得特别清楚，就是女主人和男主人吵架时，在厨房里面生闷气，洗碗的时候，镜头给了一个特写，一块几乎每个厨房都能看到的那种绿色海绵擦布。忽然就出现了这么一块东西，顿时就会觉得这个电影中的故事跟我在同一个时代，同一个生活维度，说不定就是几天前发生的一个事情。就是类似这样的细物，让我们与电影的关系拉近了，或者形成了一种共同的场域。

看了这个电影之后，我就会觉得帕慕克这句话有它的道理。我们活在一个日益同质化的生活中，城市与城市、房间与房间慢慢变得很相似，每天发生的事情也没有太多的惊喜。小说里也许可能会有惊心动魄的情节，但这些不会发生在你我身上，只是在小说里面发生了，但小说里面发生了关我什么事？如果小说里面出现了那样一个绿色的海绵擦布,你家也有这样一个东西,你就会觉得这个小说跟自己好像有了点关系。这只是一个比喻。我们现在总是说作家写日常生活、小说里面呈现日常感,就是通过我们周围的一些细物和细节来构成的,包括你刚刚说到的猫、狗和金鱼这些东西。

李徽昭:日常感很重要,对现代小说有非常重要的意义。跟传统小说不一样,现代小说就要在日常意义上接通现实、超越现实,就是要在心理上、日常中与我们迎头相撞,您小说里的猫、狗、金鱼,与人物行动、故事情节形成了切实的互动与映照,是当下中国或现代生活非常深刻的印记。

下面的时间交给现场朋友提问。

五 纸质翻页式阅读,可以培养孩子思维或性格

观众:我接触了很多基层作家,他们的生活状态都不一样,可否谈谈作家的生活状态与文学创作的关系。另一个相关的是,现在读书人越来越少,中国人均读书的本数可能在世界上排名不高,实际上,一个人一年也读不了多少书,但图书出版量越来越大,古今中外,获诺贝尔文学奖的作品、中国著名作家的作品,我们一辈子都看不完,所以这种反差,从写作出版角度怎么看。

黄咏梅:我在工作中接触到大量的写作者,也有一些狂热的文学爱好者,为了能有时间写作,辞职的也有。每当这个时候我会劝他们,生活永远是第一位的,写作是第二位的。这之间其实不是非此不可的。我很幸运的是,我从小喜欢文学,我因为这个爱好选择了跟文学相关的事业。我也理解,很多工厂或职场里面的朋友,他要工作,又很想写东西,总是苦于没有太多的时间。但我觉得为什么一定得要辞职才能写东西呢?我甚至觉得这往往是他们对现有工作不那么满意的一个借口。我始终认为,如果一个写作者将自己关在书房里,跟社会生活不发生关系的话,再多的时间给他,可能都写不出好东西,因为时间再充裕,他跟生活是相隔的。反过来看,

如果他在生活、工作中，他经历的事情引发了他想表达的东西，他觉得非得要写出来不可，我觉得他再怎么都会挤出那个时间。你说现在读书的人越来越少，读者其实并不需要作家写那么多、出版那么多书。这个问题我觉得不是绝对的因果关系，作家不是为了读者而写作，作家写出的作品，得到发表和出版，又有幸得到更多的读者阅读并接受，那只是他实现了一部分的理想，而另一部分的理想是，他最终是否写出了自己想要的那种文学。

李徽昭：现在的文学境遇跟 40 年前肯定不一样，40 年前有手机、电脑吗？可以吃肯德基、麦当劳吗？有"996""躺平"背后巨大的生活压力吗？都没有。这其实是一个时代问题，我们不能用我们"70 后"这种仿佛中老年人的思维看文学。文学必然在生活中，而生活又是第一位的，就像我聚到这里来，因为要读文学、了解文学，从中获得经验与生活上的超越。当然，我们每天都要面对庞大混杂与碎片化的信息，文学也可能不必然隐藏在经验生活中，因为在现代主义视野中，心理或幻想的生活也可能构建出另一种文学。

关于阅读，真的需要培养，需要类似"在世界文学之都，与文学大家面对面"这样的平台，大家在一个空间中对话交流。比如，你今天起床的时候可能昏昏沉沉的，到这个活动氛围中沉浸感染后，今天可能跟昨天就不一样了，这个文学现场、空间氛围给了你情绪上的沉浸。此外，阅读也是一种习惯，我们做父母的，你如果当着孩子面天天玩手机，孩子可能也就想玩手机，言传身教，阅读需要身体力行。相关机构也应该多支持这样的活动平台，去培育阅读文化。阅读是一种文化，读什么、怎么读，需要引领，不是所有的书都值得读，不同阶段应该读不同的书。在哪儿读、读出什么、读过后跟谁对话，都需要培育，要形成各自阅读的共同体。同样读咏梅老师的《小姐妹》和鲁迅的《阿 Q 正传》，你读的和老师读的，跟文学大家读的肯定不一样。一般的快餐式阅读，都喜欢看情节，真正的文学阅读不止于情节，更多是细节背后一种深刻的文化与思想认知。

黄咏梅： 在今天的"双减"背景下，课堂之外的时间多出来了，能不能将孩子的兴趣成功引导到对书本的热爱，或者说培养出对于纸质书阅读这样的习惯，这要跟电子媒体，跟娱乐进行一场巨大的斗争。为什么？你回去问问你们的小孩，他读四大名著，可能读的就是电子屏幕上的，还不一定是书，有可能是电视剧，有可能是哪一年版的《西游记》和《红楼梦》。要把小孩子用手指点点刷屏式的浏览习惯，拧回到纸质书香的翻页式的阅读方式上来，的确需要全社会共同去努力。其实对于小孩子阅读这个问题，并不是一定说要使得他在书本里面获益到多大东西，但是，这样一个习惯和方式，能够让他沉静下来，在这种静态的过程里面，去很安静地想一些东西。纸质书翻页式的阅读，其实对培养孩子注意力的集中、思维的锻炼，甚至性格的培养，我觉得是有很大帮助的。

作为作家，我也感觉责任很重大，我们面临的不仅是现场读者，还有很多隐形读者、未来读者。浇灌文学这棵大树，也要出我们自己的力，贡献自己的作品！

（本文为2022年3月12日南京市西善桥街道"在世界文学之都，与文学大家面对面"活动对话录音整理稿）

小说应该对人的一切保持高度敏感
——对话朱辉《交叉的彩虹》

一 南京非常适合文化发育、聚集与繁荣发展

李徽昭：今天请到了朱辉老师，算是朱辉老师的主场，我是客场。先请朱辉老师简单说两句。

朱辉：非常高兴到这里来，一直以来对这个地方就充满向往，虽然我在南京已经40年了，但西善桥还真是不太熟悉。看到西善桥热心地举办这样的活动，这么重视文学，我非常钦佩。

我跟南京的渊源很久很久了，我是1981年到南京来读大学的，40年了，很漫长的时间。我是伴随南京这个城市一起成长的。我是河海大学毕业的工科生，在学校我就比较执拗地按照自己的喜欢，向文学方向发展，我如果不写作，现在大概率是一个水利工程师，做得好可能就是总工程师。毕业后我留校了。毕业前，国家有个人才规划叫第三梯队，选拔年轻、懂技术、有文化的干部，直接挑选进入省委部门的第三梯队，我也是人选，但还是选择了留校。在大学里面待了差不多30年。这个中间我一直在写作，直到现在。2013年我调入了江苏省作家协会。河海大学的同事们跟我开玩笑，说去作协，你要么升官，要么发财了，肯定待遇工资极高，反正这两条占一个。我说我一没有升官，二没有发财。我在河海大学是有职务的，但在作协没有行政职务，我的任务就是写作。

单纯写作很安心，作协让写作的人聚在一起，有一些交流，形

成一个气场和氛围,对写作的人有好处。我当了3年的专业作家,在这过程中,我写出了获鲁迅文学奖的作品《七层宝塔》。2017年的时候,党组找我,要我来编《雨花》杂志,好不容易争取的专业创作时间中断了,直到现在。这当然也是工作的需要,既然干就得认真去做。

李徽昭:朱辉老师编杂志有一手的,《雨花》杂志这几年口碑非常好,推出了不少有影响力的作品,也搞了很多有影响力的活动。

朱辉:总体来说,创作、生活也是非常平淡,没有经历大喜大悲。但写作是一个很奇妙的事情,可以写你没有经历过的,可以虚构,可以用心贴到某个人物身上去。所以,生活经历的多少,并不一定直接决定写作。不见得要去刻意体验。只要你心细腻,是可以去感悟的。

李徽昭:朱老师大学专业是农田水利,做过河海大学出版社副社长、传播学研究生导师,最后到省作协做专业作家,身份跨界还是蛮大的,这就看到一个人对热爱的坚持。实际上,20世纪80年代的时候,南京的文学氛围非常好,我曾经写过一篇谈南京作家群的文章,后来南京申请"世界文学之都"时,还把这个文章捞出来了。我就想,从现代文学到当代文学,这个城市的作家在中国文学版图上,有非常特殊的位置,从20世纪50—80年代的"探求者"作家群,到八九十年代"他们"诗歌群体,他们跟南京地域空间的关系,都有独特的心理认同。

作为在南京生活的作家,这四五十年,您怎么看南京的文化氛围。像你80年代做文学青年,是不是跟大的文学氛围、跟南京有关系,包括韩东当时搞《他们》诗歌,影响非常大,现在文学史都少不了要关注的,这些会不会形成一种向心力,请谈谈您的写作跟南京文化空间、文人群体的关系。

朱辉:我总觉得南京这个城市是极其奇怪的,比如说,首都都做不太久,但不要忽视一个事实,这个地方常常是纯正的汉文化极

"在世界文学之都,与文学大家面对面"朱辉对话现场

其幸运的保存地,常常是从北方败退了,跑到这儿来,南京收留、接纳了他们,这保护了中华民族文化的一个根脉。南宋好像也是先跑到南京来,然后才到杭州。所以不要说金陵王气黯然,实际上,这个地方非常适合文化发育、聚集与繁荣发展,它是一个非常好的地方。

历史的滋养,地理环境的优越,包括对文化的尊崇,造就了这个地方。我住在颐和路附近,我走了很多城市,没有一个地方的人行道像颐和路那么平整,西善桥也很好,都很清洁干净,甚至可以说很优雅。这样的地方适合文学、文化发展,适合文人聚集,所以南京自古以来就有那么多弹琴、绘画、搞文学的,这是有原因的。

到目前为止,就文学氛围而言,我觉得在全国省城中是居于前列的,要打分的话应该很高。南京也有短板,不是一线城市,经济发达程度离超大型城市还有距离,比如说工资不够高,这间接导致了文学人才的流失,有时候也很遗憾。我们《雨花》主办的写作营,把全国各地的主编、编辑请来,给学员改稿子,已经干了六届了,培养了220多名学员,发表了有上千篇作品,效果非常好,但其中有些出类拔萃的学员,非常悲催地跑到北京、上海、广州去了。

作为一个历史悠久的古都,南京有它不可替代的背景,人不一定全冲着钱的,就是喜欢这个地方。我到其他地方出差都有一点不适感,北京和上海,我东西南北都搞不清,我不喜欢生活跨度太大,吃个饭打个车200块钱,坐车要坐两个小时,非常疲惫,一身臭汗。南京特别适合文化的滋养,20世纪80年代,南京文化、文学都很繁荣,李教授讲到,韩东这一批文化人就聚在一起玩。当时有个写作的青年,是南京工学院自动化专业毕业的,要从电力部门辞职,韩东把我喊去,要劝劝他不要辞职,这个工作太好了,但他就要辞。那时候这一波人,有一个非常好的状态,就是大家都特别想把东西写好,我们会互相分享,我在看什么,你在看什么,我认为什么,你怎么看,但是不强求,我们彼此非常包容。

"在世界文学之都,与文学大家面对面"朱辉对话现场

那个环境,我至今还觉得非常非常好。文学是孤独的、单打独斗的事业,但这种彼此交流的环境对文学气氛的养成有非常好的作用。那时候有十几二十个人,彼此往来搞文学,到现在坚持下来的大概还有一半。而且南京这地方的文学也有明显印记,都比较松散,

在描绘和写作中能感受到乐趣，语言都比较讲究，等等。但每个人又都是不一样的，一直写到现在，写了30年的，每个人都保持独特的品质，又都不一样。南京有很多外来作家，苏童、毕飞宇都算是，我也不是南京人，但这些人不但没被同化，各自风格依然保持着，如果做出一点变化，也是他们主动求变的选择，没让一个地方的文学变成风格统一、面貌一致，或者说沉瀣一气，没有，是百花齐放的。我们那时候聚在一起，很穷，一杯茶，吃顿饭，谈小说可以谈两三个小时，现在哪里有这样奢侈的事情，很少。后来也逐渐少了，各干各的，但彼此也都对对方存着一份善意。我们观点不一致，各人能写的怎么样，都是天性决定的，但都很友好。那个氛围很让人怀念。氛围对南京来说太重要了，不光对文学重要，对南京的城市面貌也很重要。

二　把小说作为一个艺术品弄到最好，这就行了

李徽昭：朱老师把我们带回了80年代，让我们回想那个美好的文学时代。南京作家确实叙事各有风格，对文学都似乎有一种散漫中的信仰，这是南京这一带的文学气质，他们有独具风格的小说观念。讲到小说观念、讲到对小说与文学的认知时，其实南北作家是有差异的，包括写作资源也有差异。昨晚跟一个朋友聊天，谈到文学观念、小说观念问题，我就觉得现在很多小说家都主要受西方影响，但中国传统文化中，我们讲《水浒传》《西游记》《三国演义》，就是咱们苏北这一带施耐庵、吴承恩的小说脉络，却很少受到关注，他们的小说是下里巴人的通俗叙事、娱乐中包含教化。五四新文学开始，小说要新民，要启蒙，要立言、求新，这其实是带有世界文学这样一种宏观、宏大的视角。您对小说的理念性认知，肯定也少不了西方文学影响，但您是从兴化起步的，施耐庵这样一个隐性的文学存在对你有没有潜在影响。像我读《交叉的彩虹》，感觉回到了普通百姓的平常生活，但又看到你试图去表达社会、人性、人生的

思想认知。所以，回到一个抽象层面，您怎么看待文学，具体来说，在您的视野里，小说是什么样的一种存在。

朱辉：这个问题有点大，我边说边想。应该说分两个方面，第一，据说《水浒传》是那边一个叫施耐庵的文人写的，作为泰州兴化人，我知道施耐庵，但不知道他跟我有什么关系，施耐庵写《水浒传》，这样的定论也是80年代以后才有的，以前有这种说法，但是不是事实也不知道，因为中国古代写小说是上不得台面的事，没人会说自己名字。蒲松龄能写实名是很奇怪的。署名的比较少，《红楼梦》《西游记》《水浒传》是谁写的，都还是一个问题。

李徽昭：传统文化认知里，小说本身是一个非常俗的事物，大文人并不愿意做。

朱辉：正经的是把八股文做好了，然后有空再写写诗词，可以干的事情很多，为什么要写小说呢？小说是一个通俗的东西，跟中国古代社会生活里面说书、表演联系在一起，写小说是不能登大雅之堂的。虽然小时候我没有明确地知道施耐庵跟《水浒传》的关系，但这种关系一直不断被老人们说起来，比如说芦苇荡，老人就会说这是水泊梁山；说武松打虎是因为有一个姓卞的壮士，在兴化徒手打死一只老虎，施耐庵就把这个写到《水浒传》里了，这对不懂事的我很有影响。生活在那个氛围里，吃个肉包子捏出一根毛来，会有人笑说是人毛，这是个黑店。夏天乘凉，那时候没空调，连电风扇都没有，是芭蕉扇，乘凉就找一个青石板桥，我们家门前就有，提前用席子占好位子，用水给浇凉了，躺在上面看星星、听故事。《三国演义》我听得太多了，我父亲几乎把里面精彩的全讲出来了，每天讲一点。很多人都会讲《水浒传》，有人会显得他特别牛，讲的故事吓得你半死，总觉得脖子后冒凉气，还有水鬼的故事，我们身旁就是流水，还挺吓人的，乘凉要12点多才回家，越恐怖越想听。《水浒传》这样的小说，很早就进入了我的日常生活，这对我为什么写小说可能有影响。

每次到泰州兴化，就有人问我，兴化对你有什么影响，我想是在传说当中影响了我，你问一个西北人《水浒传》对他有什么影响，那他可能就没有我入戏。

关于我对小说的认识，实在是太复杂了，简直就说不清，比如说要不要对现实生活进行洞察、分析，表达包括干预，有时候我觉得好像是要的，有时候又觉得好像不要。我觉得小说本身就是一个自洽的文本，你把这个东西搞好就行了，不要管这个东西能卖多少钱，也不管别人能不能看得上。别人的印象我不管，我把这个东西作为一个艺术品弄到最好，这就行了。但一点是我一直是明确的，我觉得文学是人写的，写给人看的，小说是用人的语言来运作的艺术品，它应该对人性、人情，对人的命运、未来保持高度敏感性，对人的一切都保持高度兴趣，是这样一种艺术品，做到这样就对了。至于要不要干预，确实还要看题材，有的题材压根儿就不适合去干预，不易介入过深。

三　细节是可以编的，但你对人生、人性要有深刻洞察

李徽昭：这个问题比较宽泛，三言两语不太容易说清。读这本《交叉的彩虹》，感触很多，首先是小说人物题材，里面有画家、教授、出版社人员，还有很多日常生活中每天遇到的人。我在想，文学是人学，要对人性有一个剖析，对人的生活有一个切割。比如里面的《游刃》《动静》《埋伏》《对方》，都以两字命题，大多包含着非常痛切人性的探讨，特别像《游刃》，一个女性如何跟一把刀子构成关系，她在人际交往中似乎是游刃有余，她选择了想要的人和生活，但人性的另一面也深切呈现了。这个小说可以看到20世纪90年代的场景，可以看到人的内心与人性。在某种意义上，我觉这些小说有点类似张爱玲，不知道此前是不是有其他人这么说过，特别像男版张爱玲，那种对人性锐利的追问，让我想到有些人物就是曹七巧，《游刃》中把男人当作工具的层面上，就有点像曹七巧，不知

其他人在谈文本的时候,是不是有人这样认为。

朱辉: 这个话肯定有人说过。我自己有意识,我不好公开说我有两套笔墨,针对不同题材我会有所选择。我的作品是我诚心诚意写的,也没有想给谁做代言人。我觉得能用两套笔墨写作很好啊,你为什么不能跟着你的人物做一点变化呢?跟写作对象保持一种契合度是有必要的,有的作家,写谁都是一个腔调,但有两套笔墨没什么不好,关键都要用好。

写人性人情,肯定是文学的任务,要写好真的非常不容易。刚才李教授说,有点儿像张爱玲,我把它理解为一种夸赞,我觉得张爱玲是中国最了不起的女作家,为防止得罪人,我不妨加个之一,她是最了不起的女作家之一,毫无疑问,她对人性的洞察、表现,都很深,有高度的文学性。她比鲁迅小一辈,但鲁迅的汉语还在发育中,小朋友说一怕写作文,二怕周树人,语言读起来有点儿拗口,不是因为他不好,而是因为白话文还没到时候。到张爱玲身上已经非常成熟,是完全的现代汉语。张爱玲的汉语运用和人性洞察具有极高的辨识度,她深刻地影响了我的创作。大家都知道的,写作构思很重要,实际上细节也很重要,一个短篇只要有一个细节能打动我,我就会高看一眼。细节考验了一个作家的审美观、审美能力和他真正的文学能力,细节不好什么都好不了。小时候看过一本书,我到现在也不知道是什么名字,因为我看到的只是三分之一。小时候没书读的时代,封皮封底都没有了,前50页和后50页都没有了,应该是俄罗斯或者苏联的,有个细节印象深刻,在贵族家里有一个做保姆的厨娘,少爷小时候很调皮,长大以后去当兵了,一去多年,当兵的死亡率很高的,家里人很惦记孩子,这个厨娘也惦记他,有一天仗打完了,孩子回家了,厨娘正在烧饭,不知道他突然回来,一看到小伙子,愣了一下。大家可以脑补画面,厨娘愣了一下,突然认出来了,孩子已经长高了半个头,变成小伙子,笑咪咪看着厨娘,场面很温暖。突然厨娘甩手把手里的铲子扔掉,一下扑上去,两个人紧紧拥抱在一起。小说就写到，厨娘围裙的扣子在后面，她抱着小伙子的时候，肥胖的身体包不住了，围裙后面的那一粒粒的纽扣，就像子弹一样迸射出来。很小时候我就记住了这个细节，细节让我头脑里出现了亲人久别重逢的场面，还包括更深的人性。按通常的说法，一个资本主义的贵族，怎么可以跟一个无产阶级的佣人产生这么深厚的感情呢？但历史事实告诉我们，她带大的孩子，情感是超越阶级的。这样一个久别重逢的场面，通过细节传神地表达出来，比你使劲写1000字要好很多。细节对一个作品极度重要，细节增加了文本文学性。什么是文学性？我很难说清楚，但细节让你看出来，文学性够不够，够就是够，不够就是不够。比如说张爱玲的《白玫瑰与红玫瑰》，写女房东跟男房客偷情，过程写得非常细，人情表达极为细腻。

我的长篇小说《我的表情》里有一个情节，好几个同行跟我谈的时候都说对这个情节印象极为深刻，我告诉朋友们不是真的，是我想出来的，不是我经历过的事。小伙子看着女同学清清爽爽披着湿漉漉的长发在校园里面走，总是心跳，但不好意思表达。有一天他经过学校门口，轧坏的路面摊上了水泥，被绳子围了起来。小伙子胡乱想象着他的爱情，一不留神一脚踩到还没有干透的水泥上，他立即跳出去，看到皮鞋留了个痕迹在上面。第二经过那儿，他居然发现皮鞋印边上有一个小巧的高跟鞋印，他呆了老半天。两个鞋印保存了很长时间，直到下次被轧坏为止，他走到那儿就想，这是上天配给我的女人，是她的鞋印子，是不是意味着她将跟我共度人生呢，这是校园里哪个姑娘啊，他看到女生就忍不住想看一下她的鞋。这个细节是编出来的。细节是可以编的，但你对人生、对人性必须要有深刻洞察和体验。

四　小道具会给作品增加四两拨千斤的功效

李徽昭：我特别关注里面刀子等具有象征性的意象，让小说有很好的阐释空间，包括类似一幅画等，这些象征性的小道具，让小说的张力非常大。

朱辉：小道具有的时候会给作品增加四两拨千斤的功效。他们说，戏剧开头时候墙上挂一把枪，到结尾时要让它响，不响，观众就会说你有毛病啊，挂了把枪最后都没响，什么意思啊？到底这个枪要不要响是可以讨论的，也未必是真要响。但这个事情说明，像戏剧里的枪一样，小说中有的东西是很重要的，可以响也可以不响。

到现在为止，我写了 80 多篇短篇小说，还是太少了。中篇小说 10 篇，都不长，三四万字。长篇小说 4 篇，也都不长，最长的也不到 30 万字。我最近写了一个新长篇，我写得很投入、很认真，而且速度极快，还从来没这么快过，一部长篇半年就出了初稿。我还正在修改，用更长的时间来修改。从 80 年代初期一直写到现在，漫长 40 多年的历程，要在 20 多万字的篇幅中恰当地表现出来，时间是一个巨大的难题，这个时间怎么处理；一年写一万字也要写 40 万字，写什么舍弃什么，费了很多脑筋。

对这个长篇的文学性，我很有信心。题目叫《万川归》，这个题目想了三个月，我多么想得到一个概括力强、优雅又有悬念的题目，可很难。最后叫"万川归"，三个最重要的主人公，一人出一个字，目前看来这个题目还行。小说写一个深情之人，对时代、家庭，包括对自己充满深情，我也是深情地去书写它。

李徽昭：朱老师说到长篇小说《万川归》的命题过程，很有意思啊。题目确实很重要，题目跟写作主题、文学意象，甚至跟时代，都有不可言说的关系。比如 20 世纪 80 年代，20 世纪五六十年代，不同时期小说题目都是有规律的，比如三红一创，《红岩》《红日》《红旗谱》《创业史》，都以宏大的事物来象征，这样来说，中短篇小说命题与长篇小说也是有差异的。

朱辉：我是一个怪人，有的人长篇写完了，再取个名字，我没有取好题目就不会动笔。没有题目我写不起来，短篇是这样，中篇、长篇也是这样，常常写不出来，就差一个题目，没有题目没法写，哪怕这个题目其实也没有概括力。这可能也导致我创作量很低，比如说你刚刚提醒我才想起来了，有一个小说题目叫《类似于自由落体》，一万三千字，真正的核心事件，读者仔细看就会发现只有那么几秒钟，其他全是附带。这是一个真实的事情，对我影响很大，我觉得人性很恶，一个摔的满脸是血的人，即使不是你的熟人和朋友，你都不问一下，翻一下被子就走了。这小说有原型的，虽然她很漂亮，可我不跟她玩了，做不了朋友了。这个事情给我留下了深刻印记，几十年之后才写了这个小说。但是，我把"我"一个人从高坡悬崖上往地下掉的那一瞬间写得很长，"我"在空中一眼就看到他们家正在打扑克，那个牌桌经常也有"我"一个，只不过"我"今天在往下掉，他们在打扑克。当然这里有虚构，我到现在也不会打扑克。

李徽昭： 这就是文学跟生活的关系，虚构的超越意义就在这里。

朱辉： 这个小说我非常喜欢。

李徽昭： 回去找来拜读一下，不但是自由落体，也是人心人性的一种自由落体。从80年代开始文学起步，一路走来，可以看到朱老师以及南京作家，跟文学、跟日常生活难能可贵的关系，显现出这样一种空间里恒定的文学能量，以及跟中国文学、跟世界文学别有意味的关系，这里面有很多可以言说的话题，值得大家深思。谢谢朱老师，让我们共同期待他的长篇小说《万川归》。

观众： 谢谢朱老师精彩的分享，我本人也是学文科的，但现在社会中不管是信息爆炸还是短视频等，小说受欢迎度跟那些相比是弱的。朱老师能否给我们一些建议，比如说如何从大量信息中摄取更好的东西。

朱辉： 我读水利工程的，水利工程跟建筑工程相比可能更复杂，还要研究水，结构相当怪异。我的宿舍7个人，出了很多怪人，有水利行当最成功的人，也有"不务正业"的作家。文学跟水利确实不太一样，但是有一点是一样的：需要专注，极其的专注，最终做出成绩的一定是专注的人，无论做什么。人生常常就是这样，很难很任性地做自己想做的事，我个人最终还是搞了文学。电子媒介时代，该屏蔽的要屏蔽。我一直对年轻人有一个说法，不该看的东西别看。资本和技术一旦结合，目的就是把你吸引住，不择手段抓住人性的弱点把你吸引住，吸引住你他就挣了钱，至于你失去了什么他不关心。我有一个预言或许将会被验证，就是在这个短视频泛滥的时代，谁捧着纸书认真地读，谁将最终获益，一定是这样。我也看电子书，kindle 里面有好几百本，但我的 kindle 是我发进入证，我想让什么进来它才能进来。一刷短视频五六个小时，我觉得自己是个傻子，什么也没有得到，却失去了时间。一定要适可而止，我们要和资本和技术对抗，要保持自己的独立、保持自己的选择权，选择权丧失是极为可怕的。他想让我看什么我就看什么，他让我看不到什么我就看不到什么，现在因为大数据，还会投其所好地推送，这太可怕了。

（本文为 2022 年 6 月 25 日南京市西善桥街道"在世界文学之都，与文学大家面对面"活动对话录音整理稿，刊于《山西文学》2023 年第 1 期）

乡村可能才是我们的精神归宿

——对话陈应松《天露湾》

一 很多好作家都有几套笔法

李徽昭：陈老师从20世纪70年代末开始写作，到现在40多年了，在这个意义上，陈应松老师为这个活动增加了历史穿越与渗透感。从文学最黄金的80年代，到1992年后消费思潮与商业经济兴起，再到21世纪底层文学兴起，陈应松老师一直都在其中，特别是底层文学的中坚力量，写了不少底层人的艰难生活，给大家印象最深的是神农架小说系列。现在这部新长篇《天露湾》与此前都有不同，有对改革开放的历史回顾，也有当下新农村的诸多呈现，堪称写作题材与风格的双重转变，先请陈老师说几句。

陈应松：谢谢大家，在疫情困难时期参与这样的文学活动，很不容易。记得2019年疫情暴发时，我"逃"到了神农架，在神农架过春节，然后开始写《天露湾》。这三年疫情对我来说，焦虑或者痛苦，悲伤也有，但因为逃离疫区到了神农架，感受到大自然的仁慈，心态也比较平和、宁静和温暖，所以，上天赐给了我这部正能量的、风和日丽的长篇，过去我的小说会被人诟病多写苦难，比较负面、阴郁，这也是我的一个变化。

我写作的确很早了，我们"50后"这一代人，不少折腾、悲剧都经历过，但我开始写作至今，是最好的年代，例如80年代，那的确是文学的黄金时代。我们经历了40年的改革开放，这一代人是最拥护改革开放的，我们感谢改革开放。从我来说，我感谢的人有两个，一是邓小平，另一是刘道玉。刘道玉是武汉大学老校长，他把"文化大革命"中被抛弃的优秀人才（像我这样的人），招揽进校，插班进入了武汉大学中文系，所以非常感谢这40年。但我也觉得，一个作家不要太在意外界纷扰对你作品的影响。你把你的作品写好，把你关注的题材往外延伸就行了，这是最重要的。不要去抱怨社会、抱怨他人，这是没有意义的，唯一可做的是你行动起来，你想做什么就好好做，把它往深处做。

我为什么写《天露湾》，我认为一个作家要有几套本事、几套笔法，这个题材能写，别的也能写，但是你要写好，不能说今天写这个，明天写那个，写得眼花缭乱、一塌糊涂，大家对你没有文学辨识度，那是不行的。你要有你自己的文学符号，有强烈的辨识度。就跟现在绿色食品一样，有地理标志和认证的，这个地方产什么，那个地方产什么。你不能说我这个地方本来产葡萄，明年就把葡萄砍掉种西瓜，肯定不行。

李徽昭：这是题材取向与艺术风格的问题，每个作家，提到名字就会想到他的题材与风格。陈老师原来主要写神农架系列，那种生态的、自然的，从动物视角展开的人与人之间、人与社会之间、人与自然之间的故事，现在《天露湾》，主要写新农村，时间跨度从1986年到现在，这种穿越会不会改变大家对你原有神农架叙事的印象。从批评界来讲，神农架和《天露湾》，是两种写法、两个世界。

陈应松：似乎是两个完全不同的人写的。

李徽昭：对，确实有这样的感觉。所以您写的时候有没有自我的犹疑与追问，原来风格的放弃，再来这种跟现实主义、现实生活非常切近的书写，这样怕不怕批评家对你质疑。

陈应松：我刚才讲作家要有几套笔法，一定是这样的。这不仅如此，我觉得很多好作家都是有几套笔法的。像莫言写过《红树林》，后来还拍成电视剧了。

"在世界文学之都，与文学大家面对面"陈应松对话现场

李徽昭： 但莫言说这个小说写得不好，不大提起的。

陈应松： 像贾平凹题材风格都很多样，有《废都》，也有《带灯》这样现实性的小说，还有《怀念狼》这样的魔幻小说。我直截了当回答你这个问题，我不担心会丢掉过去。我跟南京非常有缘分，神农架系列第一个作品，叫《豹子最后的舞蹈》，就是在《钟山》发表的。获鲁迅文学奖的《松鸦为什么鸣叫》也是在《钟山》发表的。神农架系列两个长篇——《还魂记》《森林沉默》，都是在《钟山》发表的。我在南京领过几次奖，其中《钟山》两届长篇小说奖，南京是我的福地。

但一个作家某阶段所得到的生活素材不同，所写就会不同。《天露湾》是关于故乡的小说。我不是神农架人，我是湖北公安人，有次和当地领导在一起，某领导说，陈老师你是我们公安的骄傲，但你没给公安写作品，总写神农架，神农架也不是你的故乡啊。我有一种歉疚感，这种歉疚感有二十年了，每次回去我都觉得对不起故乡，他们这么尊重我。我的家乡有葡萄产业，他们带我去看，说能不能写一个我们葡萄产业的故事。我当时想写一个中篇小说，或者电影，或者散文，等等。跑了很多地方，了解很多故事后，我的思想有变化。以前神农架作品都写的是高寒山区农民，比较贫困、落后、愚钝，与世隔绝，甚至还烧火田。什么叫烧火田，就是把这一块山，周围搞一个防火墙、隔离带，他们还生活在半农半猎时代，所以我之前的长篇都是写的这些。

但我的家乡是江汉平原，荆州市公安县，虽然没有江浙农村这么现代发达，如苏南农村远远超过了韩国和中国台湾地区；湖北江汉平原也是一个富庶之地，跟江浙一样，没有一寸荒地，农民的耕种水平非常之高，精耕细作，特别是现在。我生活在武汉，不知道现在的农村是怎么样的，结果有一天我申请回荆州挂职，发现这片土地全部机械化了。我也当过几年农民，那时非常苦，面朝黄土背朝天。过去我们瞧不起农民，认为农民就是愚昧、落后、保守的代名词，像江苏高晓声写的《陈奂生》等，愚昧且小家子气。

李徽昭：有学者也认为高晓声笔下的农民缺点太多。

二 现在农民对科学的掌握和学习是无法想象的

陈应松：现在的农民完全不同了。我们的作家批评家，也说农村题材是一个过时的题材，因为农民就代表落后的、农耕时代的文明，农村正在不可扭转地衰败，一片被遗弃的荒凉，农村和农民不代表文学书写的方向，城市和白领才是这个全球化和信息化时代的象征与主角，所以很多写乡土农村题材的作家转向城市了。

李徽昭：新时代可能会有个反向，《天露湾》也可能就是一个契机，我想需要追问的是，城市化到底能走多远，城市化主导的经济曾经驱动中国几十年的发展，走到现在，以后还能否继续成为中心，可能也面临这样的探讨。所以国家提倡新农村建设，强化农村发展，今天农村的基础设施跟30年前完全不一样了。《天露湾》里也书写了这种趋势，像大学生放弃城市工作返乡创业，投射出未来农村的新样貌，或许也是您理想的农村，我是这样理解的。

前几十年城市化确实很快，变化很大，但负面问题也不少，建筑、人群、交通拥挤，人际隔膜疏离，产业关联受限，等等。现在又面临逆全球化的大环境，外部形势大家都知道，所以中国经济的再驱动，经济发展的新动力在哪里，我觉得可能就是农村，这是我的理解或者是偏见。起码从《天露湾》里看到了，陈老师对故乡、对农村的那种期待。

陈应松：这也是我想要表达的，小说中，为什么洪大江和金甜甜要重回乡村，他们要建这个庄园，其实不只是一种投资，而是一种生活方式。随着对生态的重视、乡愁的再发现，我们越来越感觉到，乡村可能才是我们的精神归宿。

现在的乡村，不是那些待在城里、阳台上、书房里的作家想象的乡村，乡村有它的活力，是充满希望的，乡村是我们精神和肉体的双重归宿，虽然我们梦中的理想的乡村还没到来，但很多乡村已经非常漂亮美丽并且现代了，他们生活的宜居程度、舒适度和幸福感远远超过了喧嚣、紧张、压力大、空气质量差的城市。不要说苏南地区、江浙，像湖北有些乡村真的很漂亮，简直是世外桃源。这几年国家对新农村建设的投入非常大，你想象不到。

过去说城市就是靠乡村来哺育的，城市要反哺乡村，确实是，我有时候问村民，我说你们路修得这么漂亮，道路、路灯都很漂亮，绿化那么好，各种设施齐全，环境生态像公园一样，国家投了多少钱？其实也没多少钱，一个村也就一千来万（元），用于基础设施建设，还有农民做民宿，一家要投两三百万（元），苏南两三百万（元）不算多，但对湖北来说两三百万（元）不少了。

现在农民对科学的掌握和学习是我无法想象的，我在小说里写了，葡萄不再是农耕时代的自然成熟，每一颗葡萄都是现代农业科技的结晶。对一个农民来说，各种各样的播种、管理、收割，都是农机操作，化肥都是生物科技，如何使用清清楚楚。各种各样的养殖、栽培技术，各个环节，你都得懂，比如说葡萄，我才知道技术含量那么高，一个葡萄庄园可以有七八十种葡萄品种。所以新时代的新农民，不再是干体力活，现在完全靠智慧和文化来掌握现代科技。

李徽昭：看出来您对农村的情感非常不一样的。所以小说中的很多农民已经不是传统意义上的农民，像洪大江是华中农大毕业研究生，放弃上海高薪工作，职称、职务全都不要，来农村种葡萄。女主角金甜甜，这个形象非常有意思，她是比较独立的，而且敢于寻找自我。快高考时，因为家庭的小变故，突然就放弃了，要进城寻找爱情和自我，独立意识非常强。包括后来跟洪大江种植葡萄，去投资。我能感觉到您把自己对乡村的深切期待，包括对女性独立意识的认同，都放到了金甜甜这个形象上了。这个形象跟您神农架系列女性明显有区别，神农架系列女性很少在公共场合出现，也很少有自我的独立选择。金甜甜则是非常亮丽的风景线，特别是在几个关键时刻，勇敢地放弃与选择，像选择比她年龄大20多岁的男人，又勇敢离婚，再寻找旧爱，而且鼓动洪大江实现理想，成为洪大江这个男人背后的推动力量，让洪大江成为洪大江，非常有意味。您写的时候是不是包含了对乡村女性的新认知，我不知道您写的时候有没有这样的认知？

陈应松：徽昭教授提到这个，我要先告诉各位朋友，这里面的人物百分之六七十都是有原型的，是生活中感动你的东西让你想写出来。过去写神农架，很多都是面目模糊的，都是一些虚无的对象，当然她们也都很勇敢，也有一些女性人物。《天露湾》中的金甜甜，她勇敢承担、有担当，敢于做自己，经过磨难，却凤凰涅槃，这个人物也是有原型的。

洪大江的原型的确是一个上海回来的研究生，会创业，悄悄地种葡萄，但故事是虚构的。金甜甜也是，这个原型过去在南方做生意，做得很大，有个契机就回乡种葡萄，并经营着江南地区最大的葡萄庄园。现实中两个没交集的人物，出于小说故事的需要，我将他们虚构了一个青梅竹马，感情笃深，遭遇变故，终成正果的爱情故事。

感动你的东西，一定想把他写出来。关于风格的问题，像这样的题材、故事肯定不能以我过去惯用的魔幻手法去写，只能用正宗的现实主义方法去写。这个题材决定了叙事风格，决定了故事走向。不管金甜甜也好，洪大江也好，他们的命运走向是暗合时代变迁的，他们必将会成为这块土地最新、最好的主人。

"在世界文学之都，与文学大家面对面"陈应松对话现场

李徽昭：乡村确实要重新审视，这么说，让我也想做一个地主了，想回到乡村种菜种田了。

陈应松：小说里写的葡萄园里有蛙声，这也是我的田园梦，就是想，乡下孩子，晚上还能在葡萄架下看到萤火虫，听到蛙声，这样的生活很壮观、很美好。非要到城市拼命，一辈子朝九晚五。像我住在武昌，如果在汉口上班，坐很早的地铁，地铁里挤得一塌糊涂，都是大学刚毕业的孩子。如果是在农村你就回去包一块地，现在一亩葡萄的产出，像小说主人公金甜甜和洪大江，一亩产值20万元，只要你有头脑、能吃苦、有经验，绝不比城市收入少，只会更高,生活质量也很高。我有朋友,在城里也是厅级退休干部,不想在城里生活,回老家把老房子进行改造,非常温馨,有个小院,种点小菜、花草,也有抽水马桶、淋浴房、茶室,有城里的生活质量,有乡村的自然风光,生活也便宜,简直太幸福了。也有好多下乡知青悄悄回到下放地,可见乡村是吸引人的,是我们心灵的归宿,回到天露湾、回到山水间、回到乡愁中,这是我小说想表达的意思。

李徽昭:陈老师的乡村理想,我心里面比较赞同,但大部分青年的乡村和城市认知其实是错位的。

三 世俗生活与想象天堂是可以融合的

陈应松:你是城市孩子还是乡下?

李徽昭:我是农村的,有过很多田园生活记忆。但你要知道,文化科技经济中心还是在城市,年轻人大多还是向往城市。我倒想,如果有城市的眼界、历练,再看乡村,就会形成两个视野,两个视野中的互动,可能才有重回乡村的可能。城市和乡村毕竟是两种文化,哪个孩子甘心在小乡村吃喝玩乐相对匮乏的地方待一辈子呢?到城市,购物中心广场什么的,要吃什么有什么、想玩什么玩什么。所以可能年龄大了以后才想回农村,少年时肯定希望到远方,比如巴黎、纽约第五大道什么的,影视小说塑造的理想还是不一样。这就是一个世界往还的问题,到世界去看过,才能回到生命起点,回到曾经的安静田园。

所以乡村田园可能大多是理想中的。中国古代田园诗歌非常多,像王维的诗歌、绘画等。为什么中国古代以山水画为主,要么就是花花草草,诗歌也是,《诗经》里写到很多花草,中国有浓厚的乡土田园文化传统。但如果没有城市工业化,可能你的乡土田园只是乡土田园,但经过城市工业映照反观后,田园不再是原来意义上的田园,乡愁也不是那个传统意义上的乡愁。

我注意到,《天露湾》有一个出现很多次的意象,就是碗。每个人都需要饭碗，金饭碗、铁饭碗什么的，非常有意味。洪大江跟金甜甜小时候埋下这个碗——

陈应松：然后把这个碗带走了。

李徽昭：这也让我想到，城市的碗和乡村的碗是不是也有差异性，洪大江后来把这个乡村之碗带到武汉去了。

陈应松：是，一路带，从天露湾带到武汉，从武汉带到北京，再到上海，然后再带回来。

李徽昭：您写的时候怎么思考碗意象的问题。

陈应松：我不知道在座各位有没有乡村经验。过去埋个陶碗，我们叫"过家家"，你埋一个陶碗，埋在门口某个树下，就会梦想成真，就会走向大海、走向远方。我就是把小时候的这个游戏写进去了，通过埋一个碗想到远方，或者又回来，回来后我要物归原主，要还给金甜甜。金甜甜问这个碗还要用多少年？他说用60年，这个意思是想向她表白。这个碗有什么意象，我也没想太多，不是说一个饭碗，要把它补回来，当然也有这方面的意思。

李徽昭：碗是一种特有的意象，值得咀嚼。你在早期，包括《豹子最后的舞蹈》《松鸦为什么鸣叫》等神农架系列对自然的关注是非常多的。我能理解，您对城市和乡村的情感是很不一样的。神农架系列中，有不少魔幻叙事，包括用动物视角、亡灵视角写故事，80年代这种魔幻叙事很流行，与马尔克斯他们有关，湖北作家，像方方《风景》里也有亡灵视角的叙事。这些跟《天露湾》不一样，《天露湾》的叙事像电影镜头在推拉摇移，就是你说的正统的现实主义叙事。你刚才说，在神农架写的《天露湾》，神农架的林区，静谧的大自然空间，可能是寂寞、孤独的，是面向自我的，很少有人对话，消费也可能受限。我不知道您写《天露湾》，怎么样去实现这两种世界的摇移推拉。

陈应松：徽昭教授的这个问题，我还没想很多。简体字，人在山上为仙，人在谷底为俗，这是两种生活，一种世俗生活，一种想象天堂，两种生活是可以融合的，我不能说在神农架我就不食人间烟火，天天食云雾，那也不行。在山上生活，神农架就是一个魔幻、神秘的，令我们无法理解的地方。我这两年在《钟山》开了一个"神农野札"专栏，写了很多奇闻逸事，就是异事、异物、异兽这些神秘的东西。只要你一进入神农架，那个气息就不一样，就真的感到会碰上野人，可能是人的精神容易出现恍惚和幻觉，可是你出山之后回到现实，会是另外一种精神状态与感觉，这两种生活是可以并存的。《天露湾》也可以说是一部生态小说，我没有加入魔幻的东西，是想回到现实中的美丽生态中去。葡萄本身是很有诗意的植物，在湖边有葡萄园、有萤火虫和蛙声，真的很美，这不是想象，这就是实在的水乡生活，这也是一个生态。

李徽昭：但《天露湾》的生态跟神农架生态是两个概念，《天露湾》其实是高科技的生态，是科技让农村变得不再是传统意义上的原生态。

陈应松：不是农耕时代的乡村。

李徽昭：完全高科技的。

陈应松：但是我的梦想，要过的生活还是我们小时候的生活，晚上去捉萤火虫，坐在湖边听蛙声。当你经过生活的各种折磨，就是想回到乡村，回到童年的记忆，因为它的确是我们最终的归宿。

四 文学提供了与现实疏离的异样世界

李徽昭：陈老师给我们提供了一个非常理想的田园生活，在南京这样高楼大厦的城市，希望大家心里都能有一个回归自然的田园梦，都可以从天露湾找到心灵期许之地。

我问个题外话，您从80年代经历了改革开放、文学热潮，有没有什么印象最深的事情或记忆可以分享一下，在座很多是"90后""00后"孩子，这样的经历对他们来讲还是挺有意义的。

陈应松：我们经历过太多，我就讲一件，就讲海南建省，叫10

万学子渡琼州海峡。听说海南建特区，大学生们蜂拥到海南，这样的经历现在也想象不到，就好像有一种偷渡的感觉。

李徽昭： 您当时也闯海南了？

陈应松： 我当时分配在湖北省文化厅，每天按时上下班，我就想到海南去，去了3个月，找不到工作。海口市满街都是逃难式的大学生，各种名牌大学的，有卖稀饭的、有蹬三轮的、有开酒馆的，都想办法赚钱，结果99%都是失望而归。80年代是写作的黄金时代，但具体的生活并非黄金时代，现在生活更好，现在的时代给我们年轻人提供了更多选择的机会。

李徽昭： 还有，四五十年来，您觉得文学给予你最大的收获是什么？

陈应松： 说实话，如果不搞文学我可能就是小镇街头的小混混，要不就做小生意、小买卖，脖子上挂着个化学大金链，老了就搓搓麻将，喝点小酒混吃等死。文学成就了一个人，一辈子干一件事，多好，而且我每天都干这个事。没有文学，我就是一个一无所长的人。回到我出生的小镇上看我现在的同学，有的去世了，活着的面目呆滞、风霜满脸，有修车的、摆小货摊的。文学成就人，会给你很多回报。写作的确是一种自我成就，如果你坚持下去是能成就你的。不管你最后有没有成就，成多大的作家，如果一辈子热爱写作、热爱读书，这一辈子你是不会荒废掉的，不会被命运遗弃，不会成为大家都讨厌的人，这是我最大的感觉。

李徽昭： 说得好，文学提供了与现实保持疏离感的异样世界，是对现实世界的映照与回望。写作也是一种跟别人沟通表达的能力，读了作品，写了东西，你就多了一种跟他人、跟世界沟通的、相通的东西，比如审美、文化上的同理心、同情心，都是文学馈赠的。同时，文学还有一个更深层的意义，包括国家、民族文化认同。我们讲的是汉语，用汉语写作，包括海外华人的汉语写作，他们也有强烈的母语文化认同。像您写作时字斟句酌，也是去安放、去处理自己跟语言的关系，就像神农架系列里面弥漫的神秘，也是母语给予的对生活精准捕捉、表达呈现的能力。

陈应松：写作和读书是一个道理。第一，写作也要读书，多读书才会写作。读者和作者共同完成的一部作品，没有读者，作品就没意义。写作和读书是给你一个包裹，就像外壳一样的包裹，避免社会对你的伤害。关进书房，就是避开了现实对你的伤害，所以写作和读书是躲避社会伤害的一种方式。

第二，写作和读书，如刚才徽昭教授讲的，它是一种对话。不管是精神对话，跟现实、跟历史对话，它的一个作用就是让你找到自己的位置。在这个世界上，每个人都是多余人，感觉这个世界没有我的位置，但如果你写作和读书，就可以很快找到自己的位置，有了一种角色感、存在感，并且有了某种责任和使命。比方说像《天露湾》这个小说，通过它的写作，我找到了跟乡村现实对话的可能，我有了新的位置，我是一个发现者，等等。找到了自己的位置，你就不再迷茫，在这个世界上，不会老觉得没有一点用，没存在过。人一妄自菲薄就缺乏自信、自尊，甚至自恋。写作可能会增加你的自恋，但一个人要自恋，要有极强的自恋感才能在这个世界生活，才能增加你的自信心，所以读书写作真是非常好的事。

如果读书多了你就会开始写作，读、写都是一体两面的，写的时候也要读，在读书上，一个作家有他的目的性，这种目的性就是说我想要知道什么。但光读书不行，我看很多藏书家，什么书都有，但他读书不是一个系列或专注哪些书，一辈子就这么读下去也不行。所以要尝试着动笔写作，只有开始写作才知道怎么读书、要读什么书。

提问1：陈老师，作为当代最著名的生态作家之一，想请教一下，当时什么原因让您选择去神农架写作和生活，并坚持20多年。

陈应松：说来话长，但简单讲就四个字，误打误撞。在湖北，神农架是最偏远的地区，当时我非常厌倦城市生活，我的单位是湖北省作家协会,我是专业作家,衣食无忧,可以写也可以不写,不会减我的工资。但我觉得,在一个作家艺术家成堆的大院里非常压抑,觉得前景也暗淡,自己也很无聊,周围的人虽然是同行,打起交道来却发现没多大意思,谈不到一块儿。大院里老作家太多,经常在门口看一个又一个讣告,会让心里阴暗很久。别人叫你打麻将,你不去也不好,去了精力不集中,总是十打九输,就是去送钱的。就想躲开这些人,躲开这些让你心情暗淡,甚至有点绝望的地方。在这里现在就能看到你的结局,就想到远方去。我自称是一个城里的乡下人,生活非常简单,就是写作,晚上出来放风,就跟坐牢一样。于是我申请去神农架挂职,写了一系列的神农架小说。当时也没想到生态写作,有一天接到一个通知,全国首届环境文学奖给了我一个奖,当时叫环境文学,现在叫生态文学。我就是这样误打误撞,走上了生态写作的路。生态保护、生态文明建设很重要,作家的确应该为生态做一些事,或者自己的生活也应该是生态的。在神农架PM2.5为零,不像城市动不动就雾霾爆表了,另外在神农架森林里,你的什么呼吸道疾病、眼睛干涩是不存在的,有也可以被治愈。还有神农架的绿色美食(特别是野菜),我非常喜欢。也许我的前生就是一个草食动物,在那里我找到了幸福感。一个作家认识自己也是慢慢的、一步一步来的,不是开始就想好直奔那个东西去的,文学就是在不停行走和写作路上认识自己的一个过程。

提问者2:我跟陈应松老师都是属猴的,您讲的让我回到了儿时,我生在农村、长在农村,进城后又下放到农村。农村那些地方我觉得是野趣,像小时候田园间的玩耍,我很向往这种生活。我15岁回到了城市,现在很幸运的是农村还有家,有时候也会回老家看一看。你说让你感动的东西就把它写出来,我觉得您讲的让我特别感动,我就想表达一下感动。

陈应松:真的好羡慕你在乡下还有家,我的老屋已经被拆完了。我离开老家的时候500元卖掉了,后来又被拆掉了。农村有一个家多好，还有一块宅基地。我好多朋友都是这样，有宅基地，建3间房子，一个小院子，养点鸡、养点鸭、种点菜。所以你的生活我真的很羡慕，虽然不是全部在那里生活，但至少那里还有一个落脚的地方。

文学就是能唤醒我们的记忆，如果有感动的东西你就写出来，不一定要写小说，虚构可能是一种天生的能力，不行就写散文，写一写小时候的记忆是非常好的，可以锻炼你的笔力，重新唤醒你的记忆，有些记忆唤醒是非常美好的。有乡村记忆的人，我总觉得比城里人幸运。为什么，人本身就属于大自然，人就是行走的植物，需要大自然来滋养。

城里小孩，如果有乡下亲戚、外公外婆、祖父祖母，把小孩放在乡下，放一两年，动物、植物的这些接触会让他变得聪明。跟大自然一起长大的人，他的精神是完整的，他的精神发育不是畸形、断裂、苍白的。农村长大的孩子很少出现抑郁等精神状况，很少有精神疾患。为什么，大自然给他很多营养，让他的精神踏着地气茁壮成长，平和、善良、通融。惠特曼说："我知道造就好人的秘密，就是在野外长大，与大地一起作息。"

不管怎样，我想感动的东西一定要写下来，这个感动有正面的感动，也有愤怒的，如果有愤怒也要写下来。比如我的《豹子最后的舞蹈》，这只被一个姑娘打死的豹子死得非常之惨，豹子是老豹，把它开膛破肚后发现胃里面一点食物没有，是饿死的。当时我非常激愤，总觉得豹子死得太惨了，而且是神农架最后一只豹子，我有足足两个月心里不是滋味，伤心得不能自拔，整天想着这只豹子，这也是一种感动，一种激愤的感动。情绪饱和的时候，不管什么情绪一定通过文字释放出来，这是最好的，我在这种状态下，将这个小说写出来了。当情绪很饱满时，你的文字也就很饱满，我们要抓住这样的机会。写作最重要的是诚实，真诚地表达我自己，千万别装。很多装的作家，文字非常矫情。所有有成就的作家都是非常真诚的，无论是讲话、做人、对人。不要怕写得不好、文字怎么样，文字因为感动是有力量的，真诚最有力量。

（本文为 2022 年 5 月 25 日南京市西善桥街道"在世界文学之都，与文学大家面对面"活动对话录音整理稿）

散文是一个非常广阔的文体
——对话陆春祥《云中锦》

一 笔记其实是古人非常在意的文体

李徽昭：本期嘉宾是散文家陆春祥老师。大家知道，小说以虚构为能事，散文则以日常人事及相关情感表达为主，二者的社会阅读量都非常大，但一般来说，大家知道的小说家比较多，散文家则相对较少，而散文又是日常生活比较切近的，初高中作文教学考试也都以散文为核心。20世纪90年代，散文曾经非常火，像余秋雨就是当时的现象级散文家，有个说法，就是余秋雨的《文化苦旅》是当时中年妇女手包里的标配。21世纪后，散文写作相对沉寂了一段时间，近几年又看到一批散文家出现，春祥老师就是其中受关注较多的散文家，他的笔记散文在题材与写法上都有特定角度，特别是"笔记新说"系列七八部集中出场，堪称散文写作的新现象。今天分享的散文集《云中锦》，聚焦9位古代笔记名人及他们的代表作品，有不少跟南京是有关系的，一会儿细谈，先请陆老师跟大家打个招呼。

陆春祥：非常高兴来到西善桥。我工作的单位是杭州日报社，报社附近有一个宝善桥，所以我一看到西善桥就非常亲切，都是善桥，一定有善的故事，我百度了下，说南朝的时候，一个和尚做好事，修了东善桥和西善桥。其实，我们写作的过程就是在寻找，有写作习惯的人，到一个地方一定会去寻找某种联系。杭州和南京有很多相似的地方，今天来南京做这场分享会，相信会很有意义。

李徽昭： 长三角确实越来越近，杭州、南京的空间、时间距离都越来越近，回到历史去看的话，特别是明清以来，两个城市人文关系更是相亲相近。比如这本书里的袁枚和李渔。袁枚中晚年生活的旧址就是现在南京师范大学的随园校区，我们知道他是杭州人，您写袁枚、写随园时，写他从杭州到南京的经历，那么南京对他生活的意义，您是怎么挖掘、怎么表达的？

陆春祥： 先说李渔吧。李渔原名李仙侣，他生在江苏如皋，他父亲是做药材生意的，在少年李仙侣刚刚踏入青春的门槛时，他父亲突然去世。而此时的青年李渔，刚刚娶妻生女，他必须回原籍去，他要在那里挣功名，带着一身的重负，李仙侣携妻带女，在金华和兰溪一带奔波，后来又到杭州发展，再迁南京。我在写李渔过程中，一路寻访，北京、南京、兰溪的芥子园，以及他的故里，我都走过。我把李渔看成中国第一个自由撰稿人，他完全靠稿费生活。他在差不多40岁时，低价卖掉老家的别墅，从兰溪迁居杭州，在杭州的武林门外附近租住，开始写剧本、卖剧本。李渔在杭州十年，写作、编书，都很畅销，挣了不少银子，所以就出现了很多盗版。对靠稿费生活的人来说，盗版是非常令他愤怒的。他辛辛苦苦写出来的东西，你不花一分钱就可以拿到别处用，所以他到南京来。几百年前，一个男人，到了知天命的年纪，显然有些高龄了，而这时候的李渔，老婆和妾有四个，两个女儿，一个儿子，还有不少仆从，他拖着一个数十口人的大家，一脚踏进陌生的南京，勇气和底气来自哪里？这里有更大的出版市场，自然，他也相信自己的写作实力。然而，在李渔的一生写作中，维权反盗版效果一直不太明显，虽然恨得咬牙切齿却也无奈。十五年后，66岁的李渔，卖掉南京的"芥子园"又回到杭州，在云居山一带，建了新居，因房屋坐落在山坡上，阶梯而进，故他将别墅命名为"层园"。为什么又搬回杭州？原因多方，一天天老起来，思乡情绪越来越浓，儿子们也要回原籍考试，经济状况也不是太好，虽然杭州不是他的出生地，但是他辉煌的起点,是浙江的中心。

再说袁枚。我们都知道他的笔记小说《子不语》。我以前也没有太关注李渔、袁枚的人生,只关注他们的作品。但写《云中锦》时,我就得将他们的人生好好理一理。写袁枚,我从汪景祺的头颅写起,一个文人被杀了,头被挂在北京城门上达十年之久。谁的人头可以挂十年之久呢?其实就是政府用来恐吓的工具。换个角度理解,汪的人头早已风化成骷髅,可乾隆朝"文字狱"中的案犯却越来越多,不少人都丢了性命。几乎所有的文人们都因此小心翼翼,生怕笔下哪一个字,某一天突然发出电光石火,引火烧向自己。这就好理解了,为什么袁枚干了七年知县,势头非常好,突然弄个随园隐居起来?时势是一个重要原因。

《云中锦》中,还有一个跟江苏有关的作家是沈括。我也去过镇江的梦溪园寻过沈括晚年的踪迹。所以我觉得,写作就是寻找,特别是涉及数千年来历史的东西,更需要仔细寻找。有人说还能找到吗?有的遗址遗迹确实没有了,但作为一个好的写作者,找过和不找过,感觉完全不一样。我看过的地方,比如李渔的好多个芥子园,尽管看的时候不是过去的芥子园,但不妨碍你穿过几百年的时空与想象。

徽昭刚才说到小说,小说跟笔记是很有关系的,历代笔记大概有三大类:小说故事类、历史琐闻类、考辨考据类。小说其实就来源于中国传统笔记,南北朝以来的笔记,有不少就是虚构的小说。刚才主持人说,小说是目前文学样式里非常强势的文体,我有不同意见。如果我们追寻小说的出身会发现,中国文学传统中的强势文体,应该不是小说,而是诗歌。摇滚歌手荣获诺贝尔文学奖时,我发了个微博,我说这是向2500年前的《诗经》致敬。摇滚歌手可以获诺贝尔文学奖,获奖的应该是他唱的歌词。在中国文学传统中,除了诗词赋,古人常用的写作体裁就是笔记。所以你看,中国古代名人、诗人什么的,好多都留有笔记,这其实是古人非常在意的文体。

小说如果要追寻的话，可以从《世说新语》开始追。前几年有一个电影，就来自裴铏的《唐传奇》，全文只有六百来字。

李徽昭：侯孝贤的《刺客聂隐娘》。

陆春祥：前年《袖中锦》出版时，有一个电视剧很火，叫《长安十二时辰》，这里面用的也有不少笔记的题材。所以谈笔记，我觉得非常有意思，国内作家现在开始涉及笔记的也比较多了。很多人以前没注意到笔记，现在从笔记里找适当的素材，然后看哪些跟我们今天还有关系，可以打通的，这样看，笔记里有大量的可以做今天养料的东西。所以，我们各种各样的读书人（比如领导干部），如果读这个笔记的话，可以读到很多东西，至少在平时讲话和发言中，可以有很多新鲜素材，这在一般的作品里是看不到的。

李徽昭：传统笔记确实资源丰富，也是中国文化另一脉络的代表。说起李渔是比较有意思的，他在南京时印制的《芥子园画谱》影响很大，现在学中国画的人基本上离不开这个画谱，其中竹子、山水画法，有很多格式化、模式化的梳理呈现，这个画谱在海外影响也很大，韩国、日本绘画都很重视这个画谱。在对李渔的阐述上，你是一个总括性的书写，如果单独就这个人物看，这个人物最让您感动或觉得对当下有意义的是什么？

"在世界文学之都，与文学大家面对面"陆春祥对话现场

陆春祥：首先，靠稿费养活自己就非常了不起。其次，这是一个活得比较辛苦也比较自在的人。李渔的收入有好几个来源，除了写剧本，还有比如说编年选，就像现在的编年选，他编完后会去一个个拜访这些年选作家，比如收了这位家在福建的，比较有名，就带着作品去拜访他，拜访过程中，对方除了接待，还会给一些路费、稿费，这应该比较可观，这也是他的交友之道。后期，他还以两个小妾为台柱子，组建了李家班去演戏，他已经是有名望的作家，所以非常火，也赚了不少的银子。我认为，李渔《闲情偶寄》成就要超过戏曲，《闲情偶寄》看着闲闲的，但里面凝聚着几十年各个艺术领域他最深的感悟，比如戏曲、种植、花卉，李渔爱水仙花，像命一样。所以，这是一个非常复杂，也是一个立体的人物，有着独特的生存智慧。兰溪夏李村，李渔祖居内的图板上、李渔小广场边的石雕上，依次写着李渔的多个头衔：思想家、戏剧家、戏剧理论家、小说家、史学家、诗人、词人、书画家、园林建筑设计师、出版家、美食家、旅行家等，数一数，多达24个以上。所以我说，李渔的舞台，戏如人生，人生也如戏。

李徽昭：我们现代工作都是细分的，像进大学只能学一个专业，但古人很多是综合、立体的人，不是单面单一的，这也是李渔成就很大的原因。如果从另外视角来说，所有行业门类都有相通处，所以我们讲"通和趣"，没有通的话，趣也会很小，格局也会很小。

书里9个人物，大部分都有从政经历，有不少从政不久就放弃了，比如袁枚，他是认识到那个时代，做官员风险很大，他在江宁、溧水、沭阳做了七年知县，就放弃了官职。我们知道，中国古代入仕做官是文人最高目标，在清朝，除了风险，还有什么情况可以放弃这些。还有，所谓笔记体、笔记小说，其实是跟冠冕堂皇的诗文形成反差的。传统诗文是士大夫的正统正道，是面向天下、朝廷，按照儒家道统写的社会序列里的东西。笔记则跟那些正统诗文区别开了，笔记是写给自己看的，是内心深处要说的话。所以这就形成了反差,您对这些笔记作者的官员身份是如何审视的?

陆春祥:这与科考制度有关,古代文化人大多是科考出来的。我去年完成了《陆游传》,陆游其实是官宦子弟,16岁他去京城科考没中,19岁再考一次又没中,后来回去结婚、父亲去世,到了29岁参加锁厅试,成绩第一,但运气不好,与秦桧的孙子同榜,礼部试时,就被秦桧找了个理由给弄掉了,尽管很有才,却一直到了34岁时才授了宁德县县簿,一个九品小官,幸亏后来宋孝宗看他有才,赐他同进士出身。沈括也一样,沈括也是先去苏北做了一个主簿,几年后又回头去考进士。所以像沈括这些人仕途都是很难的。古代不少文人,听着名气很大,他们的人生与仕途大都艰难,所以,读书写作就成了他们透气的最好方式。而这种写作,写作与体例都随意得很,今天一段,明天一段,今天记这个事,明天又是另外完全不同的事,比如陆游的《老学庵笔记》十卷,卷与卷、段与段之间是没有什么太大联系的,所以初次阅读时有些不适应。而我在写作笔记新说时,作者官员的身份也会关注,但我注重的是他们人生的挫折,可能越挫折,笔记里就越能得到某种性情的反映。现在我们能看到的历代笔记,朝代越往后越多,宋代笔记现在能看到的名目有1500多种。官家修史的时候,各种笔记就是一个有益的补充,或证实或避讳,各种各样的,元人编《宋史》时就用了大量的宋代笔记。

二 写作《云中锦》,我有意识运用了一些小说笔法

李徽昭:这是挺有意味的地方,笔记不是像现在朋友圈可以随意发的,不是公开的。古代文人笔记是面向自己内心,阐释内心真实性情的。袁枚就是,很多笔记呈现的就是相对个性化的自由文人意识,他要把内心真实的东西呈现出来,跟他官员身份是不一样的。七年做官也可以有成就,但这个位置上更多的把本我压抑了,超我意识比较强,所以官员身份跟笔记文体形成了一个反差,这是文体

学上很有意思的现象。

另外,像笔记这个文体跟您写的散文,某种意义上也有一些相关性。与小说不同,散文更多时候是面向内心的,散文文体的意义也在这里。笔记也是,跟诗文、跟面向官方的文章形成了反差。您这本书里,运用小说笔法来写散文。也有不少虚构的成分吧。您在写的时候是怎么考量的?

陆春祥:我的笔记系列已经出版很多部,每一部都有侧重点。《云中锦》是以人为中心,重点挖掘笔记作家的人生过程及重要作品。写作《云中锦》过程中,我有意识运用了一些小说笔法。大家可以看标题,比如《如鹤》,因为袁枚说自己的腿像鹤立一样,我用鹤立鸡群的形象来说,我想拓展一些新颖的结构和角度。虽是小说笔法,但我基本没有虚构,我所写的都是真实的历史人物,所依据的也都是各种公开的史料,我只是将他们写得更软一些、可读性更强一些。

你说现代散文不允许虚构,到目前为止,我写的散文没有虚构,我坚信95%以上的散文写作者也不赞成虚构。如果散文写的事全是虚构的,我觉得不是散文,那是小说。中国写作队伍里,写散文的非常多,几乎所有写作者都是从写散文开始的。散文似乎谁都可以写的,但好的散文还是不多,也就是说门槛很低,层级很高。我们讲散文的时候,常常发现将散文定义在一个非常狭窄的概念里。现在,我们要返回过去考量,你会发现中国散文的内涵和外延是非常丰富和广阔的。比如古人作画,随便写几句题款都是散文。

李徽昭:中国古代散文相对的是韵文,押韵的韵文,诗词歌赋相对的都是散文。

陆春祥:现代散文的概念是很年轻的。从散文的传统看,这是一个非常广阔的文体,这个文体是所有官员的必备,官员去一个地方任职,第一件事就是向皇帝写一个表,表个态,感谢皇帝栽培,以后一定尽忠报国,好好工作。这都需要一定的格式,如果用错格式，说不定你的政治生命就会完结。但同时，不少写作者对历代形成各种散文模式，特别痛恨，比如八股就是。我个人有一个观点，我们不能被条条框框或者说格式约束。我曾经写过《格式化是一种灾难》，但说实在的，不少写作者现在都不知不觉进入格式化。一个有思想的读者，一定要火眼金睛。这本书读后给人的某种启发，恰恰就是这个作家的某种创新。踢足球必须在场里面，写作不一定在场里，太多的写作者，文体越界概念、犯规意识相当差。如果没有越界、犯规就没有创新。我个人认为，《云中锦》中还是有某种的越界，不过，这个我说了不算，要读者鉴定。

"在世界文学之都，与文学大家面对面"陆春祥对话现场

李徽昭：《云中锦》的序就是很大的越界，序中，您以陆布衣的身份跟9个历史人物一起上场，进行对话和交流，非常有意思。

陆春祥：高峰论坛。

李徽昭：对，高峰论坛，也是序的写法的一种越界创造。实际上，格式化是一种现代意识，前几年智能机器人小冰写诗，就是机器的格式化，有的竟然比一般诗人写得还要好。作为一个写作者，以文字去寻找对格式化的对抗，对技术化规范化的对抗，意义可能恰恰也在这里。所以，散文文体其实包容性很强，大家接触最多的文体，可能就是散文，包括写个通知，跟领导发个信息、打个报告，都跟散文文体有很深的关系。从您来看，散文写作中，您认为最高境界是什么？

陆春祥： 每个人的观点都不一样，很难有确定的答案。鲁迅说过，"散文的题材，其实是大可以随便的"。我个人的观点是"有文有思有趣"。文是文才，思是思想，趣是趣味。文采和思想是中国几千年来文章好坏的基本判断。萧统的文选序就讲"事出于沉思，义归乎翰藻"。前一句是说写文章一定要给人思考，后一句，就是你的文章要有文采。但目前像新媒体时代，信息爆炸，每个人都有微信，一篇文章看下去很好，看不下去也就几秒钟，尽管写得非常简洁、准确，而没有趣，别人就看不下去，但有趣，又是一个很大问题，不只是幽默之类。自媒体不乏有趣的东西，甚至有趣到低级、庸俗。所以，我用一句话概括，"好文字、有情怀"，两者兼具才是好文章。这是我的判断。我经常做各种文学比赛的评委，评审到最后，文章差不多一样好，怎么来确定，我认为最后看他的情怀，就是讲品位。有一句话叫"为人需谨慎，为文需放荡"，做人就是要老老实实，但作文却不能老实，如果规规矩矩，那写出来的就是格式化的，所以文无定法。

李徽昭： 我说过好多次，日常生活中，散文文体意义很大，也最容易被忽视，希望大家能更多关注这个问题。

您的笔记散文有不少系列化呈现，比如动物系列的，就专写动物，可以看出古代笔记散文在处理题材时，面很广，比如袁枚《随园食单》，包含了很多吃的东西，写得很详细，我有段时间专门用毛笔抄过，非常有意思。袁枚也是夸张地写了很多吃的东西和吃法，实际上，大家都离不开吃，吃跟时代、趣味和口味形成了内在呼应，有时很难勉强，跟笔记有点像，古代笔记回到了自己内心的，所以我想，像官员放弃官位，再回到笔记文字中，可能更容易有通和趣的可能，是不是这样？

陆春祥： 作家怎么培养出来的，沈从文读完小学后就没有读书了，莫言也说，小学五年级后就没有读书了，20岁进入部队，后来进解放军艺术学院、鲁迅文学院，都是成人学校。因此，文凭和学历跟作家的水平没有必然的关系。沈从文说，他小学毕业后，就进入了再也毕不了业的"社会大学"，其实，所有人都得到"社会大学"继续学习，硕士、博士毕业，最后仍然要在"社会大学"里继续学。对作家来说，"社会大学"里学习得越丰富，作品呈现越贴近生活。

三 在阅读、写作中寻找内心声音

李徽昭：我的意思是，身边事与人，每天吃喝拉撒，大家都可以散文方式随手表达呈现，这就是跟时代的有效关系，但小说不一样，需要虚构的技法。

陆春祥：不完全赞同，很多人写小说前没有读过很多东西，就是照着一个东西模仿着写，很多这样的。所以最后能够走出来的一定靠悟性，一定是社会大学——他的人生经历培养出来的。

李徽昭：天才肯定有，但某种意义上，跟散文不同，虚构或讲故事是有难度的。天才的话没有办法，莫言就是一个天才。余华也可以说是，做牙医，每天给人拔牙，觉得无聊，就说要写小说，要成为文化馆里有很多闲暇的人。

陆春祥：环境。就像我们在这里听讲座，那个小孩子不断听，十年以后自己读书写作，成就也就出来了。我们省有一个知名作家海飞，初中毕业，后来去参军，再打工，为什么会成为作家？他的母亲是上海知青，从上海回来时，经常把《收获》及其他不少文学杂志带回家，他没事就看，他小说的基本功就是读杂志读出来的。

李徽昭：这种可能性当然有，但现在的教育与社会形势，出现的概率可能会越来越小。

陆春祥：所以有时候我们要培养。我有一个少年文学院，县里面几十所学校，层层选拔出二十几个学员，从初一到高二都有，有的已经写得相当不错。他们的文字感觉非常好，缺的是生活。我现在上课，不少时间就是跟他们聊天，读哪个作家的书、对社会的认识、他生活与读书中碰到的一些问题。所以像今天这种分享，很好，看每个作家的成长轨迹，靠经验、靠社会大学、靠阅读，走向自己的写作道路。

李徽昭：所以您的少年文学院也是一个平台，跟野草式的自由生长还是有区别的。现在跟80年代文学文化环境不一样了，莫言和余华能出来，除了社会与文学历练，还与那个文学环境和时代有关。现在碎片化、技术化、媒介化的多元时代，衣食无忧，文学早已不再具有崇高性。所以要与现实保持一种距离感，某种意义来讲，文学或散文的意义恰恰就在这里。散文的散，就是像野草一样生长，大家阅读、写作，从文学里发掘力量，寻找内心里真性情的声音。

陆春祥：散文确实无所不包，历代笔记就是我们忽略掉的宝藏。大家开始写散文的时候，都把目光对准父亲和母亲，结果写完一本书，发现与很多书相似，同质化非常严重。为什么，大家都是同年龄、同样生活，虽然叙述方式不完全一样，所以，基层作者最苦恼的是不能自我突破。最后还是要回到我们的写作原点，回头来进行梳理，看看你的阅读、写作，问题到底出在哪里。写作，确实需要偏执，如果没有偏执，没有你的那种爱好、发自内心的追求与坚持，是不会成为好作家的。

李徽昭：谢谢陆春祥老师。这本书处理传统文化，处理历史人物，是非常好的散文集，而且都是成系列的，非常有难度，能够处理不同时期不同人物的不同面向，但又重现出不同时代跟当下的关系，真的非常好。说起来，每个人都是历史的产物，怎么让历史和当下、和我们发生关系，《云中锦》提供了一个示范。让我们细读《云中锦》，找回有性情的笔记散文与我们的关系。

提问：通过陆老师和主持人的对谈，我感觉笔记散文既在诉说历史人物，也在进行文化的传承。我是一名教育工作者，想请陆老师谈一谈，就您这本书来说，如果让孩子阅读，您有怎样的建议，如果孩子也有写作兴趣，如何激发他们写作的可能。

陆春祥： 我有一个选本，浙江科学技术出版社出版的叫《相看》，里面都是从《笔记的笔记》《太平里的广记》中选出来的，条目式，里面很多适合孩子阅读。为什么这样说？我看过每年的各省高考作文题，或多或少都可以跟古代笔记的某一个话题对得上。现在高中生阅读，大部分是一些励志杂志，包括《读者》《青年文摘》，这些文章，其实很多人都能看到，但古代笔记里很多东西，是不太可能看到的，如果以比较罕见而又恰当的例子作题材，阅卷老师应该感觉新颖。几百份卷子批下来，大都是雷同化的例子，你突然来一个很新鲜的例子，就容易得到认可。就是说，你在题材的使用上，要有一些陌生感。当然，到底什么样的题材能对得上，我也猜不出，只有通过大量的阅读，以万对一。很多初高中生，他在读书的过程中，老师讲的很多题材引不起他的兴趣，记不住，库存就不多，有些老师要求学生脑子要装 50 个素材、100 个素材，但这些素材什么时候贴上，谁也不知道。所以我觉得，笔记里面有很多的可能，因为新鲜，看了不容易忘记。

李徽昭： 我插一下，这其实是有意思也很重要的话题。我现在大学里讲现当代文学，对刚入大学的高中毕业生们，我都会要他们先解毒，解什么毒，就是初高中语文老师阅读与作文教学应试化、套路化的毒。小学可能还属于萌芽状态，语文老师还少有模式化的方式，但初高中阅读与作文教学，大多是套路化的应试教育方式，比如他们的写作是有套路的，题材素材有哪些，考试时怎么与观点相配套。我爱人以前是高中语文老师，她给自己孩子讲作文时，我在旁边无可奈何。我知道也理解，这是考试的需要，不照模式写作文，考试是很危险的。所以，到大学里，我给学生说，你们不能再按照初高中的语文思维去分析作品。比如说解读文本，他按照初高中思维就会问，主题是什么？人物是好人还是坏人？封建思想怎么坏，都是用简单的非黑即白的单一思维。但真正的文学阅读，很多经典作品不是这么简单的，好的文学是超越时代的，不同人读到的是跟你生命经历、生活经验呼吸相应的那些细节、心理、话语表达，这才是文学阅读的意义。写作也是这样，我们前面已经讲了很多，不要有套路，用心感受生活，写出个性化的语言与形象就是好作文。

怎么去教孩子们读文学、写作文，我觉得可以尝试，比如说这本书有一章专门讲袁枚的，老师可以把孩子们带到南京师范大学随园校区，这是当时袁枚随园原址，让孩子们在这个环境、空间里体验花草林木，体验非常重要，他的眼睛耳朵的感受就是经验，所以为什么要写作、要写散文，就是去表达经验感受的，这才是写作的意义。所以，在随园校区，你跟这个空间就产生了关系，再去看看《云中锦》的文章就不一样了。同样，你读到李渔的时候，也可以带孩子去南京的芥子园旧址，让孩子跟环境发生关联，这才是文学教育、中小学语文的意义，这样可能会少一些语文应试的模式化、套路化，也可能是对文学意义上自我个体的追寻。尽管应试是个大趋势，但我们要给孩子更多的自由表达，让他能去寻找自我的声音，发现自己跟世界的关系。

（本文为2022年7月29日南京市西善桥街道"在世界文学之都，与文学大家面对面"活动对话录音整理稿）

大湖滋养了我的精神和文学

——对话沈念《大湖消息》

一 洞庭湖是我创作永不枯竭的源头

李徽昭：今天分享的作品是沈念老师刚获鲁迅文学奖的《大湖消息》，这本书的题目就特别有意味。题目非常重要，好题目不仅吸引人阅读，更可见出主题与内容。这个题目，表面看，是对水生态、自然生态的深切关注，如果研读深思就会发现，不仅如此，里面还有很多与水相关的人心、人情，人的世俗生活，寄托着沈念对洞庭湖的特有情感，后面再细聊，先请沈念老师说几句。

沈念：这个读书活动很早就知道了，不仅在南京当地，应该说在全国文学界已经有了不小的反响。很荣幸今天能来参加这次活动，感谢大家对《大湖消息》的阅读。

李徽昭：先从大湖说起，这里的大湖是湖南洞庭湖，湖南、湖北是全国仅有的以湖界分和命名的省份，其他多以山与江为界分较多，可见洞庭湖的广阔与影响。江苏也是湖泊众多，江南太湖、滆湖，苏北洪泽湖、骆马湖、高邮湖，等等，大大小小非常多。湖泊跟人类生活关系非常紧密，实际上，人类跟水的关系本身就很密切，人体70%由水组成，人可以很多天不吃饭，但不可以不喝水，可见水确实是生命之源。今年夏天旱情严重，8月份我们曾访问过长江测量船，船员说今年长江水位比往年低4米，长江中下游很多河床干涸。这样的情况下，我们读《大湖消息》就别有滋味，可以看到人

187

类与湖、水以及相关动植物的复杂关系。首先想问，您怎么会想要写这样一部以湖为主题的长篇散文，写的时候，怀着一种什么样的情感来呈现水、湖泊与人的关系的，写作中的情感和情绪起伏可以和大家分享一下。

沈念： 感谢李徽昭老师，见面交谈，我觉得他对《大湖消息》的解读有独到的视角。这本书的写作起因很简单也很复杂，洞庭湖是我的故乡，它是我心中的大湖，大湖养育了我，塑造了我，也滋养了我的精神和文学。这么些年过去了，它搁置在我心中，有一天突然领悟到，它一直是我创作的永不枯竭的源头。

洞庭湖曾经是中国最大的淡水湖，但现在跟过去比，已经发生了很大变化。洞庭湖古称云梦泽，《水经·湘水注》里讲它是广圆五百里，唐宋时期诗文中出现了八百里洞庭，宋代姜夔在《昔游诗》中说"洞庭八百里，玉盘盛水银"。还有孟浩然的"气蒸云梦泽，波撼岳阳楼"，明代魏永贞的"洞庭天下水，岳阳天下楼"，范仲淹的"衔远山，吞长江，浩浩汤汤，横无际涯"。全盛时期是清道光年间，《洞庭湖志》说达到了6000平方公里，是现在面积的两倍以上。在20世纪70年代之后，洞庭湖的面积排在了鄱阳湖之后，现在是中国第三大湖、第二大淡水湖。洞庭湖就像一个老人手臂上凸出来的青筋，缩小了很多。洞庭湖水系众多，水源流长，水资源非常丰富。湘资沅澧四水，蓝墨水的上游汨罗江，新墙河都是流入洞庭湖，长江荆江也是经由洞庭湖，最后在城陵矶汇入长江。洞庭湖由大变小，也是伴随着人的生存变化而改变的。最主要是两个原因，泥沙淤积变成洲滩；围湖造田，与水争地。

我是在洞庭湖边上长大，老家是岳阳下面的华容县，也是一个很有名的古城，这个地方是夹在洞庭湖和长江之间的一块水中洲地，属于围湖造田地区。昨天我跟徐立书记聊天，他说西善这样的地方过去也是很多的水域，慢慢围垦后变成了这种现状。

小时候，这样的变迁并没有对我产生很大的冲击，好像习以为常，好像父辈、祖辈的生活就是这样的状态，但当你成长、知识增加后，你对世界的认知加深，特别是关注环保生态这种话题时，再去深入洞庭湖腹地，就开始了一种反思。特别是后来，我做过八年的记者，多次深入湖区，了解到湖区生产、生活、民生、经济、社会的变化。有了这样的认知加深，包括每一次到湖区和很多人的相遇，从渔民、环保工作者、保护区工作者的讲述，从一些艺术家、摄影家拍摄的过去和现在的图片，引发了很多思考。作为写作者，必然带着这样的思考面对创作，它就和过去对事物的简单认知不一样，我觉得可能我一直从大湖得到馈赠，我一直在索取，但从来没有回馈过。前年底到去年，我花了一年的时间决定写一部关于洞庭湖的书，表示我对故乡的这样一种深情、眷恋或反思、憧憬。我从35岁离开岳阳到了长沙工作，每年也在不断返回，这种归去来也给我提供了一种新的视角。今天中午还跟徽昭兄讲，可能10年前我都不会有这样的写法和认知，必须要人到中年，到了这样阶段，开始有一种自我反思，开始对生命的大观照，对自然生态有了更清晰的认定，种种因素撮合在一起，才形成了这样的一次创作。

总的来讲，我是带着对故乡的情感来写作，因为这样一种情感，不管我在上篇写那些动物、植物还是写人的不同命运，我觉得我始终倾注了一种情感，这种情感姿态不是高高在上，而是一种平等的看待和对话，把每一个生命（哪怕一棵草、树）都当作自然中最重要的生命来书写，这就是我写作的情结所在。

二 江湖儿女，流动性孕育出独特的地方性格

李徽昭：沈念老师说得非常深切，中午我们见面聊的时候也能感受到沈老师的真诚。真诚也让这本书的情感容量很丰沛，这种丰沛的情感体现在很多方面，例如写到的人与事。我特意梳理了一下，里面有五个人物呈现出死亡状态。生死事大，死亡是很耐人深思与细究的。生死写起来很难也很容易，很多小说最后情节没法进行或

没法处理人物命运时，就让这个人物死了，这是小说家常使用的技法。但作为非虚构、小说、散文几种文体融合的一个作品，《大湖消息》的死亡书写，饱含着写作主体的深厚情感，可以看出沈念内心深处对湖区人群生活的平视中的认同与悲悯，这非常不容易。在这个意义上读《大湖消息》，即便上半部分写动物、植物，也是与人与湖泊密切相关的，也可以说就是人与湖泊的命运，后半部分写人则更为深切，能感受到同呼吸、共命运，一种情感同频共振的状态。

具体来说，后半部分写人物，特别是几个人物的死亡，比如《人间客》里的许飞龙，妻子从戏院里逃脱后，流落到他家门口而相遇，许飞龙最终无意死在大浪中，妻子此后孤独地在湖岸生活一辈子，整个故事带有一种传奇性，叙事上也别有意味，细节的渲染，读的时候能感受到细节性虚构。《云彩化为乌有》里，昆山因救人而死，让人感受到一种特有的苦难，就是悲悯状态，也很有意味。《化作水相逢》中，山里来的割芦苇少年，少见湖水，独自到湖里捕鱼，最终找不到归路而死，这个人物特别让我想到汪曾祺《受戒》里的少年跟水的关系，那样随水漂荡中寻找心灵归属的生活状态，很令人遐思。《水最深的地方》里的，则是少年在群殴中被杀，最后被遗弃在自家船底下，读来令人痛彻心扉。总的来讲，因为是散文，我们理解起来，这些人的死亡应该都是真实。在这个意义上，在书写这些死亡事件时，你怎么处理个人在其中的情感？其次，写到的所有人物中，哪一个人物让您印象最深刻？

沈念：包括最后一篇《湖上宽》中的老鹿，结局也是一种死亡。有十几个评论家朋友谈到这部作品，谈了很多话题，但还没有人把死亡这个问题专门拎出来说，这是一个很独特的视角。

书出版后，我也意识到会不会有人觉得死亡故事太多，担心读者觉得我是故意要用死亡来吸引眼球或增加故事的跌宕性等，但目前为止还没有人提出过。刚刚徽昭兄讲出了这个问题，我曾经思考并比较过，湖区人的生存状态跟山里人是不一样的。山里人开门见山，山的环绕遮蔽、登高才能望远，对人的性情有影响。湖区生活的人，打开就是一片敞亮，看到的可能就像古诗文写的，"朝晖夕阴，气象万千""上下天光，一碧万顷"，有时候是"阴风怒号，浊浪排空"，这种自然形态对人的性情影响又是不同的。

家乡湖区的人们有他们的生活方式，不会考虑盖多好的房子，添置多好的物件，吃穿用度大手大脚；人们喝早酒，吃夜酒，无辣不欢，以此驱逐体内的湿气；人们习惯了洪水肆虐，习惯了你抢我夺，习惯了一无所有又从头再来……我们知道，洞庭湖的水最后是流入长江的。但往往有种情况——如果长江洪峰来的时候，水位高的时候，洞庭湖水出不去就会倒灌，加上7—8月的暴雨，大堤防守再不得当，经常出现垮堤。我老家有好几个乡镇，就是蓄洪区。蓄洪区就是随时要牺牲的，平时你可以工作、种地，土壤也很肥沃，但洪水来临时是没有保障的，为了保证武汉这些下游大城市，湖区是要作出牺牲的。人与湖的关系就是人与水的关系，人与湖的矛盾也是人与水的矛盾。湖上人讲义气，江湖义气也就是和水上生活有关联吧。这样一种生存状态，无风三尺浪，遇到极端天气，经常有死亡事件发生。其实很多时候，湖上渔民对死亡没有很多恐惧，溺水、船的翻覆，他们会把很多死亡看作上天安排，这是湖区人的生活、生命的心理，让他们对生和死会坦然很多。

因为随波逐流，渔民不仅是当地的，我之前调查的时候知道，也有江苏、甘肃、江西等其他地方的。因为渔民是随着水走的，多少年在湖上的渔民都是"天吊户"，他们没有户籍，也不是农耕文明的农民，哪个地方鱼多、哪个地方管理宽松，他们就往哪走，船就是他们的家。他们所赖以生存的是真正的江湖世界，他们是本源上的江湖儿女，他们的流动性所孕育出来的地方性格，走到哪里，就传宗接代在哪里。有一部分湖区文化，是依靠渔民在随波逐流，越行越远的。他们相信神意、邂逅、善良、浪漫，有把自己交付给陌生人的勇气，这与水的流动性天然地关联在一起。

所以种种因素造成了《人间客》里许飞龙妻子——从湖北逃过来的小女子——早年不肯接受家庭安排跑出来了。我去采访她，她住在一个岳阳城里挨着水边的叫鱼巷子的房子里，年纪很大了，亲人都走了，一个老人留下了。有时候也会有一种迷信，很多老人长寿，因为身边亲人很早就走了，亲人寿命都被她承接下来了。

湖区本身就是一个大社会，在这样的社会里，生老病死就很平常。那么多的渔民，那么多自然和意外的发生，这样的死亡就是一个正常存在。我在这些年走访这些人，尤其是从2010年后，每年元旦后，我会跟洞庭湖保护区一个冬季水鸟调查到湖中心去。所有交通工具最终都落实到你的脚上，吃的、用的、喝的都很简单，一到湖区里，你就没办法正常生火做饭，这些东西都没有。调查是由国家组织的，每年一次，要调查候鸟今年到这个地方，来了多少，有多少种类。过程中我们会遇到很多渔民，有时聊天他们就会讲很多事。遇见这些之后再去理解他们生命的变故，理解他们生活的环境，所走过的人生也对我内心有很大冲击，比如对生命的敬畏、对生死的超然，就是在这样的交往中，在人生阅历的增加中完成的写作。

"在世界文学之都，与文学大家面对面"沈念对话现场

我想，其实是这些人物命运，他出现在我的生命中，我把他写下来，并不是为了要制造这样一种别样效果来书写。当写完整理在一起的时候，我也才意识到怎么写了这么多人的死亡，开始压根就没想，因为单篇写作是没有完整规划的，因为它毕竟也不是长篇小说，一定要有个结构，只是因为我就写了这个主题，写了我身边经常交往的人群，他们交织在一起，构成了现在这样一个文本形式。现在随着渔民上岸、转产转业和全面禁渔，这个大规模的特殊职业群体会改头换面，今天他们没有船，剩下的只能是一边眺望湖水一边给下一代讲述过去和先人的故事，过去故事中的颠沛流离、传奇、苦难、战胜困难，在城市化、工业化的今天，就成了一种文学上的叙事。生活模式的改变直接导致文化改变和人心改变。

李徽昭：人的生存就是一个江湖，湖区人生更是江湖，我们都在江湖上飘荡，需要借助某种超越之船去抵达彼岸。或者说，船就是我们的现实生活，江湖就是所居住的城市、村落、土地，每天睁眼看到的现实之船把我们渡到理想的彼岸，所以上帝通过挪亚方舟把人递到彼岸。从散文写作、从非虚构呈现上，你的文字是一种自然而然的表现，湖区人的命运，某种意义上也是我们每个人的现实。死亡是一个现实没办法避免的问题，但死亡方式其实又不同，我注意到，说到许飞龙妻子，你采访这个孤独老人，身边人都死了，只留下了她，但整个家产在湖区应该算是富有的，像这样的生命状态，让我想到余华的《活着》，最后剩下的就是福贵一个人，生命的坚韧也令人深思。那么，在采访这样一个女性时，有没有特别有意味的细节？她现在大概有七八十岁了是吗？

沈念：两三年前，我特意问了一下街道干部，说这位老人已经去世了，我当时因为好几年前采访两三次，后来还和朋友带了一些油、米送给这个老人，这个老人对我印象最深刻的就是我开篇写的，特别清瘦，穿着打扮都很精致，干干净净，头发也梳得整整齐齐。她当时也有七十大几，快80岁了，女性到了一定年龄，皮肤就特别白，感觉皮肤就有透明感。她生活的地方是一个鱼的集市，鱼贩子和市民交易的集聚地。我印象较深的是，她从家里走出来，街市上没什么人了，她沿着青石板路、沿着街走，周边的人会和她打招呼，她也不怎么回答。我就看到她好像在微笑，微笑就是在回答。她走路的形态像一只鹤，特别缓慢，这样的一种情态当时印象特别深，后来我就想了这样一个开场。有时候一个非常深刻的记忆也是文本的催生机缘。

还有一些人，包括《湖上宽》中老鹿的自然死亡，这个人当年得到过很多宣传和推介，曾经获得过中国法治人物的荣誉。他年轻的时候是渔业队专门打鸟的。那时候洞庭湖打鸟不是一枪一枪地打，是用铳打鸟，过去江苏的湖区也是一样的。他是打鸟队队长，冲锋陷阵，后来年纪大了，加上动物保护宣传多了，他就有了一种意识。媒体也好，他人讲述也好，你可以赋予他很多不同的故事，说他是因为内心醒悟，可以说他受到宣传教育启示，也可以说他救了一只白鹤后有了更积极的改变。

因为鹤在洞庭湖区数量很少，鄱阳湖区出现的很多，洞庭湖区多的是天鹅、野鸭、白鹭、灰鹭。他曾经救过一只白鹤，后来把这只白鹤放飞了，以后每年冬天白鹤又会到他们家来，好像人与鹤间有一种说不清的关联，但确实是真实的，这个关联我们可以想象、解读，可以用你的方式赋予他故事。这样的人，后来成为护鸟队队长，他经常到处去宣传，跟一些喜欢捕鸟的渔民去讲解、劝阻。他也经历了很多的误解，人家说，你过去打鸟，现在为什么干预我？很多时候渔民毒杀一两只候鸟不会觉得是违法的，他觉得好像是自己家养的一两只鸡鸭，湖里有那么多的鸟。当我有一天反思或想写老鹿这些人时，你就会思考他当时的处境或回忆他的来路，去设想他的心路历程。这样一种书写（包括命运结局的书写），还是比较忠实地印记着他们生命的变化，这种情感不能讲我是带着很多的同情或观照，而是这些人跟我发生的关联、交集，我就得相信我们之间的缘分，作为写作者，我就是把这缘分给记录下来。

三 文学更新在于变化，变化才会有新的文学史

李徽昭：我们人与人之间的关系、人与人的相遇、生活生命的偶然性，有时候确实需要文学的观照与呈现。你书里的几个人物，我注意到前后都是有呼应性的，比如崔山，包括老鹿，前后都有提及，只是有主有副而已，我想到这本书写法的问题。大家都知道，每个人都有表达的欲望，文学最起点的意义就是表达，每个人也都可以说是个作家，就是你要表达。在生命起点意义上，大家都要言说一个东西，把所思所想呈现出来，把遇到的事、经过的人书写出来，这看起来很容易，但深层次来看，就是如何写，你的写如何与别人区别开来。我们日常表述一件事时，不同的转述，会使事情有很多版本，就是因为表述方式不同，效果也就不一样。所以，散文的写法其实很重要。沈念老师原来写诗，后来写小说，他其实是小说家也是诗人，这两个细微差别的身份介入《大湖消息》写作时，就呈现出很有张力的文本架构。我认为，这本书既是小说又是非虚构，又是散文，是不同文体杂糅成的大散文。非虚构要贴近现实去呈现，《大湖消息》里的人与事都是现实可查的，所以说是非虚构。散文除了因为人与事可查之外，还因为创作主体投入了浓厚情感。但小说以虚构为核心，有很多细节性的扩张渲染。那么问题就在这里，这一散文里其实是有虚构的。莫言曾经说过，好的散文写作要有虚构，这也就是我经常说的，散文"易写难精"，难精就在于，散文在哪里虚构、如何虚构、虚构是否无损情感表达。

说起来，散文文体是初高中适应性最强的文体。你可以看一下中考、高考作文，80%甚至90%都是散文，议论文也是散文的一种。但你看过多少中高考的应试文体是小说、诗歌的，几乎没有。为什么，就因为散文是一个大家都容易上手的文体，需要无技巧的技巧去呈现，所以又是难度极大的。但是，散文怎么写好？我觉得起码

要有诗歌的语言凝练，要有小说家虚构的想象、比喻，虚构中的一种飞跃、超越。这样来看《大湖消息》就非常有意义，它是跨文体的。虽然这本书获的是鲁迅文学奖的散文奖，但实际上，里面有很多小说家飞跃、蓬勃的想象，那种细节的扩张，还有诗性的语言、凝练的文字，很多文字值得咀嚼，这样就超越了单一文体的限制，也是跨越多文体的文本创造。那么，你怎么以小说家细节性的渲染、诗性的凝练去书写的，可以给我们分享一下。

沈念：谢谢徽昭兄刚才的总结。写什么和怎么写确实是作家在一直不断探寻和解决的问题，这两方面没有轻重、先后，都是必须同时关注到的。首先它会考验你对文体的认知，考验你的生活、知识、思想、情感储备等。我很早也写散文，从开始给报纸投稿后，我就有意识地做一些散文创作的探索。我们知道，任何的探索都会有失败，但你要创新就必须探索。

中国是个散文大国，古人就已经为我们创造了许多辉煌的散文篇章，五四时期又达到了一个散文的高峰，并确立了现代散文的基本框架。五四时期的话语系统，已经给散文定了两条路：一条是以鲁迅为代表的，这种散文话语是一种"重"的向度，有重量的，负载了很多东西，然后通过作者的心灵转换，把散文话语变成具有广阔的意义空间与精神意味的新文体；另一条是以周作人、梁实秋这样一批人为代表的闲适散文的那种"轻"，比较轻灵、轻松的路子。当代散文发展了这么久，基本上还是在这两套话语系统里徘徊。有人会讲说祖宗之法不可变，实际上文学史的更新就在于变化，只有变化也才会有新的文学史。

西方现代主义、现代派小说对我们"70后"作家产生过很大影响，这些阅读对你的创作产生一种影响，这种影响你不疏导它，可能会变成一种干扰，但当你把它捋清晰了，它就会帮你重新构建一种属于你的表达。

跟很多朋友聊天时，他们也问散文怎么写。我一直非常强调一个认知，现在是一个跟过去不一样的时代。当下语境下，我们怎么进行现代叙事意义的写作。如果说，依然按照过去的路子、话语系统，就会陷入一种传统、经典没法超越的境地，或者说你会进入一个公共话语体制下，没有个人性。文学最重要的还是个人性的呈现，没有个人性的东西，就没法标识出你的创作特征，可能就是所有人在写同一本书，那你创作的意义和价值何在，这是我很警惕的。

谈到《大湖消息》，包括我过往一些散文创作，可能有人会谈一些关于虚构的话题。我经常会讲，首先我们有一个认知，就是散文和小说中的虚构是不一样的。小说是无中生有，编织一张虚构的大网；散文则是因为有很多真实经历，以及情感、细节，具备这样的基础，是有中生有。你的素材经过一些修剪、修饰让它变得更加符合你要传递的情绪或情感，有了这样的认知、状态，你就不会纠结有虚构还是不是散文，散文能不能虚构这样的话题。

任何写作只要进入一个主观表达时，它就会发生位移。比如今天大家坐在这儿，你写这样的聚会，怎么样场合下的这次交流，它似乎很真实。但很多年后，这里一切都发生了变化，桌子、椅子，这个地方的建筑也发生了很大变化，这种真实我们怎么去定义它。散文写作一样，我们是站立在一个主体真实情感上的写作，就不应该为虚构这两个字所困。我的认知里，我不会在意说你的虚构会对散文文体造成伤害，我反而会觉得，通过文体的开放性，小说、诗歌、戏剧这样一些元素加入进去，你的散文发生了奇妙的化学反应，它变得不一样，产生一个跟过去、跟很多人的写作不一样的新面目。

最重要一点就是，大家在阅读中是否能感受到，我所写的人物命运故事带给你的情感共鸣、共振，这才是最真实、最重要的，而不是纠结于写的是不是一个真实故事，而是这个故事给你一种什么样的情感影响。

李徽昭：谢谢沈念老师给我们带来《大湖消息》，带来大湖所传递的生态自然与命运讯息，非常有意味。现在生态形势越来越严峻，这个不用多说，这样形势下读这些美好的文字，还有美好文字背后的想象、超越，愿我们大家都能有所思有所想，也愿大湖和我们的生态越来越美好。

（本文为 2022 年 9 月 24 日南京市西善桥街道"在世界文学之都，与文学大家面对面"活动对话录音整理稿）

文学跨界:写写画画,说说聊聊

前　言

本辑文字大多来自近十年前，当时还在读博士。按照导师划定的大致范围，我的博士学位论文要关注的是现当代中国文学与美术的学科交叉领域。还一鳞半爪所知的美术，就此成为我日常所思所想的焦点所在，也是当时我常生困惑之所在。想想看，80年代以来，作为独立学科的现当代文学已聚集了不少人，博硕士学位论文、各种项目选题、专家论文专著等，大家圈地运动一般，把作家作品、思潮历史等圈得差不多了。而我，要按照老师所指方向，去旁觅一条弯弯窄窄的书画艺术路径，由此介入现当代文学研究，去掀开新的一角，是否能有收获呢。于是，我就想，先与身边朋友、与一些作家聊聊看。于是就时常与美术专业的同事好友，与不同专业领域却又有着很多相关性的朋友，吹牛聊天，聆听他们各自视角的高论。于是就有了这里的几篇对话与访谈。

与赵文兄的对话是某次喝酒时的聊天，当时兴之所至，谈到会心处，就打开了手机录音功能（当时有个可以很好录音的手机，真是媒介时代的映照）。记得那天喝大了，但毫不后悔，录音整理出的文字有很多很大的启发，后来还刊发在《艺术广角》上。与王祥夫、徐则臣、李浩的三个访谈，都是书面问答，尽管没有对话的场景与氛围，但这种相似问题的针对性即时应答，也都各自显示出应有的审美文化意义和艺术理论价值。他们在文学思维中发散的审美修辞，确实是书法家、画家、美术理论家们所难能想到说及的，这就是文学之于美术的独特意义，也是书画艺术多年兴趣修为在这些作家身上打下的审美烙印。

　　这些对话访谈大都是不经意产生的，今天看来，对博士学位论文写作思路无疑有极大的拓展作用，而且，他们这些言论，毋宁说都有着开启现当代文学研究视野的极大意义。可惜这样交叉跨界的访谈对话还是太少了，后来所见，似也只有贾平凹谈书画艺术的一些访谈。我相信，作家谈论书画的这些文字，以后肯定会生发更深远的艺术影响。

　　如果有可能，这样的跨界访谈以后还可以从不同角度继续深化。

通达于艺而游手于斯
——与赵文谈作家书画

李徽昭：对中国艺术研究和艺术发展而言，2011年的一个重要事件，是艺术学学科从文学中独立出来。显然，这是现代性语境下的事件，学科细分和知识分子专业化，各门类艺术不断细分，反映了艺术自律性的增强。与此同时，在中国古代文人"诗书画"同一传统下，20世纪初以来，直至当下，许多中国作家介入中国书法、绘画艺术中来，与现代性中的艺术自律形成了一种反差。我们不妨逆向思考，以作家书画艺术为点，重新审视现代性情境下艺术专业化的情况，或许会有新的思索。

我想，能不能拒绝文学的专业化视角，或者讲超越文学研究或者书画艺术研究的职业眼光，对现代中国的文学、书法、绘画艺术，对20世纪以来的文学家、书画家来一个全面的观照？像探照灯，从各个角度进行探讨。像现代的鲁迅、郭沫若、周作人、丰子恺、郑振铎、施蛰存等，都是中国书画艺术（包括木刻、碑刻、版画）等方面的专家。现代作家的书画艺术价值渐被文学研究界认识到，这也是李继凯老师最近正在做的一项工作，海外的王德威教授也在《中国现代文学研究丛刊》上撰写了有关台静农书法的文章。到当代，像周而复、汪曾祺、贾平凹、熊召政、高建群、陈忠实、王祥夫、雷平阳等，他们在文学创作之余从事书法绘画艺术，也渐渐得到社会认可。其实，反过来看，职业书画界对文学也有所介入，如范曾、吴冠中、陈丹青、梅墨生等。比如范曾刚刚出了一本书叫《论文学》，对古代文学进行了自己的阐发，陈丹青的散文集更是在坊间持续热销。这些职业作家、职业书画家们的跨界现象应如何审视。书画艺术和文学的关系，作家书画和职业书画艺术本身的关系，等等，该如何阐释。我觉得，这既显出中国书画艺术的独特性，也显示中国文化现代性的自有路径。

赵文：所谓"作家书画艺术"这个问题，应该说确实是一个现代问题。在传统意义上，是没有人能够提出这个问题的。为什么呢？就像你所说的：在现代生活中，身份、职业、专业，它已经日益细化。作家成为一种职业了，书画家也成为一种职业了。他们隶属于不同的市场，也就是隶属于不同的公共性之中，他们所遵从的艺术标准可能是不一样的。所以在这个意义上才能提出来，所谓作家的书画或者说是书画家的作品，这就已经说明了一个问题，艺术本身在现代社会当中已经发生分化。

李徽昭：现代性是审视作家书画艺术的大背景，我们也不能忽视，中国古代文人书画的传统背景，这个传统你没有办法去割裂它。但是，20世纪以来，这个传统曾经受到过冲击，就是19世纪末20世纪初，西方文化（或者也可以叫现代文化）影响了对传统文化的认同。传统文化受到的冲击使得文人书画确实面临一个危机。但我以为，这个冲击并不重要，因为20世纪初的文人还有传统文化的潜在滋养。最紧要的是"文化大革命"时期对传统文化的几乎全面断裂，特别是21世纪以后，以笔书写几乎全部改为以敲击键盘书写为主。因此，作家书法绘画在20世纪初、"文化大革命"时期、20世纪80年代后，再到21世纪，面临不同的文化情境。总体来看，书写方法改变带来的是心理、体验方式的改变，带来的是人面对现代生活状况的心理方面、行动方式、人的认同方面的改变。对中国传统书画而言，毛笔书写到钢笔书写，再到键盘书写，这是一个滑落的过程。20世纪80年代书法热和西方现代文化冲击中国构成了一种反差，实际上也可以认为是本土现代性实践中两种文化的胶着。我想，20世纪中国书写文化及其艺术受到的冲击与断裂是否也是一种创造的契机。因为断裂跟历史表面上割裂，文人书画的根源没有完全断裂，内在的文人书画还是有创造契机存在的。我们可否说，中国本土的文化现代性有历史传统的延续性。或者说，我们日常基于专业化视角来审视自身文化艺术的现代性视角是有不足的。这样来看，书法绘画艺术功能的改变、书写方式的改变，对于当代作家来讲，或许也可以说是一个文化创造或传统书画艺术兴起的新起点？

赵文：我觉得，你谈到的一点就是艺术功能，这个问题非常重要。对于传统的作家来说，书法在很大意义上不是书法，而是书写本身。特别是对于传统情境下的作家来说。就我了解的中国书法史，并且就我知道的很多研究中国书法史的人（像邱振中），有一个提法，就是中国古代的书法，它的艺术功能是比较低的，而艺术价值是靠后代、靠历史，最后被创造出来的。为什么呢？因为在整个中国古代，书法隶属于书写的范畴。因为无论从文人、官员还是从精英阶层，书法本身隶属于日常行为。是吧？

李徽昭：对，有这样一个文化环境，就像鱼和水的关系一样。

赵文：是有这样一种文化环境，鱼在水中不会意识到水本身，对吧？而水的环境的变化是一个历史过程，是在后代之后才看到环境的变化，会产生什么样的影响。中国文化环境是一个整体环境。所以，对于你现在说的当代与现代的区分，到了20世纪的时候，其实在很大意义上来说，有很多文人学者（包括鲁迅、丰子恺这一大批人），他们仍然把书法当作书写的一部分，是一种日常行为。这个日常行为可以表现一个人的心灵状态，它是在心灵状态上谈书写艺术性的。而到了当代，恰恰是由于书法的艺术功能从日常性中剥离出来了。所以书法才获得了一个特殊的范畴。因此当代书法其艺术功能已经变成了一种纯粹的艺术功能。现在问题关键就是，当代作家，我们可以区分这几种作家。有一种作家就是你刚说的，因为融入了现代生活，纯粹靠敲击键盘为生；另一类作家，他可能写字，但他意识不到自己在写，如何写，意识不到怎样去写；还有一类作家，它能够感觉到他写的方式和风格，和他自身文学创作之间有一种内在关系。我觉得在这个意义上来谈作家的书画才是有重要价值的。

李徽昭：确实如此，书写功能的改变是谈论作家书画的一个关键点。如果从本土文化发展演变、从书画文化发展的视角看，20世纪以来，中国现代经济、社会与文化变革的大背景中，作家书画是否融入了现代性的公共文化，对中国文化的创造性是否有它的贡献？因为，文化创造可能更有难度、更有高度，也更有意义。比如你说的丰子恺，我觉得20世纪文学艺术绘画史对于他来讲，忽视了他的意义和价值，他实际上对中国文化是有创造性贡献的。他的书画（尤其是他的绘画），学界基本上对其仅有一个简单归类，叫作漫画。但实际上，他的绘画跟现在的漫画有一个本质区别。他的漫画，是把日常生活哲学化、理念化，把日常生活上升到一个美学高度。还有，丰子恺这样的人，对于我们搞文学研究的人来讲，它是文学家，一个具有独特散文文体意识的作家。但我和一位职业画家聊过，他很奇怪，他说，丰子恺是一个艺术家，怎么会是文学家。对这样从中西古今多重文化中浸染出来的复杂型的艺术家，我们该如何来解读。还有鲁迅、郭沫若、茅盾一样，也在专业化的视域下把他们当成了文学家。很多时候，我们以惯性思维、专业眼光来思考，没能超越专业视角，来想，哦，他们其实也是一个书法家，他们有自己独特的书法创造，他们的书法出离于传统意义上的模式化，有自我的鲜明风格，而且他们对其他书法家也有影响，比如鲁迅书法对萧红的影响，你在萧红的字迹中可以找到鲁迅的影子。这实际上启发我们，看待20世纪中国文化艺术及其作者可以抛弃专业化的视角，拒绝文学本位角度，以多维视点来观照。

再说到丰子恺，我们应如何以文学的角度审视丰子恺对书法绘画的贡献。我看了丰子恺对书法绘画方面的论述,我认为他的眼光绝对不是一个文学家的眼光,他真正是以中西古今文化艺术通约的眼光来书写、绘画、创作的。可以说,像丰子恺这样的人,他是一个特例。他跟茅盾、郭沫若、鲁迅都不一样,鲁迅、郭沫若的文学身份大于书画家身份,丰子恺则是书画家身份大于文学身份,他本身就是一个画家。长期以来,我们文学研究界很漠视,或者很高傲,以文学的高傲来漠视书法、绘画。其实20世纪至今的文学是一个高傲的文化姿态,现在滑落下来,倒是应该打破专业视角,重新审视中国书画艺术、审视文学与书画艺术之间关系了。

赵文:这个就涉及一个问题了,这是现代学科造成的学科等级的问题。我知道,中国佛学里面有很多宗派,像密宗、禅宗、天台、华严等。有一次我就问一个和尚,问他怎么看佛教传入中土之后的这样一种分化?这和尚没有和我说别的话,他伸出手,你看这么多手指头,它最终归到手掌,这个手掌是手指头的根本。不论你有多少宗,最终会有所本。从佛学上来说,这"本"就是一种要义或是一种哲学。这就说到艺术这个问题了。艺术其实也是有所本的。无论是文学、书法、绘画、雕塑、建筑、音乐,这个"本"的东西实际上就是整体性的审美的一个境界。我觉得丰子恺的意义就在这个地方。他是在中国现代性最特殊的一个时刻,要把中国的审美教育通过普及的方式传递出来。因为你知道他的绘画(比如《护生画集》)里,本身就是要阐述某种思想的。这个东西本身是有美学意蕴的,美学意蕴、绘画、他的思想全包含在里面。

李徽昭:丰子恺是作家书画研究的一个重要个案(其实现代作家和当代作家是有很大区别的,现在没有办法将他们做一个具体区分,特别是他们的文化构成上有很大区别)。我认为,在文化意识上,丰子恺既有现代意识,又超越现代意识,既认同现代性,又超越了单一视角的现代性。他的文化观点和文化意识,以及他对传统艺术的表述、对西方文化的看法,既超越了现代,又超越了传统,但都能看到中西文化的源与流。我甚至觉得比鲁迅的文化意识还要好，起码，不像鲁迅那么激越愤慨，而是像潜流悄悄滋润着中国文化。可以说，丰子恺的"文、书、画"代表了中西古今通约的文化意识，我们应该重新认识丰子恺的文化地位和价值。

陕西的作家书画艺术氛围很浓厚，像贾平凹、陈忠实、高建群、杨争光等。尽管书画专业中可能有人并不喜欢他们的书画，但他们的书画艺术已经是一种文化存在，如何在20世纪文化变迁的文化环境中阐释他们，就是一个问题。从古代"诗、书、画"相通的角度看，可以说，贾平凹等作家所从事的书法绘画并不单单是书法绘画，它的意义和目的有着对美和自由的追寻，他们具有独特的审美意识，也可以说建构起了不同于古代文人书画家的现代主体性。而且，我觉得这里面还有个人因素和公共性双重因素存在。贾平凹书画艺术在个人遣情怡性的同时，又通过作品集的出版及广泛的社会影响介入了陕西乃至全国的文化。实际上，贾平凹书画作品集已经有多种出版和热销，可以说，他的书画影响远远大于一些职业书画家。当然，这背后还有经济发展所带来的文化需求，在背后推动它。因此，我们又应该警醒现代经济与市场环境对艺术的伤害。比如最近，最近有个新闻，说的是甘肃一个国家级贫困县的书画艺术市场极度发达，这是一个很异常的现象，可以说是中国文化发展中的变异肿瘤，是经济发展和文化发展带来的变异。我愿意把它看成一个文化肿瘤来看待。这种艺术市场中掺杂的文化变异因素像癌细胞一样，会扩散。我们要警惕类似的作家书画以及艺术市场的文化变异现象。这样的文化变异会扩散或形成一种不健康的文化，或者说是文化上的一种癌变？

赵文：是，绝对是文化上的癌变。

李徽昭：那么，作家书画其实也有这样一个问题。如果一开始有些作家抱着文化审美与自由创造的目的来介入书画，抒发内心。我觉得这个是可以赞同的，但若以市场为主要宗旨，它就会成为一种文化癌变。

赵文：所以出现这个问题，就是书画本身的价值和市场之间价值之间关系的问题。

李徽昭：从历史的角度看，也可以说，作家书画因为他们本身集中了文学、书画多重艺术对人的发现与阐释，因此其艺术和文化价值都是远甚于职业书画的。

赵文：借鉴西方的概念来说，布迪厄在他的《文学场》中指出，在法国漫长过程中，艺术本身获得了生产价值的机制。这个机制的特点在于他和市场是并行的。但是有一点不同，他表现为市场的负价值。就是市场怎么标价，他给你进行反标价。虽然他的价值规律是一样的，市场的价值一般都是商品价值。用马克思的话说，商品的价值在于必要劳动时间投入的必要劳动量，而艺术价值在于投入的是艺术家的生命，艺术家的生命成为艺术资本的基础。艺术家把自己的生命投入他的艺术资本当中多少，决定了艺术自身的价值。所以从19世纪中期以后，可以看到在法国或以法国为中心的整个西方传统艺术创造有一个特点，就是作家的作品和作家的生命有一个直接的对等关系。高更属于印象派，他的艺术价值的实现，他前期在艺术市场里面其实很不被看好，因为他都是在模仿其他人的创作风格。但后来他认识这点后，他放弃了整个在巴黎的生活，彻底地隔绝了自己以前的生活，跑到非洲去，加入土著人的生活，甚至他娶了一个土著人老婆。他过那种生活。这甚至被当时法国批评家视为对原始环境的彻底投入。结果这之后，他所有的作品都获得了认可、提升。所以这就从另一方面印证了这一点，就是艺术价值本身的创造方式和艺术家的生活方式是有一个关系的。

李徽昭：这是一个问题，西方艺术生活与中国文化中的艺术生活是有区别的，作家生活与职业艺术家的生活也是有区别的。

我觉得，作家从事书法绘画背后有个文化身份问题。现代性视野中的职业书法家、职业画家跟中国文化传统是相对背离的。当然，这些职业画家可能有文学方面的表述，他某种程度上也可被视为文学家。我们要思考的是，当代作家书法绘画的现状，和他们在当代文化中的价值。就像我们看到的，像贾平凹、陈忠实的书画，以及我们身边耳闻目见的一些作家书画，他们究竟具有什么样的价值和意义。比如，贾平凹的书画知名度很高，甚至有人仿冒他，他的书画市场化程度很高，但它的意义和价值何在。他的"文、书、画"对于中国文化艺术理论研究、批评的意义何在。我觉得，贾平凹挑战了中国文艺批评的难度，中国文学批评没认识到贾平凹书画艺术的价值，职业书画界也无法真正将贾平凹的"文、书、画"统一起来审视，这是中国文学、艺术研究、批评的一个失责或者是漠视。贾平凹书画艺术创作的特征、意义等，需要文学文化研究与批评做出有效阐释，给他一个合适的文化定位。

我注意到，贾平凹对消费文化有着不自觉的认同。在最新出版的长篇小说《古炉》后记中，贾平凹说《古炉》的出版得益于书画艺术市场对他的认可，可以让他自由写作，没有生计之虞。当然，这样是一种现代意识，但我想，作家书画是否也是有问题的，那就是知名作家、文学身份带给他潜在的书画艺术上的"荣誉"。就像贾平凹一样，如果他不是一个知名的文学家，还有那么多人来关注吗？如果他没有一系列文学作品，单独他的书法作品，能够在市场上有这样高的一个地位吗？这是不是一个消费认同问题？

赵文：其实你这个问题提到点子上了。为什么呢？就是因为贾平凹的字一般都认为是他的文学声誉造成的，但实际上不是这样。从一个批评家的角度，这个现象不是一个简单的事情。这涉及当代书画艺术的创造问题。单靠他的文学名声，就是我们可以设想一下，一个人光有文学的名声，他写的字会有这么好的市场吗？

李徽昭：这种可能性也许会存在。

赵文：但是达到不了他这个程度吧。

李徽昭：这倒也是。

赵文：我觉得贾平凹做到了一点。起码就是从这样一个外在的角度来揣测的话，在写字和作文这一点上，他做到了统一。

李徽昭：在当代文学家中，贾平凹是一个例子，文、书、画都达到了非常高的艺术水准，都有非常好的市场认可度。王祥夫等作家也是。

赵文：但是这个统一在哪一点上呢？我们知道作文和写字不一样。写字是短时间的爆发，而作文要很长时间的沉潜，他要构思。在什么地方统一了呢？应该说在于他对生活的体认。还有一点，就是在于他文化人格的表现。

李徽昭：这是作家书画艺术非常根本的体现。

赵文：这一点，我觉得他做得非常好的。我觉得，稍有艺术常识的人来说，都能感受到他的字和他的作品之间有一种同构关系。

李徽昭：这是你理解的贾平凹的书法绘画和文学作品之间的同一关系，我觉得还有一种错位。就是他书法绘画的理念和他文学作品的理念某种程度上是相悖的。

赵文：你怎么来解释这个错位？

李徽昭：我的理解是，贾平凹的文学作品里是向往现代意识。这个向往而不得，或者达不到。我曾经有一个观念，小说其实是一个很流氓的文体，它不像诗歌可以把心扉敞开给读者，小说是社会性较强的文体，因为社会性较强，所以有时候是很虚伪的。那么其实书法和绘画相对而言是一个敞开心扉的、坦荡的艺术形式。

赵文：你说的这一点非常对。

李徽昭：贾平凹就这样在一个两难境地，形成了文学与书画不同的现代意识。

赵文：你这一点体验得非常准确。谈到这个问题，可以往大的方面说一下，中国的书画艺术和诗是同一的。中国书法是线条的表现，更能代表时代的精神，书法和诗是相关的。刚说到贾平凹的问题，能体验到他的错位，其实是他社会意识和审美意识的错位。他的审美意识实际上是直接扎根在中国传统文化当中。

李徽昭：中国绘画其实也可以说是线条的艺术。你也提醒我，可能贾平凹的审美意识超越了现在、超越了历史，直接回归到传统意义上对美的自由与创造中。

赵文：不仅是回归，就是你以前论文中所说的"乡土现代性"。再往大说，不仅深而且大。中国整个文化心理还是乡土，但整个社会把你逼得往现代性的方向走。这就是一个错位。

李徽昭：是错位，但大家都在不自觉地认同。可能内心会想抗拒。

赵文：所以书和诗，最古老的一个说法，"诗为心声，书为心话"。有一点，我直觉上有一个把握，就是从书画这个角度来说，特别是拿贾平凹来说，他本身是作为一个诗人，但他比较出色的是小说，所以这就是他审美境界的问题。

李徽昭：但他的小说实际上没有完全地阐述他的诗学。

赵文：他的书法绘画阐述了他的诗学，这一点可以说是一个补偿机制。

李徽昭：这种补偿也可以说是对20世纪艺术专业化的一个补偿。

赵文：补偿是以断裂为前提。

李徽昭：确实是这个问题。其实作家在某种艺术程度上来讲，他自己本身的艺术机制没有完成对美、创造、自由的任务。他要寻找一种新的机制来实现他的自我价值、对自由创造的认识。

赵文：这一点我觉得法国的作家非常深刻，就是巴尔扎克，大家都认为他是一个现实主义者。他有一个最核心的作品，叫《驴皮记》，这篇小说是他《人间喜剧》里面的核心，也表明了他的艺术理想。讲的一个青年艺术家，挥霍生命，突然有一天在一个老古玩店里得到了一块驴皮。这个驴皮有个特点，越是想把生命奉献给自己不想做的事情时，驴皮就会缩小。实际上这就是艺术家的悖论，艺术家在现代性中的一个悖论。

李徽昭： 咱说的这个问题触及艺术环境变迁的问题，传统的中国书画是和生活、生命联系在一起，就是诗的生活、诗画的生活。我想到一个切身的问题，随着中国城市化进程的加快，咱们逐渐移居到城市生活，大家都是蜗居。这个蜗居过程中，人对自然的失落，人对自我的失落，人的心理归宿、文化归宿，都迷失了。城市里很难找到这些归宿，许多城市人现在都面临着心灵归宿的问题。我们在现实生活中都有许多无法言明的"小"，随处可见的苦闷与彷徨，也可以说基本没有走出20世纪鲁迅所说的苦梦与彷徨。

赵文： 这就可以说到艺术，艺术应该关注的是个人生活的"小"，我们之所以现在觉得活得逼仄，就是因为我们没有艺术生活，缺乏艺术生活，而丰子恺的重要性正在这里，丰子恺让我们意识到生活当中的"小"，值得珍视的"小"。

李徽昭： 是这个问题，是我们美育或艺术教育缺乏的问题，所以应该重新认识20世纪中国作家书画的价值，认识他们的文化价值、思想价值以及艺术价值。我相信，这应该是中国艺术与文化主体性构建的一个有效渠道。

（原刊《艺术广角》2012年第3期）

点与线是中国书画的舍利子
——与王祥夫谈书画艺术

李徽昭：祥夫先生您好，2001年前后就在扬州偶遇过"您"，出差逛书店购买了您的一本小书，中国青年出版社出版的《杂七杂八》。如题所言，内容着实庞杂，不过都有趣味，是生活的万般味道，是艺术化的生活，正如您的书画作品与小说，看似平淡，实则妙味良多。很想知道您大约从什么时候开始研习中国书画？

王祥夫：七八岁开始，父亲们总是喜欢把他们自己的爱好移植到儿子身上，我的父亲希望我做一个画家，七八岁天天写字画芥子园真是很苦，那时候用麻纸，既粗糙且薄厚不均，但不贵，才几毛钱一刀，水与墨在纸上的效果从小就在我脑子里，虽然常常不愿意再画。

李徽昭：看得出令尊对您书画研修的实在影响，或许可以说是家学渊源，今天的现代教育氛围中，令尊在书画上对您的引导确实可以说是一种教育上对传统的回归。或者说，当下功利性的书画教育方式抹杀了许多趣味，也少了许多烟火气。我想到，由于中国古代书画教育上的独到路径和教育方式，许多书画家在学习中国书画过程中大多会有些有趣的记忆，或者佳话，中国书画史上也因此有许多佳话，还留下不少有关书法、绘画的一些成语。在您研习中国书画的记忆中，有哪些有趣的经历或者记忆？

王祥夫：好像没什么有趣的记忆，只是画工笔草虫每每受到别人的夸奖时，便在心里有小小的得意，对书法真正地知道一二，说来好笑，是四十岁以后的事，虽然已经写了二三十年，比如用笔、落笔、提笔、行笔，是渐渐悟出个中之妙。从工笔到写意，也是三十多岁以后才知道真正能够表现中国画用笔、用墨、用水和用笔的千变万化之妙唯有写意，工笔岂能与写意相比。

李徽昭：中国书画区别于西方绘画的重要一点是讲究"笔意、神气"，重视"心、意"等内在的意义与价值，不像西画注重形状、色彩、明暗调子等外在形式性的东西，所以不是年少就可以理解其中的趣味。近代以来，塞尚等西方画家的印象派等大约也是认识到西方绘画不及中国"尚意"高远宏阔的一种取向，这或许也是中国书画在中国人文养成中的重要作用，其"意味"需要慢慢甚至一生去体悟。实际上，中国书法的学习离不开碑或帖、中国绘画的学习离不开像《芥子园画谱》这样的"模式"，碑学与帖学传统是中国书法的两个重要传统，您目前在研习哪些碑或帖？您在绘画上主要关注哪些画作？在自身学习书画过程中，觉得哪些碑、帖（哪一类传统的绘画）对您更重要？主要体现在哪里？

王祥夫：随便看，晚上一般不看电视，睡之前大多喜欢读一会儿帖，颜柳现在还读，比如《祭侄文稿》和《自书告身帖》，宋人的行书最喜欢苏东坡，而黄庭坚的书法却非常让我讨厌，讨厌其用笔张扬，李建中的《土母帖》、杨凝式的《韭花帖》还有林和靖的一些诗帖都十分好，养眼、养性、养情。临帖的好处在于体味古人的用笔和总体安排，最见性情的应该是信札。临帖的时候要用各种笔轮着临。

临画也一样，倪云林的最简单也最难临，倪云林的画寂寥空阔，一笔是一笔，静静地来，静静地去。当代有人学倪云林，是连其皮毛都仿不来，是没那个精神怀抱！倪云林就是简单，但你就是来不了，倪云林的树法是个大难活儿，是绘画中的轻功，一般人来不了。王蒙是繁密，繁到没一点点空处，都给树石塞得满满的，临王蒙会让你长耐性，画画儿本来就是要耐着性子来，临王蒙更是如此。学山水，元四家学这两家便比较丰满了，一简一繁，互相找补。黄公望不是技术上的事，黄公望这个人是元四家中开了天眼的画家，《富春山居图》不是写景，是写心，我去富春山，在车上、在船上，是找不到一点点《富春山居图》的影子。《富春山居图》是交代黄公望在富春山时做的事，而不是在画富春山。

从黄公望说到黄宾虹，黄宾虹是伟大的画家，他的画是高级烩菜，各种技法都一锅烩在里边，想单挑出哪样来吃还不好下筷子，没有大功力、没有大胸襟不能学黄宾虹，世人学黄宾虹，学得来他的紧，学不来他的松。黄宾虹的山水好，花鸟更好，其山水中的小写意人物更神！只几笔就一个人，近看几条线，远看那个人还在动，或坐在那里也有神情。时至今日，黄宾虹的花鸟还没有引起足够的注意。看了黄宾虹的花鸟，就不再想多看别人的花鸟。

李徽昭：中国书法的传统线路比较多，您所说的《祭侄》和《告身》以及一脉下来的宋人，我认为都是尚意一路的，尽管《祭侄》属于唐人的"尚法"一路，但像《祭侄》如果没有丰厚的情感和历史背景，便无法衬托其字迹中间的线条跃动。不过，就是"尚意"也有不同的路线，如您所言，黄庭坚的笔画张扬，显得突兀，所以，临帖也须选择对自己口味的东西。这样来看您所偏爱的《土母帖》《韭花帖》与您的书法便有相得益彰之处，相对来讲比较内敛，注意笔致，充分融入了个人的意趣。与书法类似，我以为中国绘画和书法一样是尚意的，这是中国文化的大传统。中国山水画一般都描写的是理想山水，是画家所要寄寓的人生之"意"，而不是实景山水。明代苏州画家张宏跳出传统之外，描绘的多是特定实景，所以后代对其评价甚低，这是一个创新不讨好的例子。您所说黄公望《富春山居图》不是写景，是写心，确实如此，这里面显然是有中国山水画传统的，所以您在富春山所看到的并非如画所现，现代的书画艺术与个人生活情境已与黄公望时代有大不同了。

刚才讲到技巧法度问题，我注意到，现在有些作家对于书画创作往往回避技巧与法度问题，这或者反映了作家书画创作的某种局限。您在研习中国书画过程中，觉得技法是否重要？在您自身的体会中，对书画技法如何认识？比如用笔、章法、布白等。

王祥夫：技法到死都重要，齐白石生命及将走到尽头的那幅牡丹，技法就涣散掉了，几乎无法看了，中国的书画家，达到高妙之境都要靠感觉，作家也这样，到最后都要跟着感觉走，感觉是什么？感觉是综合修养，只可意会而不可言说，是无法说，所以说中国书画不是教出来的，作家也不是教出来的，而是要靠自己悟，每个人和每个人都不同，儿子也无法从父亲那里遗传。说到中国书画，先天的东西似乎更重要，但所有这一切都要靠技法支撑，没有技法就没有一切，当代书画家大多技法与感觉都不好，急于创新最不好，能够把传统学到已经不容易，有人常说"打进去再打出来"，我不同意这种说法，进去已属不易，千万不要再出来，我个人是死守传统派，将来如有本事，能"化"就慢慢"化"一下。黄宾虹先生就是"化"得好，看看他的苔，点得多好，没有一个死点。

中国书画——技法加经验是到死都要不停磨炼的东西。

李徽昭：我们所谈的中国书画的技法实际上有一个现代文化语境，即，中国传统书画在20世纪初以来（实际上可能时间还要早得多）一直不断遭受西方绘画的冲击。不要说徐悲鸿、刘海粟这些试图中西融合的大家，就是齐白石这样的传统书画家都免不了受到西画的影响，刚才说到明朝17世纪时期的张宏，在美国学者高居翰的研究中，就被认为当时已经受到了某些西方绘画传统的影响。而中国书画的传统技法在今天如何重新审视也是值得关注的问题，毕竟我们书画教育沿用的是西方现代体系。所以，您所说的"体悟"，我觉得应该是中国传统书画技法研习中的独到之处。这种体悟也只有在对艺术与生活共同的"神、意"的追求中才能真正感触到。当代作家受职业化影响，很难再花大时间去"悟"了。他们太过于急躁了。

我还注意到，中国书画创作及其理论中产生了许多具有中国传统美学特色的书画艺术语言，经历20世纪的过滤与沉淀，有些或许被遗忘，有些被现代艺术观念进行了改造。我想知道，在这些书画艺术语言中，您对哪些比较认可？请您对这些艺术语言作出自己的阐释。在西方现代文化与艺术冲击下，中国当代作家在自己的艺术研习过程中，您认为是否可以（或应该）创造属于自己的艺术语言？

王祥夫：点与线是中国书画的舍利子，书法与国画的魅力就在那千变万化的点线上，干、湿、浓、淡、轻、重、缓、急，千变万化，真正是迷人。最好的书画家是画给自己的，相信倪云林是这样，黄宾虹也是这样，黄宾虹活着的时候几乎没几个知音，傅雷算是一个，当时也很少有人买他的画，他不为卖画而把画画成这样或那样。一边画一边想着这画怎么卖，别人会不会出好价钱，这幅画就算完了。写小说也是如此，我写小说很少想这篇小说编辑会怎么看，读者会怎么看，这也算是一种修养，作家和画家一样，到成熟的时候一定要有自己的风格，但风格又是最危险的东西，一个作家或艺术家往往会死于风格。"化熟为生"是治这个病的药方。"熟而后生"是大进步，但功力差的人必达不到。会讲课的人太多，但最好不要听他讲，要看他下笔，一下笔，斤斤两两都在里边。

李徽昭：您谈得很精妙，也点击了当下中国书画界的现实情状，现在甚至出现了书法家研究兰亭奖口味以进行创作的情况，这是中国现代性或者商业化思潮的重要病候，真不知该如何去医治。中国书画重视"点、线"与西方绘画重视"块"显然是不同的路数，西方的线条是块面界隔的所用，中国书画的抽象线条粗细、飞白、枯燥、曲折中寄寓着书画家丰厚的情感，这确实中国书画独特的艺术语言。在您的小说中也似乎清晰可见您书画意蕴的影子，比如您的小说《上边》不断出现的几只鸡的场景，我感觉就是整个小说画面中不能忽视的点，这些生活气息浓郁的"点"衬托出中国女人的生活状况，甚至灶台上的一些饭食情状都是小说中密不透风的场景布置，而作为主角的刘子瑞女人反而显得空白，这似乎有中国绘画的某种留白的趣味。这是我的浅见，不知感觉对不对。

说到书画家与市场，我想知道，您熟悉或了解当下的职业书画界的情况么？当代职业书画家中，谁对您较有影响？或者您觉得谁的书法、绘画更有艺术或文化价值？您和他们有所交往吗？

王祥夫：当代书画都不怎么样，乏善可陈，这是一个花拳绣腿的时期，好的书画是初看一般，越看越好，不好的书画是初看很好，越看越不好。当代书法的通病是把间架和结构放在第一位，说到用笔，很少有好的，急功近利是最主要的病因，我们这个时期不是产生书法家的时代，我们已经没有了那个环境、没了那个气场，书法环境对书法而言很重要，看古代工匠留在木器或砖瓦上的文字，都很有看头，都好，他们生活在那个环境之中，写字是他们生活的一部分，他们笔下的横也好，竖也好，撇也好，捺也好，都在书法之中，都对，不像现在，举手投足都在表演，怎么都不对。

李徽昭：书画艺术环境是我们无法改变的，正如您所说，当代书画一个重要问题是缺少了"气场"，我认为最重要的一点是20世纪初知识分子职业化后，不同职业之间间隔太深，专业化的趋势是现代性所带来的重要弊病，这个趋势在美国已经显现出重要问题，所以现在都要搞"通识教育""博雅教育"，实际上，就是要补上人文教育这一课，让人成其为"人"，而不是单一化的社会"工具"意义上的螺丝钉。中国书画也有这个问题，书画家不懂得文学、音乐，音乐家不熟悉"鲁郭茅"还好，连古代的"李杜"也不知晓，这显然已经是我们教育和生活中的常态。这种常态积弊过多，就是中国书画失"根"失"意"，一直到当下便"急功近利"和"花拳绣腿"起来了。

对比20世纪前五十年，我们看到，中国现代作家中有许多书画大家，比如鲁迅、郭沫若、茅盾，还有丰子恺等，他们的书法、绘画创作以及有关艺术研究均颇有成就。对此您怎么看？在当代文学界，您认为谁的书法、绘画具有较高的艺术价值？他们的书画创作对中国书法、绘画发展有没有影响？

王祥夫： 当代作家在学养上几乎不能和现代文学时期相比，鲁迅和知堂的字都很好，我个人不喜欢郭沫若的字是其字的品性太张扬，茅盾的字有风骨，用长锋软毫写他那样的字在中国作家中不多，丰子恺不用说，是专业。汪曾祺的字比画好，墨水瓶盖那么大的字尤其好，而他的字写大了往往不好，我们文联墙上曾挂他一幅字，像道士画符，令人生厌。看汪先生要从总体上看，他会做菜，知味，唱梅派青衣，知韵，他还画花花草草。你不能要求汪先生是个画家，汪先生是情趣中人，是综合的，他的文字之好，当代无人能出其右。当代作家的书画最好不谈，彭见明、潘军能画，当年是舞美出身，冯骥才是水粉，不能放在中国书画中谈，贾平凹对笔墨有个人认知，却离法度比较远，他画一幅毛泽东与林彪，真令人叫绝，人们都说贾是鬼才，其实贾是天生丽质，但他的用力不在书法绘画，如要他出家做道士或当和尚，天地辽阔，只让他一个人面对山水亭林，相信他会做到很了不得的地步。诗人雷平阳的字有别才。

李徽昭： 贾平凹的书画是中国书画的异类，不唯其是"鬼才"。我个人认为贾平凹的书画是跳出了中国书画教育传统，还不能叫跳出，而是根本脱离了教育传统。他没有临帖的功夫，尽管他也读帖，但他绝没有一个古代的师傅。不像今天的书画家，一出来，就看出其临的"二王"或是宋人的笔法，或者是魏碑的意蕴。贾平凹的字是毛笔写出来的硬笔技法，我以为应该叫"硬法软写"。这在中国民间书法中有个传统，就是工匠的书写方式，随意、简便、省力的原则而形成独特书法趣味。所以，今天看敦煌写经人的书法、居延汉简的字迹，大体上都可以看出这个趋势。

贾平凹与您一样，在当代形成了一个非常好的"文学、书法、绘画"共通的审美趋向。我注意到，在古代文化传统中，书法的内容与绘画的题诗往往与书画艺术形式交互影响作用，共同构成了中国书画的美，古代的"诗书画"同一是很自然的事。可以说中国传统书画在一定程度上影响了文学，我想，中国书画对您的文学创作一定会有某种潜在影响，请您就此谈谈。

王祥夫：影响很大，比如读黄宾虹的山水，便明白小说有的地方就是要让人不明白，有的地方就是要笔笔相加乱不可理，再说到留白，短篇小说的留白最重要，用刘熙载的话说是"文贵于能飞"，要一个子飞过，是下跳棋法，而不是绣花法，一点一点地绣过去，你绣完了，读者的耐性早已结束。艺术都是共通的，看王蒙的山水，他最好的那幅《葛稚川移居图》，真是满，写小说就不能那样。艺术欣赏也是有耐性的，写小说要考虑到读者的耐性，要当止则止。书法也是这样，怀素的草书和傅山的草书拿来比一下，傅山就让人烦，一大堆线条左绕右绕，顿不住，节奏不好，怀素既顿得住又收得起，节奏相当好。京剧舞台上的武打亮相就是这个道理，没有亮相，一直打下去，观众受不了。生活中也是这样，两个人打架都是打打吵吵，吵吵打打，有内在的节奏在里边。

李徽昭：正如刚才所说，您的小说《上边》颇有您所说的留白的意味。可惜的是，今天能够在中国书画中体悟中国传统人文生活方式，并由这种生活方式体悟古代文化艺术精神的作家已经越来越少。有些也多是附庸风雅，即便不是附庸风雅，也很难不随波逐流，他们已经很难真正沉浸在书画艺术中，慢慢体悟中国传统艺术的精髓了。我们回头看，中国古代文人有许多情趣性相通互融的爱好，比如诗书画、琴棋剑等，一个文人的艺术角色往往是多重的。现代以来，随着作家身份职业化，这一传统逐渐消隐，书法（美术）家不重文学修养，文学家不重艺术修养，对此，您怎么看？您认为主要原因何在？

王祥夫：当代作家和书画家的"单薄相"就是从这里来，古时的琴棋书画情怀到了20世纪中叶变成了"战斗情怀"和一切为"工农兵服务"。风雅的拍曲、书画、弹琴、围棋和亭林山水一时均被扫荡。作家一时都变为雄赳赳的战士。说到写作，作家既要把写作当回事，又不能把它当作天下唯一可做的事，心情最好要放松一些，虚静纳物。当代作家与现代时期的作家相比，当代作家就是放不松，总是紧绷绷的。前不久重读赛珍珠的《大地》，真是一路松松地写过来，什么都有了。胡兰成不算什么作家，但也松松的好。放松放不松是一个修养问题。书画之道的好处就是要人修炼这个放松，心境放松了才会有好书好画出现。才会更雍容，过去的作家，起码是有些作家，是靠文字抒写世道的烟云幻灭，现在更多的作家是要靠写作改变自己的阶级成分，劲头就大不一样。中国的作家更多的是高尔基，几乎没有一个托尔斯泰，一个都没有。

李徽昭：功利化、商业化的生活情境确实改变了今天的写作与生活方式，作家想放松也难，周边有许多追赶的身影，有许多呐喊呼叫的喧嚣，所以《瓦尔登湖》会一版再版，有许多人不堪追赶，却又很难停歇下来。近几年高考艺术类专业逐年升温，家长和孩子都很盲目地选择艺术，没有兴趣、没有情感，就是因为艺术专业来钱快，艺术专业文化分低，相对好考，真是糟践了中国艺术，数十年后，中国艺术不知会不会陷入危机。文学界似乎还算好一些，还有学院传统在支撑，尽管学院化的问题很多，但毕竟还能暂时与网络与市场化的写作稍微抵抗一段时间。我觉得，现在我们应该期待的是学院化的环境最好能让作家真正沉淀下来，多些闲情逸致，少些心浮气躁。

不过，面对现实，还是很难乐观起来，随着信息时代到来，电脑普及，纸笔书写逐渐减少，作家也大多使用电脑写作，同时作为中国国学形式之一的书法（绘画）文化也日渐专业化，中国传统艺术教育与普及显得十分重要。在当前文化背景下，对于作家而言，您认为应该承担什么责任，可以为传统书画艺术传播做些什么工作。

王祥夫：这好像不是作家能够担承的事，但我以为作家应该兴趣广一些，不喜欢书画可以不喜欢，喜欢昆虫学，或者去研究蚂蚁也都是好事，黑塞是个画家，又喜欢植物，还喜欢养猫，丘吉尔喜欢画画儿，到最后顺手牵羊获一个诺贝尔文学奖，这都是让人看着高兴的事。作家，首先自己不要把自己看得太重，作家是俗物，只有俗，他才能够当作家，作家是市井百态的产物，两只脚一定是踩在尘世泥土万井笙歌之中，但他的脑子里要有理想和思想，如果是满脑子柴米油盐琴棋书画，那就坏事。但说到写字画画，如果有时间，非但是作家，即使是别的什么家，学学也都好，前不久看四大名旦的书画，当下就吃一惊！难怪他们在舞台上一招一式都是真草隶篆，最低也是宣纸上的湖石花鸟！

李徽昭： 艺术的通约性就在这里，台湾林怀民以中国书法为基点创造的舞蹈也表明了这一点。其实今天的作家已经不完全是一个单一的作家，他也有萨义德所说的"公共知识分子"的角色，即便你无意为之的一个举动，在当代传媒影响下，都即刻会变成公共事件，在社会文化生活中掀起涟漪或波浪。我同意您的看法，作家不要把自己看得太重，但我又认为，也不能看得太轻。一些名望很高的作家，他们的"名"已经影响到其"书画"作品，这些作家的书画形象已经潜移默化地影响到了当代书画界。

如果不是这样，那就当作我们的希望吧。

（原刊《理论与创作》2011年第4期）

这个时代，通才意味着庸才
——与徐则臣谈书法文化

李徽昭：前不久一个调查（《当代文坛》刊文）表明，书法是中国重要的文化形象，比某些政治意义上的形象还要突出，这表明了书法对于中国人和中国文化的无可比拟的意义。日本把书法叫"书道"，"道可道，非常道"，对书法的研习注定是终生无止境的过程。见过不少日本人写字，无论老幼，都工整、规矩，不像国人，现在不仅纸笔书写越来越少（电子键盘书写正成主流），而且越来越丑，与写字者的光鲜形象真是大反差。

似乎贾平凹是一直用纸笔写小说散文的，看你近期写小长篇《王城如海》开始用稿纸写了，挺好的，也是回归纸笔书写的示范。聊聊你当时的动机。

徐则臣：不少老派的作家手写，还有一些有范儿的作家坚持用笔，我长年练习书法，但手写长篇小说《王城如海》，纯属被迫，跟风雅完全不沾边。这几年因为工作比较忙，出差也多，写作的时间越来越少，尤其出门，写个千字文也得带电脑，太麻烦。正好存了一批八开大的稿纸，在背面写字很舒服，小文章就随手在稿纸上写，出门也总带几张，轻飘飘不占地方，在机场不必每次单独拿出来安检，且省去了开机关机浪费时间的仪式感，果然效果显著。既然小文章可用，短篇小说慢慢也手写了，等到写《王城如海》，看样子也不会有大块的时间，出差也不会少，干脆也用稿纸了。这是初衷。

当然，手写的过程里肯定有笔墨的乐趣，尤其是这些年一直练书法，艺术的感觉很容易就被唤醒，写小说就不仅仅是写小说了。

李徽昭：挺好的，纸笔书写似乎也可看作手工技艺的一种回归，有着耕田犁地的劳作感。咱们这一代人，还能有着乡村某些农耕劳作文化或氛围的美好记忆，幼年时，还有写字画画的人，还有木匠、泥瓦匠，还有乡野手工劳作生活记忆。不像今天乡村，这些手工技艺基本都被城市进程专业化了，没人写春联，一律印刷出来的批量产品，尽管不是坏事，但总觉得生活缺少什么，这也许是近年手工文化受到关注的一个原因。

由于出身乡村，对书法的兴趣是有种莫名感，不像今天孩子可以上书法班，如果要细究，或许与祖父写毛笔字有关，就是一种乡村文化氛围的潜在濡染。记得90年代初，还在祖父家里找到一个砚台，还有旧纸斑驳的小楷。我想后来的书法兴趣主要是小学时开了毛笔书法课。你呢？

徐则臣：很小的时候就开始学书法，跟学校没关系，家庭影响。我祖父是私塾出身，写一手好字，我父亲字也很好。那时候家境不是很好，每年春节我们家卖字补贴家用，卖对联。一直到我大学快毕业，祖父八十岁，每年秋冬还在写。耳濡目染我也就写上了，完全凭兴趣，祖父和父亲偶尔指点一下，逢年过节或者有人事往来，需要写字的，祖父和父亲懒得动，我慢慢就顶了上去，手基本上没生过。因为喜欢，这么多年就一直写下来了。尤其有了自己的房子，有条件摆下一张小案子了，练字的时间就更多了一些，也逐渐有了自己的艺术体认。

李徽昭：你是有家庭氛围和长期的坚持，并且能把这种兴趣坚持下来，确实是挺好的事情。记得以前练书法闹过一些笑话，小学时打翻墨汁，白上衣染黑了，便跑到河边用泥巴搓洗，想来有趣。实际上古人学习书法有不少的佳话，我们耳熟能详的就有鹅池与笔冢等。能不能谈些有趣的经历或者记忆？

徐则臣： 好像没什么可以公示的佳话，对我来说，习字是个非常个人化的事。非要说点有意思的，那就说说笔墨纸砚中的纸。我对宣纸的了解远不如报纸，一张宣纸拿过来，我不敢肯定能立马说出笔墨走在上面的效果，但报纸可以，看一眼我就知道在上面写字效果如何，因为好多年都没有富余的钱买毛边纸和宣纸，练字都在报纸上，用过的报纸不计其数。写了这么多年的字，我对书法理论也缺少必要的研究，所有的心得几乎都来自实践。可能是懒惰心理作祟，总想的我就是喜欢，笔握在手里才踏实，如果不写字，所有道理跟我都没关系，所以，疏于对理论的揣摩。这样不好，也说明我对书法的理解还有待大幅度提高。

李徽昭： 报纸是练字的好材料，白纸写字太高大上，有些拘谨，"一张白纸好作画"，一张白纸也让人心底里不敢作画，尤其对于非职业书法，写字更多的是靠感觉。曾思考过毛笔书写的"笔感"问题。像打乒乓球得有"球感"，没有"球感"，球就轻飘飘，容易飞。毛笔是软的，和乒乓球相似，写的时候要有"笔感"，才敢落笔，才能写出趣味来。面对一张白纸，有了"笔感"，有了书写的心情和环境才敢下笔。不像废报纸，怎么写都无所谓。记得以前写字多是深夜时分，独自临帖或随笔乱涂都有那种"感觉"，这也让我羡慕职业书家在大庭广众之下的挥毫泼墨。这可能是一种奇怪的书写心理，也是书法没有达到境界的表现。看你现在公开场合挥毫还是挺羡慕的，说说拿起毛笔写字时的一些想法或感觉吧。

徐则臣： 这事完全是逼出来的。从念书时开始，因为字不错，经常会有一些活动让当场写，算作活动的一部分，其实就是表演了。头几次也慌，心跳到了脑门上，手也哆嗦，次数多了脸皮就厚了。反正也不需要吭声，低头写自己的就是，就盯着笔墨纸砚，凝神静思，慢慢就平静了。这跟公开场合发言一样，说多了就没事了，做自己的事，让别人去看吧。不过有些准备工作还是要提前做好，比如写什么，迅速地布局和结构能力，这些时候通常写大一点的字，悬肘的大字功夫一定要靠得住。这种时候发挥不如平常练字时的状态，很正常，较真也没用，当然也有超常发挥的状态，激情来了，兴奋了，那种瞬间天成和偶成的效果也经常会有。

李徽昭：中国书法离不开各种碑帖传统，不同的碑帖是现代书法所来之处，也是雷德侯所说的中国文化中的模式化心理，要练习书法，首先得有一种传统文化模式的笼罩，几乎没有书法家不受碑或帖的影响，或多或少都有一定的渊源关系。这其实是书法之于中国文化的独特现象。但其实，喜欢哪个帖子、哪一种字体，也是一种情趣相投的缘分，有的字帖就是写不进去。你以前临过哪些碑帖，感觉如何？

徐则臣：大大小小的名碑帖基本都涉猎过，但大多数都是浅尝辄止，很惭愧。现在不像过去，资源短缺，你在网上什么稀奇古怪的东西都能找到，至少读帖是没有问题的。前些年临二王、王铎、米芾和沙孟海比较多。三王自然非常重要，我也极喜欢，还有汉魏的碑帖，喜欢那股朴茂和洒脱的劲儿。最近突然想再静一点，开始重新写楷书（尤其小楷），就把一些经典的小楷范本放到案头，没事就琢磨。过去临得比较较真，现在更多的是意临，希望气韵能够贯通下来，也希望一幅字和一张纸能够成为一个自然、有机的整体。这样，关注的就不仅仅是一个个字了，还要有整体感。小楷之外，经常看赵熙的字，朋友送的赵熙先生的书法集。他的字收，我的字放，我想让自己的字再内敛一点。

李徽昭：我觉得，像我们，由于没有受过书法专业训练，大概属于"野狐禅"，初期对技巧也就不是十分敏感，觉得方正好看就行。比如行书，由于路子野，不大去注意王铎和米芾在运笔、布白等方面的差异，只求形似。实际上，一个书法家有一个书法家的风格，这种风格既仰仗学养见识积淀，也靠笔法章法等技巧做后盾。对技巧与法度的了解也无形影响着书法欣赏的视野功力，也可以说，对不同书法技巧与法度的熟悉与了解"养"了书法欣赏的"眼"。

相信你研习书法时，也会有这样的感觉。王祥夫说技巧到死都重要，技巧对你而言，在哪些层面上具有意义？

徐则臣：技法当然重要，并非一个简简单单的工具，有了好技法，你会更科学和便捷地达意。很难相信有技法拙劣的大师。对书法而言，当技法形成了个人风格后，技法本身也就成了书写者的艺术观和世界观。就书法来说，我也只是个票友，更专业一点的是写作。就写作论，我想技巧跟书法里是相同和相通的。在古往今来的文学圈里，如果哪个作家说技巧不重要，要么此人是个骗子，以"技巧不重要"作为自己技巧欠佳的借口，要么是技巧高到了化境，那些具体而微的技巧已经不在他眼里，他要的是我手写我口、写我心的自由挥洒如入无人之境的状态。通常会把技巧以"体"和"用"区分之，其实练到了一定程度，体、用已经很难区分，体即用，用也是体，一回事。我还是处在社会主义初级阶段，技巧还是体、用分开的，有时候觉得是用，一转身没准觉得又是体了。

李徽昭：现在写毛笔字的作家越来越多了，广州、西安都办过文人书画展，这或反映出某种新的文化迹象，文人书画开始热络起来。当下不少作家书法绘画确实有一定趣味，但与书画艺术性显然还有一定距离，从艺术书法或者文化书法视角来看，恐怕问题不少，当然，这是消费社会的产物，有其合理性，文化批评应该深思细究研判。我以为，从某个特定思维来看，这种风尚对于社会而言，或许并无坏处，但也担心，与古典境遇下"文书画"精通的文人相比，我们缺失的不是一点两点，那种传统的土壤消失了，在审美现代性追赶下，过度的名人之乱书乱画，掺杂着消费社会的某种崇拜物，当然会坏了书法的艺术风向。你身在其中，应该比较了解的，可否说说。

徐则臣：文人字已经成了绝大多数跟书法完全不沾边的文人练摊的借口，刚摸毛笔一个星期，就开始卖字卖画，真不知道哪来的胆量。在我的认识里，文人字固然偏重雅趣、风格，直抒性灵，去除专业人士的匠气，可以不拘一格，但必要的书法基础还是得有的，还是有个底线的。很多人连横竖都写不直，拿起笔手就抖，依然把鬼画符搞得风生水起，靠名头，靠职位权力，自己很当一回事，一堆人也跟着拍马起哄；我是理解不了他们的艺术，更理解不了勇气之所从来。有趣味的，固然是对书法艺术生态的一个补济，丰富了书法的内涵，但大部分，恕我直言，那点趣味实在是种恶趣味——连基本功都不过关也敢张牙舞爪地卖字画办书展，我真不相信他能有什么真正有价值、有建设性的趣味。内行看门道，外行看热闹，一门艺术要称其为艺术，首先你得有点儿门道，一点儿门道都看不见，我觉得还是先别称书法艺术，就是个写字的、画字的。当然，如果你觉得附庸风雅总比附庸恶俗要好，那我也赞同，大家都来整点文人字的确比一点墨水都沾不上要好。但我还是认为，如果你是文人字，那就老老实实有自知之明，别写了一周半个月，就觉得自己如何如何，奔着书法艺术非要登堂入室。

李徽昭：随着审美现代性的规约，知识分子日渐专业化，艺术职业化已成为趋势。传统书法也成了一门艺术、一个专业，大多数书法艺术家一辈子就端着书法饭碗谋生，其书法也因此与书法本源意义上关联极大的文学越来越远。但由于书法本身与文字相关联，加上书法之于中国文化的根源性意义，书法的民间文化土壤还在，民间书法文化基因还有相当生命力。就像文学有精英文学（或纯文学）与大众文学一样，职业书法艺术和业余书法文化也有明显分隔，民间书法有其自己的运行轨迹，80年代初中国书法就曾在民间复兴过。目下，社会上形形色色的书法兴趣班不断兴起，不少作家操笔写字，书法文化普及比较广泛，可能有其他各种因素，但一定有其民间风向在影响，不过总体上职业化、学院化在引导着中国书法的文化艺术风向。

徐则臣：在毛笔书法已然完全脱离了我们的日常生活的今天，书法成为一门纯艺术的命运没法改变。在过去，书法像现在的电脑一样参与我们的日常生活，你离不了它，也没必要把它上升到高不可攀的地位。现在流传下来的绝大多数书法经典，也都是信札、碑文等实用性的日常物件，一幅好的书法作品也理应渗入书写者日常的体温。但因为书写工具的变化，这个传统只能中断了，那么，当日常性式微乃至消失之后，纯粹的艺术性肯定就会一统天下，所以，书法在今天已经成了一种专门供审美的艺术。既然如此，在审美的、艺术的层面上来发展书法，出现一些"纯而又纯"的、脱离"大众"的书法，也就不难理解了。它必须精英，只能精英。如果"纯而又纯"的这一路都不能精英，那书法艺术彻底就没戏了。他们肩负着在今天开拓书法疆域的重任。有精英就会有大众和业余，这是艺术的自然生态。很多人觉得职业化、学院化只能导致一门艺术的死亡，但我们是否想过，当这门彻底失掉了日常性、普及性和实用性的艺术，再不职业化、学院化，它死得会更快。

李徽昭：诚然如此，必须审慎看待现代社会视野中的书法学院化、职业化，中国有十多亿的人口基数，书法文化艺术的学院化、职业化还是有宽阔的道路可走，但也不能不关注学院化、职业化书法的文化生命力问题，学院化、职业化的技巧性艺术性要求更高，消费性也更多，其文化性丧失也就日益明显。尽管目前书法不会进入博物馆，但还是应该有民间文化及诗歌绘画等的濡染浸润，中国书法艺术才会生发更强大的文化生命力。

职业书法界有自己的规则和运行轨道。你熟悉或了解当下的职业书法界的情况吗？

徐则臣：不太了解。有几年和书法家协会在一栋楼上班，但从来没想过要去看看。书法对我来说就是个非常私人化的兴趣，完全是兴之所至地研习。当代的书法家里，我最喜欢沙孟海（已经作古），沙先生的用墨、用笔，沉郁雄峻健朗的风格，给我习字提供了很多营养。当下有些书家的字我也喜欢，见着了都会认真看，比如王镛、张旭光、刘洪彪、龙开胜等，只看过字，没见过人。

李徽昭：其实喜爱某个书家，也是一种相遇和神会，沙孟海等老一辈书法家还是有旧学渊源的，中国现代文学史上也有不少文学大家善于书法，他们蝉蜕于旧文化，与中国传统书画有着千丝万缕的联系，例如沈尹默，还有我们熟知的鲁迅、郭沫若、茅盾，他们的书法创作及有关艺术研究不弱于今天任何一位书法艺术家，今天，我们关注这些大家文学成就的同时，还应注意挖掘他们在书法文化上的创造与贡献。

当代文学界，也有一些书艺较高的作家，尽管与前辈鲁迅、郭沫若等大家有着不少距离，但社会也比较认可，已成为不可忽视的文化现象，这里面其实有不少问题值得我们去关注与探究的。

徐则臣：郭沫若是正儿八经的书法家，他的很多字我很喜欢。鲁迅的小行书特别漂亮，极富书卷气。丰子恺的字很有味道。书法是他们创作的工具，他们对书法的心得令人信服。当代作家和诗人里，大家都说贾平凹、欧阳江河、汪政、雷平阳等的字好，什么时候认真比较研究一下。我觉得应该有更多的作家成为真正好的书法家，艺术是相通的；如果做文人的都离书法越来越远，这门艺术真的就岌岌可危了，虽然现在也相当不安全。

李徽昭：书法潜在地影响着中国文化人的生活。记得你说过，觉得一个人字写得好，会莫名地觉得这个人不错。实际上可能源于自身对书法的喜爱。也许书法和一个人的行为本来没有多少本质上的关系，但总体而言，一种浸淫许久的艺术生活一定对人有潜移默化的无形影响，尤其是这样的信息社会、电子网络时代，一切都快餐化的时代。

你早期小说总是迷茫，一层水汽，类似于墨汁在宣纸上流淌的水汽，不单纯是"花街"系列，就是写"京漂"系列的小说，也有一种类似于书法飞白一样的朦胧，我在一些评论中也说到过。谈谈书法研习对你文学创作的影响。

徐则臣：书法对我的写作有影响，习字时体悟到很多东西都能在写作中得到呼应，比如动和静的关系，字的间架结构和小说的结构，字的细节和小说的细节，字的走势和形态与小说的叙述，笔墨的浓淡与行文的详略，文辞的省略与呼应，等等。包括非常重要的，字的趣味和风格，跟文章完全一致。一点点地抠，肯定能说出个一二三四五来，但混沌中它们就接近了、一致了。文学是人学，书法学也人学，艺术相通，证之于心。

李徽昭：五四以来，有与传统决裂的倾向，但传统总是以潜在方式制约和影响着后人，后来人总是要从传统中，受到历史中的文化与文化中的历史的多元影响，这种影响与我们文化和精神归宿有关。在今天，后现代也好，或者是什么其他的理论也罢，总是要在汲取古代文化的精华，进行现代化转化，以此构建面向世界的中国文化正路。书法也是如此，中国古代"诗书画，琴棋剑"文化，文人穿越不同的艺术，其实也是一种传统，这种传统既与古代社会文化制约有关，也是中国文化混沌性的体现。而今天，作家、书法家的各自专业化、职业化，使得诗书画会通的传统逐渐消隐，书法家大多不重文学修养，文学家也很少注意艺术修养了。

徐则臣：中国古代文人的雅好相通，很大程度上和当时的生活以及文人的社会身份有关：社会分工没那么细，教育没现在这么普及，整个社会对正义、担当、文学、文化和艺术的期望都寄托在很少的这一拨有机会受教育的人身上，时代需要通才。而现在，社会分工和文学艺术的门类越发细化，一个人不可能同时在诸方面都有所精深，没时间也没精力，在这个意义上，这个时代通才其实意味着庸才；同时，工具也在发生变化，一个作家现在完全可以不用笔，更不必说毛笔，由此书法和绘画天生就离他远了。我觉得这种情况非常正常，一定程度上说明了，这个时代的确在很多方面已经做到了具体而微和高精尖；当然，在专才的同时若能再通才，那最理想，但很难做到。

李徽昭：随着电脑、手机普及，纸笔书写渐少，学校教育也很少重视书法等传统文化，但实际上，书法其实又可以说是中国人（尤其是中国文人）心理的一种隐形的文化归宿。就当下而言，科技发展带来的人文危机已经有所显现，传统艺术教育或生活方式便显得十分重要，应该以适当的方式推动书法绘画等传统文化的复兴。在当前社会文化背景下，作为传统文人现代身份的作家，是否应该，或者说能承担些什么责任。

徐则臣：我觉得因人而异，有兴趣就多做些，没兴趣也不必强求，不应该成为作家的额外责任。就像医道，古代也是文人必通之术，但现在医学门类细化，每个专业都不断精深，一个文人是没法有能力做到古代那样，非逼着他做，没准只会逼出个假冒伪劣的大夫，要治死人的。我能理解你说的"文化归宿"，其实很多人未必能在"诗"之外兼善"书画"，或者在"琴"之外也善"棋剑"，但他们可以欣赏专业之外的别样的艺术，这样也很好。据说最近开始提倡国学教育，传统文化在中小学又掀起了新一轮的热潮，就此也众说纷纭。我持赞赏态度，跟传统文化之间"接接地气"当然是好事；既然在这一种文化里存活，它就是你的血脉和根，不排异，更不应该人为地刻意去排异。

李徽昭：传统文化热恐怕也是暂时的，任何"热"都会存在偏颇，适当才是最好，过犹不及。80年代"寻根文学""先锋文学"等其实也是文化热的产物，欠缺的是持久性不足，但对整个当代文学发展走向其实是有大益处的。对作家而言，文化艺术的修为终究是一辈子的事。兴趣是重要，但兴趣也是养成的，作家养成一种好的兴趣也很有必要。文艺发展其实离不开彼此的融会互动，文学如果只在自己的圈子里转动，不与世界文学或其他艺术沟通交流，恐怕未必能走得远。但愿书法文化热能有自己的恰当位置，也愿作家在此间能有所意识、有所作为。

（原刊《艺术广角》2017年第1期）

美是对平庸的一种拯救
——与李浩谈中国书画

李徽昭：李浩兄的小说标题独特、倔强，仿佛透着咖啡的味道，《寻找一个消失的人》《一个下午的火柴》《一只叫芭比的狗》《蹲在鸡舍里的父亲》，还有《将军的部队》《灰烬下面的火焰》《被风吹走》，这些标题大多以某个意象命名，有视觉性，似乎透着美术专业眼光。事实上，小说的标题大体上与作家的气质颇为相近，在你的小说标题中，我似乎嗅察到与作家韩东的某些相近气息，在你先锋的小说理念中，形而上的思考在后面埋伏着，不知这种感觉对不对。知道你早先学过美术（这又类似韩东，韩东高考前也曾学过美术的），书画研习和文学之间应该有着某种隐秘的联系，幼年的美术爱好应该会将美的感觉传递到文字中，或者说是由视觉艺术到语言艺术的转换，你年轻时的美术学习经历以及从美术到文学的转换说起来一定有趣。

李浩：学习美术是出于个人的爱好，我的美术学习大约和同龄的许多人一样，从临摹连环画开始的，那时谈不上什么研习，只是兴趣；在初中时，我经人介绍前去海兴县文化馆向丁宝中老师、路如恒老师学习美术，那是我接触"真正"的美术的开始。丁宝中老师画人物、花鸟，素描、速写的功夫都很好，我跟他学的主要是素描；路如恒老师是国画山水、花鸟，不仅技法出众，而且有阔大的视野，我从他那里得到更多的是如何欣赏美与美术。后来我考入了沧州师范，学习美术。书法是从那时才开始学的，之前我只是出于爱好"集古字"，胡写，没有真正练习过。当时教我书法的翟洪昌老师给予我很多，为了纠正我的字过于花哨、偏软的问题，他让我临习欧阳询，并找了许多魏碑给我看、读。

在中学的学校教育上，我在书法（美术）上得到的不多。

李徽昭：受应试教育大环境影响，现在中小学校的美术教育显然是匮乏或者缺席的。20世纪80年代的书画艺术氛围也不像现在散发着铜钱的味道，那时中小学校美术教育甚至高校美术专业都显得有些快乐的寂寞和寂寞的快乐，大多数人是凭着兴趣去学习的，这也是80年代文化艺术高潮出现的一个原因。20世纪八九十年代师范学校的艺术教育特色确实鲜明，你所说的书画艺术教育问题让我想起丰子恺曾经投身的师范美术教育工作，这两者之间是否有着某种关联。在职业化背景下，丰子恺的艺术身份比较模糊，他的散文、漫画、书法创作，甚至音乐教育思想都有不可估量的价值，他的漫画、散文将生活艺术化，也将艺术生活化，尤其是对东西方文化的沟通，最关键的是他能把这种沟通后形成的新理念浸入其艺术教育中。我记得当时读师范的同学，字都十分漂亮，我想，他们都有类似丰子恺一样的生活，即生活中的美术教育，美术教育中的生活，或许也就是蔡元培所说的"以美育代宗教"。可惜今天许多师范大学失去了这一传统。

小学校教育中的书画学习大多会有一些有趣的记忆，不像今天，小学基本没有书法课了，我们在80年代的小学还有书法课，记得一个夏天的书法课上，我的白上衣放在桌肚里，前排同学回头，不慎将墨水瓶打翻，透过桌缝将衣服全染黑了，然后赶快到小河边用泥巴混着洗，结果面目全非，这种经历想起来都很有意味。

李浩：在沧州师范上学期间，我们有一个书法组，晚自习的时候活动，那里，真是高手云集，许多人都让我羡慕嫉妒恨，至今我还记得他们的名字；我记得，我对一个高手李广顺表达我的羡慕嫉妒恨的方式是送他印泥，对另一高手王锋表达此情绪的方式是为他传递情书，而对小我许多却比我显得更有才气的刘树允表达情绪的方式是睡在他的上铺，故意吱吱呀呀摇床让他睡不安稳……那么多人在一起练习书法，说说笑笑，现在想起来简直是天堂。

我也承认，在学习书法（美术）的过程中我也屡受打击，哈，我发现，那么多人比我更有才气、灵性，而我，只能算是中等。我所提到的这些名字，如果他们一生精力都用在书法和美术上，会是了不起的人物，然而，有些人进入仕途并且走得还不错，可我还是觉得过于可惜。

李徽昭：中国的仕途与艺术显然是两条道路。我认为师范学校的书画教育是现代中国美术教育一个应该引起重视的传统，有不少书画家其实都是从师范学校出来的。在书画日益专业化、职业化的今天，中国缺少了全面普及、大众化的学校教育传统。在父母逼迫下，孩子们学习书画的兴趣夹杂在周末做不完的功课中，也必然会日渐功利化。如果对照丰子恺30年代提出的"生活与艺术，融合方为自然"的美术思想，今日的书画教育明显是"不自然"的，是出了大问题的。倘若将今日中国艺术界乃至于整个文化界重新放到20世纪初的文化背景下看，尽管那时候国难当头、民不聊生，但艺术、文化界是有自己独特坚守的，20世纪上半叶的书画家和文学家属于桥梁式的艺术家，他们将中西古今贯通，既能观照自身，也能注意艺术本体，更重要的是，他们创造了独特的中国现代文化艺术。还拿丰子恺来说，漫画是丰子恺首创的，他的漫画其实远不是今日过多讽刺的漫画，更多的是将日常生活场景进行了艺术化处理，简白、直接，却韵味无穷。我觉得这个传统真应该让今天的艺术、文化界好好反思一下。

在当下，像丰子恺这样的艺术创造显然十分困难，丰子恺也不是横空出世的，他有对中西书画传统的研习，也有对日本竹久梦二的借鉴。而在中国书画研习中，一个必不可少的传统是对古代碑帖画作的描摹学习、对各种书画文本的背临研读，这种研习过程也是中国传统美术的重要传统，实际上在鲁迅散文中写到早年描摹绣像的过程也是这样一种书画研习方式。李浩兄也应该有自己的研习兴趣的。

李浩：我不太敢用研习这个词，哈，我只是学习，临摹，而且有了更多的游戏的性质。目前，我对楷书只是读，而不再临，这不是个好习惯但我的毅力的确不够。前段时间我临的是苏轼和米芾，还有王铎，更多的时候是胡写一通。美术，我喜欢明四家、黄宾虹、林凤眠，订阅过《美术》和《国画家》……

我喜欢《张猛龙碑》，非常非常喜欢，喜欢它的古拙、苍劲、灵性又不乏严谨，不过，我曾试图临写，却写得异常难看……《龙门十二品》，多数喜欢，部分的不喜欢大约也是我眼界的问题，哈，在2008年去鲁迅文学院学习前我对米芾也不喜欢，但看了李晓君等的临习和再创，发现和体味了它的好——对王铎的喜欢也是从那时才开始的。

米芾，我喜欢他字中蕴含的灵性、生动、多变，小小的江南气，这和我这个北人却有着某种的契合；王铎，拙中有巧，气势感重，有种石破天惊感，同时又经得起推敲与拆解……

在美术上，我喜欢的更多了，古今中外都有，在这里，我就提三四个吧：凡·高，他的画中有激情、信仰和燃烧，同时包含着真实、凝重与绝望，能在画中如此强烈地表达自己的，其实少之又少；莫奈，我喜欢他是因为它提供了新的可能，他把光看成了实体，把具体的物看成反映这束光的虚体，在他之前，别人没有这样的眼睛，不敢有这样的眼睛；八大山人、倪瓒，他们的画中有哲学、有人生，把计白当黑运用到了极致……

李徽昭：许多作家会喜欢米芾、王铎，这大概源于行书的自由即兴的情趣。《张猛龙碑》《龙门十二品》则稍稍显得专业一些。书法有大传统的局限，想创造是十分困难的，今日的魏碑已经成为许多书法家进行创造的资源,我看到不少书画家将魏碑与行书、楷书乃至于草书结合起来,形成自己的风格。李浩兄能喜欢《张猛龙碑》《龙门十二品》,看得出专业的素养。在美术上,你有东西方的视野,这是今天我们在现代文化情境下所能独享的,而如果能从书画艺术中体悟到哲学或者人生,那确实应该是文学上升华的一种可能,我忽然想起你小说中经常出现的一些独特场景,在语言呈现中,显示出某种绘画的光,或者明暗调子,这让我很感兴趣。

今天的作家研习书画的目的是各不相同的,书画艺术所代表的公共性特征在今天更为明显,似乎一个研习书画的人无形中高雅起来,书画也仿佛成了一个标签,而其实有些作家等名人书画着实不堪入目,他们随意的书写其实完全没有技巧与法度,其创作理念中也往往回避技巧与法度问题,这或者反映了作家书法与美术创作的某种局限。

李浩:不谈技,书便无法,美便无术,哈,单从字面上,它已经强调了法和术的重要,这是第一性的,永远是第一性的。有了它,你才可能忽略它,再谈表情、达意,再谈灵性与变化,再谈哲学和思考……

在一切艺术门类(包括文学),对技法的轻视都是一种显见的错误,是门外汉、天真汉和阴谋者的偏见。这些,必须有,一定要有!

不过,要我谈书法、美术的技法,我还真不敢多谈,哈,我是刚刚起步,还需要接受指点。我苦于,在毕业后无老师再教我。我很希望,有人再从技法的角度对我加以指点,这是多幸福的事啊。

李徽昭:技法也可以说是传统,是一种模式化的东西,正是这种模式化让有"法"的"书"成为书法,有"术"的"美"成为美术,不过相对而言,技巧也需要创新,对中国作家而言,文学文化素养及其历练应该让作家书画创造出属于文学家的独特艺术技巧。我在对王祥夫先生的访谈中谈到贾平凹,他的书法,我觉得是"硬法软写",堪称一种创造吧。

中国传统书画创作及其理论中产生了许多具有中国传统美学特色的书画艺术语言，经历 20 世纪的过滤与沉淀，有些或许被遗忘，有些被现代艺术观念进行了改造，在这些书画艺术语言中，传统的东西显得十分重要，但有时又轻而易举地被忽视，实际上作家书画应该创造出自己的艺术语言，或者可以看作对中国传统文人书画语言透彻理解后的创新，只是今天中国作家或者文人似乎还缺少这样的一种自觉。

李浩：古人，是用毕生精力、近乎全部的才情去研究书画艺术语言的，而且，沉淀下来的那些都经过了几代人的检验和反思，所以，我觉得我们先确定它是对的，拿来就是了。有时故意的"违反"是因为创造的需要，你必须为这种"违反"找到恰当、必需的理由，建立新的合理性并在你的书法和绘画中能够体现出合理性来。

作家当然可以（不，更是应该）创造属于自己的艺术语言，苏轼、黄庭坚对艺术的发言不正是基于此么？我在强调应该创造的同时也必须强调，这种创造需要你投入大量精力和才情，并懂得领略前人的全部艺术智慧。创造，可不是一件轻易的事。

李徽昭：李浩兄小说理念独特，而且能执着坚守，"写给无限的少数"是你的座右铭，这让我十分钦佩。书画艺术也需要某种执着的坚守，在艺术技巧与语言上都应如此。坚守某个认定的航向，才能走出属于自己的道路。

作家书画不是孤立的，离不开当代书画艺术背景，职业书画艺术市场的火热是文化热的浅表象，职业书画家的东西相对于作家书画是两种艺术范式，他们相对独立，但实际上随着书画市场的热火，作为名人字画的作家字画也日益受市场青睐，作家书画也无法不关注职业书画创作，或者还与他们有过多交往，我知道西安的贾平凹与职业书画家交往就比较多，他也经常读他们的书画，还给职业书画家写评论。

李浩：职业书画，我一直在读、在看，但不熟悉。我更多的是从刊物、展览上去阅读的，几乎未能与这些艺术家们有交往。我很希望有渠道建立起交往，从他们那里学习一些东西。

我喜欢的书法家和画家有：沈鹏、陈丹青、李维学、贾又福、孙伯翔、张荣庆、张旭光、刘文华、孙小云、杨飞云……这个名单其实还很长很长。

其中我有过交往的人只有李维学，我觉得他是林凤眠一类的人物，只是世俗化的书法（美术界）忽略着他而已。这也没什么，许多人的能力、才情，都得经历时间的洗礼之后才显其华。

李徽昭： 职业书画界相互隔阂也是蛮深的，也需要留待历史的检视。我比较关注的是作家书画问题，诚如李继凯老师在一篇文章中所说，中国现代作家对于书法文化是桥梁式的人物，实际上在绘画上也是桥梁式的人物，不过没有书法那么明显。他们中有许多书画家，鲁迅、郭沫若、茅盾、丰子恺、周而复无一不是，他们的书画艺术创作以及有关艺术研究均颇有成就。而画家对文学的参与也在当代有所显现，比如陈丹青、吴冠中的散文等，尤其是陈丹青，他的杂文对时弊的抨击已经成为当代文学或社会无法回避的现象（尽管现在还未有人对此研究阐释）。可以说，现代中国以来，尽管有现代性对职业化的区隔要求，但实际上中国古代文人"诗书画"同一的传统还是有着强大的生命力的。尤其是当代文学界，一批人的书法、绘画有着独特的形式语言，我觉得应该引起美术界的关注，你与一批作家都是有交往的，对此应该深有感触。

李浩： 哈，在我看来，书法家更应是作家、美术家至少有一半儿是作家才对，如果你看中国的书法史、艺术史……我认为一个书法家只专于书法而没有其他文化修养的话他是成不了大家的，而一个作家，如果对艺术缺少了解、实践，则可能也会制约自己的艺术修养和文化高度。所以，作家中有许多书法家、美术家是极为正常的现象。

在当前的文学界，我觉得荆歌的书法、雷平阳的书法和贾平凹的书法都是相当不错的，放在书家里也各有特色。荆歌的书法文气很重，内敛，随意中包含着章法；雷平阳的书法功力深厚，很具现代气息；贾平凹则以朴拙中的雅美取胜。而徐则臣的书法也值得期待，只是，我见他的字太少，是照片，但感觉很有意味和风骨。画，是冯骥才的为佳。

李徽昭：中国古代文化传统中，"诗书画"的同一性是建立在文人、士大夫等文化精英的精神与文化生活上的。尤其是中国古代绘画，相较之落款题词字，其画面倒居于其次，而落款中的题画诗词又具有重要位置，我有个同事，他有个专著便是《题画诗说》，这充分反映了中国古代"诗书画"同一背景下的独特文化征候。对于书法而言，其书写内容和线条游动、粗细跌宕往往又构成另一种独特画面，这种欣赏是需要学养支撑的，因而便与普通大众的民间书画有了区别。可以说中国传统书画在一定程度上影响了文学，古代文学也影响了中国书画。当代作家对此可能有所隔膜，但我注意到，一批关注与参与书画创作的小说家，他们的文学创作也是独有意趣的，还有一批诗人，也是如此，可以说，美术潜在地影响着作家的文学创作，当然，这种影响不是直接而明显的。

李浩：美术对我的写作有着显见的影响，我会在自己的文字中进行画面的设置，包括，我会想象这篇文字的基本色调。哈，我不知道我的看法是否能获得他人的认同：我觉得，君特·格拉斯的《铁皮鼓》是以大块的褐黄色为主基调的，则玛格丽特·杜拉斯的《情人》是种蓝灰，卡夫卡……文字里有气息、色调，而在写作的过程中也有意为之，建立这种气息色调，我想，是美术的学习带给我的。

书法，对我的文学创作没有特别的影响，我至少没有仔细想过这事儿。但没有影响就没有意义了吗？如果意义不是功利化的，我觉得依然是有意义的，而且意义重大。意义在于，它让我认识着无用的美；让我感受着一种超越功利化的愉悦；让我感觉，写作是一件很美好的"雅事"。

李徽昭：只有超越了功利化的创作才有意义，书法如此，绘画如此，小说也是如此，纯功利化对文学、对美术、对任何一种艺术都会有潜在的伤害，尽管逃脱不了市场化的大环境，但我觉得可以有适当的非功利环境才好。

古代文人士大夫会有许多情趣性相通互融的爱好，比如"诗书画"、"琴棋剑"等，在中国传统文化中，一个文人的艺术角色往往是多重的，他们不像今天职业化的书法家、画家、小说家，各自属于有自己的协会和圈子，有自己的学院环境，有一整相对独立的套话语体系。我们做文学研究都知道，现代以来，作家是一个职业化的身份，实际上这是古代文人"诗书画"同一传统消隐后的结果，也可以说是造成了书法（美术）家不重文学修养、文学家不重艺术修养，形成相互之间隔阂较为严重的局面，也带来了文学家艺术修养单薄、职业书画家文化文学修养单薄的不良现象，当下，我们很难再看到20世纪初那样国学功底深的书画家和艺术修养高的文学家了。

李浩：爱好上的情趣性相通互融其实是从事艺术的人的重要特点，它不应当随时代之变而变，当下这种状况的出现并不是一个很合理的、有益的变化，我认为，这种割裂对从艺者来说多少是有害的。它会造成，你的格上不去，艺术品质弱化。书法的内里，是文化的滋养，少了滋养，你最多是匠；而美术只有技，没有文化滋养，它同样会仅是形式的，你对画面的经营、对题材的拓展就会多些匠气，少些阔大和灵性。对作家来说，哈，写作是一门要求繁复的综合艺术，它的本质是艺术的，你少了某些相通的艺术修养，从文字上也能看出它的"粗鄙"，何况还有更高的要求。

造成这一境况的原因当然是多方面的，有艺术自己的原因、历史的原因和政治的原因。重要的，大约有以下几点：1. 文化的断代、割裂造成对艺术欣赏缺乏具有相当品位的人，这应当是一个庞大的群体而当下却显得寥寥，而某些人那种错误的文学文化观还在大众中有巨大的流毒，他们缺少对文化的敬仰，只以自己的低劣标准规约艺术。2. 媚俗成为潮流。当你将艺术下拉把它变成一种通俗、装饰的事物的时候你总是设想你的读者（欣赏者）的欣赏水准是弱于你的，你在讨他们的喜欢，而情况也多是如此，他们并无欣赏力。既然你的作品是给这些缺少欣赏力的人的，那什么其他门类的艺术修养便在其次了，因为有无，你的读者都看不出来，还可能因为有而造成欣赏者的减少。3. 专业性分化。当书法越来越成为一种装饰而非工具的时候，当美术也越来越成为装饰而非表达工具的时候，当我们的写作越来越取媚大众而放弃灵魂思考的时候，这种专业性分化肯定会造成某种的隔，使其各自退守在所谓自己的一隅。你看看我们所谓的专业人才，有多少是真正意义上的文人啊。

无论是书法、美术还是文学，都在解决了技术问题之后拼他的修养和综合能力。缺少通才，必定缺少大师。

李徽昭：如果要审慎乐观地看，今天这种文学、书法、绘画相互隔阂的状况有所改善，不少作家开始操刀写字画画，而且出现了像贾平凹、熊召政、王祥夫、雷平阳等独具特色的作家书画。当然，他们从事或热爱文学或书画艺术的目的各有不同，但我以为这是中国经济发展后，人们在经济富足之余开始寻求文化归宿的一个重要信号，起码写字画画比去喝酒、泡澡、打高尔夫要更有文化意义。还有一个当然的情况是，这里面泡沫也很多，有一些名人写字画画关注的是字画背后的价格，尤其是官员（我们一厢情愿地相信这样的不良状况是暂时的吧）。

对作家而言，我愿意相信如李浩兄所说，书画艺术创作可以提升他们文学上的"格"、强化他们的文学品质，实际上，中国书画确实是具有这一功能的，关键就是作家能不能真正沉浸到书画艺术中去。随着信息时代到来，电脑普及，纸笔书写逐渐减少，作家也大多使用电脑写作，中国传统艺术教育与普及显得十分重要。在当前文化背景下，我觉得作为文化名人的当代作家，应该可以为中国书画做些艺术普及的工作，起码可以自身的书画实践为大家做个示范，在某些文学公共场合做些宣传。我听说莫言获得诺贝尔文学奖后，其书法受到热捧，也成为一种独特的艺术展示，起码显示了我们传统的文化精髓有了公开恰当的传播渠道，可以说是作家为中国传统艺术教育做了一些有意义的事。

李浩：发现美，指认美，呼吁呵护美，当然是作家的责任，我觉得我们必须做，一定要做。而且，这些美是对我们平庸日常的一种拯救，是对我们心灵健康的潜在滋养，我觉得所有作家都应当重视它。

至于为传统书画艺术传播做什么工作，我还真没有认真想过，我只是在对一些肯领略书法、绘画之美的人提出过、指出过，它是有益的，这种有益可能非功利，却是大功利：因为它有利于你的身和心，有利于你成为大写的人。

李徽昭：这种非功利化的"大功利"需要社会慢慢沉淀才能认识到，今天我们谈文化崛起，需要对传统的东西重新厘清与确认。这两年我到过国外一些地方，可以看到中国书法的文化因素在一些现代绘画中有所体现，日本在这方面走得比我们早，实现了传统文化的现代转化，希望咱们能从自己做起，为中国书画艺术以及中国文化的教育、传播做些力所能及的工作。

（原刊《艺术广角》2013年第1期）

附录　主要受访人简介
（以姓氏拼音为序）

1. 陈应松（1956—），江西余干人，生于湖北公安，毕业于武汉大学中文系，第三届鲁迅文学奖中篇小说奖获得者，曾任湖北省作协副主席。出版有长篇小说《天露湾》《森林沉默》《还魂记》《猎人峰》，小说集《太平狗》《松鸦为什么鸣叫》《狂犬事件》《马嘶岭血案》《豹子最后的舞蹈》，以及《陈应松文集》40卷本等计140余部。作品被译为英、法、俄、波兰、罗马尼亚等多种文字。是享受国务院特殊津贴专家，获湖北省政府颁发"湖北文化名家"称号。

2. 韩东（1961—），生于南京，曾随父亲方之下放苏北农村多年，毕业于山东大学哲学系，第八届鲁迅文学奖诗歌奖获得者。1985年与于坚创办油印诗刊《他们》，为"第三代诗人"标志性人物。执导演电影《在码头》，入围釜山国际电影节新浪潮竞赛单元，并参演贾樟柯电影等。著有小说集《我的柏拉图》《我们的身体》《美元硬过人民币》，长篇小说《扎根》《我和你》《知青变形记》，以及诗集《爸爸在天上看我》《奇迹》等数十部，作品被译成多种文字。

3. 何平（1968—），江苏海安人，文学博士，南京师范大学文学院教授，博士生导师，第八届鲁迅文学奖理论评论奖获得者，国家社科基金重大项目首席专家。在《文学评论》《中国现代文学研究丛刊》等发表论文近200篇，多篇被《新华文摘》等全文转载。

著有《批评的返场》《解放阅读》《散文说》《行动者的写作》等多部。主编"文学共同体书系"和"现场文丛"等,"上海—南京双城文学工作坊"发起人,主持《花城》杂志"花城关注"栏目等。

4. 黄咏梅(1974—),女,广西梧州人,毕业于广西师范大学中文系,文学硕士,第七届鲁迅文学奖短篇小说奖获得者。曾任《羊城晚报》花地副刊编辑、浙江文学院副院长,现为浙江财经大学人文与传播学院教授。著有诗集《寻找青鸟》《少女的憧憬》,小说集《隐身登录》《一本正经》《少爷威威》《锦上添叶》《给猫留门》《小姐妹》等多部,曾获汪曾祺文学奖等多种奖。

5. 李浩(1971—),河北海兴人,河北师范大学文学院教授,河北省作协副主席,第四届鲁迅文学奖短篇小说奖获得者。著有小说集《谁生来是刺客》《侧面的镜子》《蓝试纸》《父亲,镜子和树》《告密者》,长篇小说《灶王传奇》《如归旅店》《镜子里的父亲》,评论集《阅读颂,虚构颂》等数十部。曾获蒲松龄全国短篇小说奖、庄重文文学奖等多种。

6. 陆春祥(1961—),浙江桐庐人,笔名陆布衣等,第五届鲁迅文学奖散文奖获得者,浙江省作协副主席,中国散文学会副会长,曾任杭报传媒常务副总。出版散文随笔集《病了的字母》《字字锦》《乐腔》《笔记的笔记》《连山》《而已》《袖中锦》《九万里风》等三十余种。主编浙江散文年度精选、风起江南散文系列等二十多部。作品曾入选几十种选刊。

7. 沈念(1979—),湖南岳阳人,中国人民大学文学硕士,湖南省作协副主席,第八届鲁迅文学奖散文奖获得者。出版有散文集《大湖消息》、《世间以深为海》、《时间里的事物》(入选21世纪文学之星丛书),中短篇小说集《灯火夜驰》《夜鸭停止呼叫》,长篇儿童小说《岛上离歌》,等等。曾获十月文学奖、华语青年作家奖、高晓声文学奖等。

8. 王春林(1966—),山西文水人,《小说评论》主编,山西大学文学院教授,博士生导师,山西省作家协会副主席,担任多届茅盾文学奖、鲁迅文学奖评委。曾在《文艺研究》《文学评论》《当代作家评论》等刊物发表学术论文 200 多万字。出版《王春林 2019 年长篇小说论稿》《话语、历史与意识形态》《思想在人生边上》《新世纪长篇小说研究》等多部。

9. 王祥夫(1958—),辽宁抚顺人,山西省作家协会副主席,云冈画院院长,第三届鲁迅文学奖短篇小说奖获得者,美术作品曾获"第二届中国民族美术双年奖""2015 年亚洲美术双年奖"。著有长篇小说《米谷》《生活年代》《百姓歌谣》《屠夫》《榴莲榴莲》等,中短篇小说集《顾长根的最后生活》《愤怒的苹果》《狂奔》《油饼洼记事》,及散文集《杂七杂八》《纸上的房间》等四十余部,作品被翻译成多国文字。

10. 徐立(1969—),江苏南京人,南京西善桥街道党工委书记,主创推出"在世界文学之都,与文学大家面对面"活动。

11. 徐晓亮(1975—),江苏滨海人,毕业于南京大学,南京止一堂文旅公司总经理,开发北上、魁星、中国文章等系列文学创意产品多种。

12. 徐则臣(1978—),江苏东海人,毕业于北京大学,《人民文学》副主编,第十届茅盾文学奖、第六届鲁迅文学奖短篇小说奖获得者,著有长篇小说《北上》《耶路撒冷》《王城如海》《午夜之门》《青云谷童话》《夜火车》《跑步穿过中关村》等中短篇小说集、散文集等数十部,作品被译成二十多种语言,曾为美国克瑞顿大学驻校作家,参与美国艾奥瓦大学国际写作计划等。

13. 弋舟(1972—),生于陕西西安,祖籍江苏无锡,毕业于西安美术学院,第七届鲁迅文学奖短篇小说奖获得者,现任《延河》副主编。著有长篇小说《跛足之年》《蝌蚪》《战事》《春秋误》,小说集《刘晓东》《出警》《我们的底牌》《所有的故事》,以及编年小说集《丙申故事集》《丁酉故事集》等多部,曾获郁达夫小说奖等多种。

14. 赵文（1977—），陕西西安人，毕业于北京大学中文系，文学博士，陕西师范大学文学院教授，博士生导师。主要从事当代批评理论、西方文学批评史研究，译著有《斯宾诺莎与政治》《福柯：其思其人》等多部，曾在《文艺研究》等刊物发表论文数十篇，主持并参与国家社科基金项目等多种。

15. 朱辉（1963—），江苏兴化人，毕业于河海大学，第七届鲁迅文学奖短篇小说奖获得者，现任江苏省作家协会副主席，《雨花》杂志主编，中宣部文化名家"四个一批"人才，享受国务院特殊津贴专家。著有长篇小说《我的表情》《牛角梳》《白驹》《天知道》，中短篇小说集《红口白牙》《我离你一箭之遥》《要你好看》等数十部。曾获紫金山文学奖、汪曾祺文学奖等多种。

后 记

　　这些年，或工作研究之需，或朋友盛情之邀，断断续续与不同年龄代际、不同写作方向的作家进行了为数不少的访谈对话。这些对话，我总想去聆听他们不同视角的文学高论。我深知，好的访谈对话，需要有效的话语与氛围刺激，要能形成一种言说场域或对话的共同体，主导、主持者应有这一素养。然而有时候，必要的询问或偶尔的插话，无疑也显示了本人的矫情或学养的欠缺，更多的可能是自说自话、唠唠叨叨。不过，可堪安慰的是，这样或许恰能显出应访者的真知灼见。这些各自建树颇多的作家朋友，他们在访谈对话中的即兴表达，无疑形成了与文学文本、与当下时代，乃至与文学史等不同意义上的呼应关系。这些不同场合、语境中的对话，显然有文学敏感触角的精微打探，自会呈现特立的文化意义和时代价值。

　　尤其是，2021年起，应徐晓亮兄邀请，主持了由其名下公司与南京市西善桥街道联合主办的"在世界文学之都，与文学大家面对面"活动。一年多来，有幸聆听了胡学文、弋舟、黄咏梅、朱辉、陈应松、陆春祥、沈念等诸多大家的文学高见，也确实看到，在街道居委会这样最具日常性、烟火气的基层社会里，穿街走巷的市民朋友们，与文学大家共聚一堂、呼吸相应，我觉得，这或许是对话访谈最美的文学样态。我也期待，通过访谈，作家与社会、与读者之间，批评家与作家、与作品之间，读者与作品之间，大家彼此都

后 记

能听见和感受,由此去照亮和激唤不同主体的审美世界。

清楚记得第一个访谈对象是韩东。那是2007年春天,正以某高校行政人员身份在职读硕,记得向领导争取了两三年,方才获准应试入学,自然十分珍惜这难得的机会。准备做高晓声和乡土文学相关选题,开题后,便多方收集资料,也想感受高晓声所处时代氛围,便找朋友要了韩东电话,在南大旁半坡村咖啡馆,听他谈文聊人、论东说西。现在想来,真是好久的过去了。今年春天,有机缘再见韩东,酒酣耳热时,说起十五六年前访谈场景,他全然不记得了。

或许,这就是访谈对话的意义吧,声影不存,文字总在。

需要提及的是,绪论部分受王国平老师厚爱和指教,刊发于《光明日报》文艺评论版,尤应特别感谢。大部分访谈稿曾刊发于《当代文坛》《东吴学术》《理论与创作》《创作与评论》《艺术广角》《山西文学》《朔方》等不同刊物,或为"今天"等诸多网站推送。在此,要感谢诸多编辑师友,是你们惠赐宝贵版面,让这些对话能以纸媒方式及时呈现出来,不少已经成为作家作品研究参考引用的重要来源,这也印证着访谈对话跨越时空的特殊价值。

显而易见,书中徐则臣的对话访谈次数为最。其实是,对我多年来合理或不合理的诸多要求,则臣兄总会无私支持,积极襄助,即便游历海外,也会以笔谈方式及时回应。而且,面对我诸多拙陋之问,他总能卓识睿见、拨云见山,这些不仅是其小说读者、研究者所需要的,也时时启迪着我,这种感谢是难以言表的。

要向南京止一堂文旅公司徐晓亮、王章文兄及其团队,向南京西善桥街道徐立书记及张如铁、郑磊兄及其团队,向及时报道活动的梁平老师,向穿越寒暑走进初见书房的市民朋友们,表达我由衷的谢意和敬意!一年多来,疫情常起,活动时断,但有他们的坚定支持,只要可能,活动总会开启。我深知,没有他们共同的情怀与气度,就没有"在世界文学之都,与文学大家面对面"活动,就没有烟火街道里的文学氛围,也肯定没有这本书的成型。

后 记

感谢扬州大学陈亚平、王定勇、李怀军、张堂会等诸位先生，大度的你们，不仅让这中年渐朽之身得以进入学脉悠远、底蕴深厚的学院，让我能静心于瘦西湖边上的清幽校园，而且在我入职不久，即欣然将拙稿纳入学院出版项目，这是我和拙陋文字的共同幸运。

扬州大学文学院、人文社科处等诸多热心同人，以及父母、妻子、女儿和众多给予我不同帮助的亲友同好，恕不一一具名，如果读到这些文字，相信你们定能会心于我由衷的感念。

最后，要特别感谢郭晓鸿老师。在她的关心下，我已独立出版了两本小书，这是第三本。郭老师欣然接纳并费心编校如此稚拙的文稿，且由一而三，见证时光穿梭，令人感念不已。

书稿确定时，新冠病毒带来的生活与精神困境正弥散蔓延，无数肉体躯身都经历着不同的身心煎熬。这种病毒煎熬之苦与难，文字显然要切身正视，这是一切写作者都应清醒意识到的，也是我必须要时时警醒的。

本书亦受扬州大学出版基金资助，特此说明。

2023 年 1 月 3 日，于扬州大学荷花池校区